DE FLAMMES ET D'ENCRE

MONTGOMERY INK : BOULDER

TOME DEUX

CARRIE ANN RYAN

DE FLAMMES ET D'ENCRE

Montgomery Ink : Boulder
Tome 2
Carrie Ann Ryan

De flammes et d'encre
Montgomery Ink: Boulder
Par Carrie Ann Ryan
© 2016 Carrie Ann Ryan
eBook ISBN : 978-1-63695-238-3
Print ISBN: 978-1-63695-239-0

Traduit de l'anglais par Alexia Vaz pour Valentin Translation

Pour plus d'informations, abonnez-vous à la LISTE DE DIFFUSION de Carrie Ann Ryan.
Pour communiquer avec Carrie Ann Ryan, vous pouvez vous inscrire à son FAN CLUB.

Sang d'encre

La saga *Montgomery Ink* continue avec une toute nouvelle série à Boulder, où un secret de famille pourrait bien tout changer.

Une erreur lors du mariage d'un ami bouleverse le monde de Liam Montgomery. Tout ce qu'il croyait vrai n'est qu'un tissu de mensonges. Mais lorsqu'un accident l'envoie aux urgences, Liam rencontre quelqu'un qui pourrait lui offrir la distraction dont il a besoin.

Arden Brady a passé toute sa vie à l'hôpital. Mais tout le monde est d'accord pour dire qu'elle n'a pas l'air malade. Elle a perdu des emplois et des amis incapables de voir sous la surface, mais elle a appris à se fier à sa famille et à avoir confiance en elle pour continuer. C'est alors qu'elle rencontre Liam.

Malgré leurs frères et sœurs surprotecteurs et un chiot qui ne cesse de mettre son museau partout, Liam et Arden risquent bien de tomber amoureux, plus encore qu'ils ne l'auraient imaginé.

PROLOGUE

Holland

La brise agita mes cheveux et je la laissai me calmer et transpercer la coquille que j'avais créée autour de moi à l'instant où j'étais entrée dans le débarras de l'église. Mes doigts se plissèrent autour du sac en papier dans ma main et je baissai les yeux vers ce que je portais, comme si je l'avais oublié.

Mais je ne le pouvais pas. Non, je ne le pouvais pas.

Pas quand cela me rappelait ce que j'avais perdu. Ce dont je m'étais éloignée.

J'avais du vin bon marché caché par un sachet en papier dans ma main gauche. La bague en diamant sur mon annulaire me raillait par sa brillance. La robe blanche et bouffante qui m'avait retenue comme une camisole de force bruissait sous le vent.

Mon cœur était douloureux, comme si quelque chose enroulait des doigts grêles autour et le serrait jusqu'à ce que je sois privée de ma respiration, de ma santé mentale, de ma vie.

Mon fiancé n'était plus mon fiancé.

L'homme que j'aimais, ou que je pensais aimer, ne m'aimait pas en retour.

Il s'aimait, lui. Et il aimait peut-être même ma sœur. Autrement, comment aurais-je pu la surprendre en train de lui faire une fellation comme si ce n'était pas la première fois ? Et ce ne serait sans doute pas la dernière. Je gloussai d'une voix rauque, avant de baisser les yeux vers la bouteille de vin, me demandant si je devrais la boire.

La boisson chasserait-elle la douleur ? Chasserait-elle quoi que ce soit ? Finalement, cependant, ça n'avait pas d'importance.

L'homme que j'aimais n'était pas celui que je croyais.

Apparemment, je n'étais pas non plus celle que je croyais. Car si c'était le cas... je l'aurais peut-être vu depuis longtemps. Je n'aurais pas fui le jour de mon mariage.

Je ne serais pas devenue une épouse fugueuse.

Je glissai sur le banc devant moi et sirotai discrètement mon vin.

Je voulais simplement respirer. Être seule.

Je ne souhaitais plus jamais adresser la parole à qui que ce soit.

Alors que je baissais les yeux vers ma robe, je sus que je n'avais pas envie d'être cette Holland.

Et honnêtement, je ne souhaitais vraiment, *vraiment* plus parler, apprécier ou aimer un homme.

Plus jamais.

CHAPITRE UN

Chapitre 1

J e ne suis pas si mauvais à Mario Kart.

Ethan Montgomery haleta alors qu'ils prenaient un virage pendant leur jogging.

Lincoln secoua la tête.

— Tu *es* mauvais. Enfin, ce n'est pas pour rien que c'est une blague de famille.

Ethan soupira en entendant son ami et fut légèrement vexé. Et... presque pas, en réalité. Après tout, il *était* mauvais à Mario Kart. Il ignorait pourquoi. Cela devrait être facile.

— Et te voilà, à te dire que ça devrait être simple parce que tu as des diplômes et que tu gagnes ta vie en travaillant avec des ordinateurs. Parce que tu programmes des trucs. Tu pourrais littéralement sauver le monde avec tes recherches. Pourtant, tu n'arrives pas à comprendre comment toucher la petite Peach avec une carapace verte.

Lincoln ne paraissait aucunement essoufflé et Ethan avait

envie de le secouer. Rien qu'un peu. Comment Lincoln pouvait-il être toujours en meilleure forme alors qu'il courait avec lui trois fois par semaine sur ce même chemin ?

D'accord, c'était probablement parce que même si le boulot de Lincoln pouvait être sédentaire, il faisait de son mieux pour faire du sport et rester debout. Ce n'était pas franchement le cas d'Ethan. Après tout, être chimiste numéricien signifiait qu'il fallait rester devant l'ordinateur. Et il n'aimait vraiment pas les bureaux debout. Ils lui faisaient mal aux pieds. Il restait assis. Souvent. Il n'était pas en mauvaise forme, pas vraiment, mais il en avait sérieusement l'impression quand il se tenait à côté de son meilleur ami.

Son meilleur ami franchement canon.

Oui, il l'avait remarqué. Il l'avait souvent remarqué. Depuis la première fois qu'il l'avait vu sans T-shirt, quand ils avaient environ 14 ans, Ethan Montgomery avait un coup de cœur pour son meilleur ami, Lincoln. Mais il était hors de question de le mettre au courant. Il y avait des règles à suivre pour ce genre de choses. On ne tombait jamais amoureux de son meilleur ami, surtout que Lincoln était quasiment un Montgomery. Il faisait partie de la famille. Et mêler cela avec des coups de cœur, des hormones et des pénis en érection ne valait vraiment pas la peine. Il préférerait garder Lincoln comme meilleur ami plutôt que de connaître la sensation de son membre entre ses mains.

Il retint un grognement quand son propre membre commença à durcir derrière le tissu de son short de jogging et il aurait aimé porter des sous-vêtements plus serrés. À présent, le reste de son footing serait encore plus douloureux.

— Tu m'écoutes, au moins ? s'enquit curieusement Lincoln qui n'était toujours pas essoufflé.

Comment faisait-il ?

— Je t'écoute. Et je te signale que, la dernière fois, j'ai touché Peach avec une carapace verte.

— Tu *étais* la Princesse Peach, Ethan. Ça ne compte pas si tu te prends un mur et qu'ensuite tu te prends la carapace que tu as envoyée.

Il regarda Lincoln et tenta d'avoir l'air offensé. Il éclata plutôt de rire.

Évidemment, il trébucha ensuite et dut faire une pause au bord du chemin, pour poser les paumes sur ses genoux et tenter de reprendre sa respiration.

— Tu n'es pas en aussi mauvaise forme, constata Lincoln en secouant la tête devant Ethan. Que se passe-t-il ?

— Je crois bien que je le suis. Ça doit être à cause de tous ces nachos que j'ai mangés avant-hier soir.

Il se caressa le ventre et Lincoln plissa les yeux avant de laisser son regard dériver.

— Je t'ai déjà vu torse nu. Tu es aussi musclé que le reste des Montgomery. Je ne comprends pas comment vous faites pour être aussi beaux. Même vos cousins. C'est légèrement déconcertant.

Ethan battit des cils en le regardant et Lincoln lui donna un coup d'épaule.

— Oh, tu trouves qu'on est beaux ? Tu es si adorable.

— Et tu es un trouduc.

— C'est faux. C'est toi le trouduc.

Ethan le poussa et ils éclatèrent tous les deux de rire avant de finir leur footing.

— Il nous reste combien de kilomètres ? s'enquit Ethan.

Il ne haletait plus autant qu'avant, mais il n'était toujours pas en grande forme.

— Il nous reste encore un petit bout de chemin. Ne te comporte pas comme un bébé. Tu deviens toujours comme ça au quatrième kilomètre. Et dès qu'on atteint le sixième, tout va bien.

— Tu me connais si bien, dit Ethan en lui jetant un coup d'œil.

Lincoln se contenta de hausser les épaules et de poursuivre sa course. Effectivement, il *connaissait* bien Ethan. Après tout, ils étaient meilleurs amis depuis l'école élémentaire. Ils s'étaient rencontrés en classe et avaient été obligés de s'asseoir l'un à côté de l'autre à cause de leurs noms de famille. À cause de McClard et Montgomery, dans toute leur gloire alphabétique, ils finissaient souvent associés.

Coup de bol, ils s'étaient bien entendus suite à cette proximité forcée. Mais ils avaient ensuite partagé leur part de pudding et étaient depuis devenus meilleurs amis.

Le fait qu'Ethan ait un coup de cœur pour Lincoln depuis le collège restait tu. Ce dernier ne se doutait aucunement des sentiments de son ami. Et Ethan en était heureux. Ce n'était qu'un petit faible, probablement parce qu'il connaissait si bien Lincoln. *Et* cet homme était canon. Ethan ne pouvait s'en empêcher. Il avait toujours été attiré par tous les genres. Bien sûr, avant de voir Lincoln torse nu, il ne s'était pas vraiment demandé pourquoi il regardait autant les garçons que les filles.

Lincoln avait peut-être été un catalyseur, mais il n'avait pas réellement été le premier homme qu'Ethan remarquait ou trouvait attirant.

Brad Pitt, dans *Légendes d'automne* avec sa crinière de cheveux glorieuse, avait fait des merveilles pour de nombreux coming out.

Et ce n'était pas comme si Ethan avait le temps de sortir avec quelqu'un, de toute façon. Il travaillait sur deux projets, actuellement, et ils étaient en retard. Il bossait donc de nombreuses heures et se disait que s'il installait un lit de camp dans son bureau, ça ne dérangerait personne. Cela ne ferait qu'augmenter sa productivité.

Et il aurait adoré pouvoir faire tout ce travail depuis chez lui, puisqu'il était sur ordinateur, mais l'un des projets était pour le ministère de la Défense et il devait donc se connecter à un serveur particulier. Il pouvait gérer le second quand il rentrait rarement chez lui, mais devoir se connecter à un serveur proxy de sa maison n'était pas toujours facile. Il était plus simple d'y aller, de faire son boulot, et de partager certaines de ses frustrations et des équations mathématiques avec ses collègues.

Cela signifiait que, parfois, il ne voyait pas sa famille et

Lincoln autant qu'il le souhaiterait. Mais ce n'était pas grave, ils comprenaient. Ils n'avaient pas le choix. N'est-ce pas ?

— Encore combien de temps ? haleta Ethan.

— On a presque fini. Ensuite, tu pourras t'acheter le donut que tu veux et faire comme si tu n'étais pas en train de manger du sucre et du gras.

— Tu manges toujours la deuxième moitié et on boit aussi un café sucré. J'ignore pourquoi tu me juges.

— Je me contrôlerais mieux si tu n'étais pas là, lui lança Lincoln avant de rougir.

Ethan haussa les sourcils. Lincoln rougissait rarement. Il ne montrait guère de quelconques émotions. Cet homme était un artiste, mais il était à contre-courant de ce qu'on imaginait d'un peintre stéréotypé. Lincoln n'était ni extravagant, ni mélancolique, ni même lunatique. Il faisait son boulot. Ce rougissement était étrange et Ethan ignorait la raison de son apparition.

Lincoln était un peintre talentueux. Il faisait déjà des vagues dans son domaine et les habitués commençaient à le reconnaître lors des expositions.

Ils connaissaient son nom, ses talents et Ethan était heureux d'être à ses côtés. Parce que son meilleur ami était sacrément talentueux et il adorait ça.

Il possédait la toute première peinture de Lincoln dans son salon, après tout. Celui-ci essayait constamment de la lui reprendre — non pas parce qu'il voulait la vendre, mais parce qu'il affirmait qu'elle n'était pas assez bien. Qu'il y avait des erreurs et des défauts.

Toutefois, Ethan ne les voyait pas. Il ne voyait que le cadeau d'un ami qui démontrait autant de talent pur et de potentiel qu'il en tombait parfois à genoux.

Il ne comprenait pas franchement l'art, ou ce qui rendait les choses belles et jolies. Il savait simplement ce qu'il aimait et il aimait l'œuvre de Lincoln.

Il aimait simplement Lincoln.

Ça suffit.

Il devait arrêter de penser en son for intérieur et s'éloigner de ce fil de pensées. Il devrait peut-être s'envoyer en l'air, avoir un rencard avec quelqu'un et/ou trouver une nouvelle vocation pour laquelle il ne travaillait pas autant — bien qu'il aime son boulot.

Passer tout son temps libre avec Lincoln ne l'aiderait sans doute pas à oublier son coup de cœur.

Ils coururent encore deux kilomètres. Ethan était presque à bout de souffle et Lincoln haletait enfin lorsqu'ils terminèrent leur footing.

— On peut marcher tranquillement jusqu'au magasin de donuts, déclara enfin Lincoln.

Ethan jura.

— Tu ne voulais pas t'arrêter ? s'enquit Lincoln en posant les mains sur les hanches alors qu'il reprenait son souffle.

— Oh, je jurais simplement en signe de gratitude.

— Je n'ai pas assez dormi hier soir, je crois, déclara Ethan en passant une main sur son visage puis en la regardant. Sérieusement, on est à Boulder. Ce n'est pas censé être humide. Pourquoi je transpire autant ?

— Eh bien, on n'a pas couru pendant une semaine et tu détestes le cardio. Tu es bien plus doué pour nager et soulever de la fonte.

Lincoln lui tendit la gourde qu'il avait attachée à son poignet et Ethan la saisit avidement. Il n'avait pas menti en affirmant qu'il n'avait pas assez dormi la veille au soir. Il avait oublié sa bouteille d'eau, aujourd'hui, et le petit scratch qui passait autour de son poignet — celui que Lincoln lui avait offert à Noël dernier — afin qu'ils puissent avoir de l'eau pendant leurs footings.

— Pourquoi n'irait-on pas nager ?

— Parce que les deux piscines publiques où on pourrait aller le matin ont maintenant été envahies par les enfants. C'est cette époque de l'année... Il y a une piscine privée à Westminster, je me suis renseigné. Mais les droits d'entrée sont astronomiques.

Ethan sourit, touché et peu surpris par le fait que Lincoln se soit renseigné pour eux deux. Lui-même l'avait mis sur sa liste de choses à faire, mais avait oublié puisqu'il avait été trop occupé. Et il détestait oublier les choses insignifiantes comme importantes parce qu'il était si concentré sur son boulot que c'en était devenu la norme. Néanmoins, Lincoln avait essayé de le faire passer en priorité. Ethan allait donc tenter d'en faire de même pour lui.

— Tu es un artiste célèbre et tu gagnes maintenant de l'argent grâce à ton art. Tu n'as pas à t'inquiéter de telles choses. Et moi-même, je m'en sors bien. Enfin, mes deux doctorats feraient mieux de me servir à quelque chose.

Lincoln arbora alors une expression étrange et Ethan fronça les sourcils.

— Quoi ? Qu'est-ce que j'ai dit ?

— Rien. C'est juste étrange de penser que je gagne de l'argent grâce à ce que j'aime faire, d'habitude.

— D'habitude ?

Lincoln secoua la tête, reprit sa bouteille d'eau et but une grande gorgée.

— Ne t'inquiète pas. Ce n'est que la mauvaise humeur d'un artiste. Je m'en sors.

— D'accord. Si tu en es sûr. Mais si jamais tu veux en parler, je suis là.

Lincoln lui lança un petit sourire et Ethan déglutit difficilement. Il aimait quand Lincoln souriait. Il devait vraiment avoir un rencard. Car la situation devenait ridicule.

— Tu détestes l'art.

Ethan écarquilla les yeux, légèrement blessé — et inquiet — que son meilleur ami le pense.

— C'est faux. J'aime ton art. Je ne comprends peut-être pas celui des autres, mais je comprends le tien. Du moins, autant que possible.

— Je te serai toujours reconnaissant d'essayer. En parlant de ça, Damien veut que j'aille voir une exposition. Tu m'accompagnes, hein ?

Ethan grimaça.

— Je déteste Damien.

Il n'avait pas voulu le dire à voix haute, mais ce n'était pas comme s'il gardait ce sentiment pour lui.

— Je sais. Tu me le répètes souvent. Mais c'est mon agent et il est vraiment doué dans ce qu'il fait.

— Non, *tu es* vraiment doué. Damien ne t'utilise que pour obtenir ce qu'il veut.

— On ne va pas encore se disputer à ce sujet.

Ethan leva les mains et secoua la tête.

— Tu as raison. Désolé. Je vais t'accompagner. À moins d'être retenu au boulot.

Lincoln plissa les yeux.

— D'accord, d'accord, je ne serai pas retenu.

Sans doute le serait-il. Il partirait quand même. Il allait écrire la date de cette exposition sur chacun de ses agendas, à la fois électronique et papier afin de s'en souvenir.

— Je vais voir si Bristol et Madison veulent être mes bouche-trous au cas où tu oublierais, dit Lincoln.

Ethan percevait la violence de ces mots.

— Non, j'y serai. C'est déjà sur mon agenda principal et je vais le noter partout ailleurs. Tu peux compter sur moi. Fais-moi confiance.

— C'est le cas, je te le promets.

— D'accord. Bon, et si on se le mangeait ce donut ?

— Tu peux le manger, ton donut.

— Laisse-moi deviner, tu vas prendre un yaourt ou quelque chose de sain.

— Non, je pensais plutôt au beignet à la crème. Avec du chocolat dessus. Ça m'a l'air génial.

Ethan ferma les yeux et fit de son mieux pour ne pas gémir. Et non, ce n'était pas parce qu'il se comportait actuellement comme un pervers et imaginait son meilleur ami lécher de la crème sur ses lèvres en mordant le beignet. Non, ce n'était pas ce qu'il avait en tête pour l'instant. Néanmoins, il avait envie de sucre. Et de calories. Et, quand il aurait le temps, d'un rencard. Parce qu'il devait vraiment arrêter de songer ainsi à son meilleur ami. Ça n'avait pas été aussi intense, par le passé, mais dès que son frère Liam avait commencé à sortir avec Arden et s'était ensuite fiancé... Les choses étaient devenues un peu étranges. Tout le monde parlait de mariage, de bébé et d'installation. Et c'était ce qu'Ethan souhaitait. Sincèrement. Il avait pourtant l'impression de ne pas avoir le temps pour ça, ces temps-ci, mais peu lui importait. Il en avait envie.

Toutefois, il ne savait pas avec qui, car il ne pouvait s'agir de Lincoln. Ce n'était pas ce que celui-ci désirait. Ethan devait donc découvrir ce qu'il souhaitait pour lui-même.

Il n'était pas doué pour ça.

Néanmoins, il voulait être heureux et désirait une fin heureuse. Peut-être, rien que peut-être, il voulait aussi se marier.

Ils prirent un virage et une fois encore, Ethan trébucha.

— Tu vois ce que je vois ? s'enquit Lincoln.

— Tu veux dire : est-ce que je vois une femme dans une magnifique robe de mariée, actuellement assise sur un banc au milieu du parc, en train de boire au goulot de ce qui ressemble à une bouteille de vin cachée dans un sachet en papier ?

Lincoln acquiesça.

— Oh. Bien. Parce que c'est aussi ce que je vois.

Et le fait qu'Ethan tombe sur cette femme juste après avoir pensé au mariage et aux bébés ? Non, il n'allait pas l'analyser. Mais, putain. Ce serait intéressant.

— Et soit personne n'a remarqué qu'elle était là, soit les gens font de leur mieux pour ne pas lui accorder trop d'attention et la laisser tranquille, dit Ethan en regardant Lincoln et en hochant la tête.

— On devrait vérifier qu'elle va bien, répliqua Lincoln alors que son meilleur ami continuait d'acquiescer.

— Enfin... j'ai l'impression qu'on a une épouse fugueuse sur les bras.

— Je n'arrive pas à croire que tu aimes autant ce film.

— Julia Roberts et Richard Gere qui rejouent ensemble ? C'était la perfection.

— Non, ça ne l'était pas. Mais, au moins, ce n'était pas une prostituée, cette fois.

— Je ne comprends pas ce que tu as contre les films de Julia Roberts, constata Ethan alors qu'ils avançaient vers la mariée sur le banc.

— J'adore la plupart de ses films. Mais je ne suis pas fan d'elle quand elle est en prostituée ou en épouse fugueuse.

— Évite peut-être de le dire aussi fort quand on s'apprête à parler à une mariée, marmonna Ethan avec la bouche en biais.

— Tu as raison. C'est une situation totalement différente. Et Richard Gere n'est pas là pour la sauver.

— Non. Il n'y a que nous, n'est-ce pas ? s'enquit Ethan en lui faisant un clin d'œil.

— Tu dois vraiment quitter ton bureau plus souvent, grommela Lincoln.

Ethan continua de sourire alors qu'ils s'approchaient de la femme.

Seigneur, elle était à couper le souffle. Des pommettes saillantes et des lèvres pulpeuses. Des cheveux auburn qui retombaient au niveau de ses épaules et qui avaient été bouclés et balayés d'un côté de sa tête. Elle avait une couronne — une tiare ? — plutôt qu'un voile. Elle portait une robe sans bretelles serrée à la taille et avec un jupon bouffant qui paraissait franchement en décalage avec ce parc. Cependant, ils étaient du côté le moins fréquenté puisque les chemins n'étaient pas aussi agréables et que les équipements de jeu pour enfants étaient situés à l'opposé. Ainsi, peu de gens passaient devant elle.

Heureusement.

— Salut, vous allez bien ? s'enquit Ethan en tentant de prendre un air nonchalant, comme s'ils ne s'approchaient pas d'une mariée en train de boire du vin dans un sachet en papier.

La femme leva les yeux vers eux et Ethan prit une profonde inspiration. Il remarqua que Lincoln s'était crispé à côté de lui.

Ses yeux.

Seigneur, ses yeux. Ils étaient d'un bleu profond qui donnait l'impression qu'il ne pouvait s'agir que de lentilles, mais Ethan savait que ce n'était pas le cas. Il voyait qu'ils étaient parfaitement assortis à son visage parfaitement proportionné et à ses lèvres faites pour être mordues.

Elle était magnifique, même avec le mascara qui avait coulé sur ses joues.

— Oh, salut.

Il commença à bander en entendant sa voix et jura dans sa barbe.

Doucement, mon garçon. Ce n'est clairement pas le moment.

Ça n'avait pas été le moment avec Lincoln et ça ne l'était clairement pas avec elle.

— Vous avez besoin d'aide ? s'enquit Lincoln.

Il posa ensuite un genou à terre et Ethan en fit de même. On avait l'impression qu'ils étaient sur le point de lui faire leur demande, mais rester dans une position dominante n'était probablement pas idéal non plus.

Elle les observa chacun à leur tour et secoua ensuite la tête.

— Je vais bien. Je profite simplement de la journée.

— On dirait que vous aviez prévu autre chose, aujourd'hui, intervint Ethan.

Les lèvres de la jeune femme se tordirent dans un sourire, mais les larmes lui montèrent alors aux yeux. Ethan eut envie de se flageller.

— Pouvons-nous vous offrir quoi que ce soit ? Un café ? demanda Lincoln.

Elle baissa les yeux vers le sachet qu'elle tenait, puis le jeta, avec la bouteille, dans la poubelle juste à côté de son banc.

— Je ne suis attendue nulle part. Alors, un café me semble pas mal. Vous n'êtes pas des meurtriers ou des tueurs en série, n'est-ce pas ? Parce que j'ai regardé suffisamment d'épisodes d'*Esprits criminels* pour savoir que, parfois, les tueurs en série travaillent en duo. Mais généralement, ils sont seuls. Et je sais aussi que s'ils travaillent ensemble, il y a normalement un dominant et un soumis dans la relation.

Elle se tut et Ethan se contenta de secouer la tête.

— Vous vous entendriez vraiment bien avec mon frère, Aaron. Il adore *Esprits Criminels*.

— Je ne sais pas si j'adore. Ça a tendance à me garder éveillée pour la nuit. Bref, je devrais vraiment rentrer chez moi.

— Allez, on va vous offrir un café. On veut s'assurer que vous allez bien. Tout d'abord, je m'appelle Lincoln. Et voici Ethan. On dirait que vous avez eu une rude journée.

La femme lui lança un sourire larmoyant avant de se lever. Ils l'imitèrent.

— Je m'appelle Holland. J'étais censée me marier aujourd'hui.

— On avait compris, marmonna Ethan avant que Lincoln lui donne un coup de coude dans le ventre.

— La robe n'est pas franchement adaptée à une sortie, un jeudi après-midi, renchérit-elle avant de soupirer. Un café me ferait du bien. Et j'espère *sincèrement* que vous n'êtes pas des tueurs en série.

— Moi, je n'en suis pas un, répondit Ethan avant de désigner Lincoln. Je ne peux rien vous promettre le concernant.

Holland écarquilla les yeux et Lincoln marmonna quelque chose qu'Ethan n'avait probablement pas envie d'entendre.

— Je ne suis pas un tueur en série, moi non plus. Même si, bien sûr, c'est la première chose qu'un tel homme dirait. Bref, on peut aller boire un café sur cette terrasse. Vous n'avez même pas besoin d'entrer. Je vous le promets. Vous êtes en sécurité avec nous.

Alors que Lincoln prononçait ces mots, le cœur d'Ethan se réchauffa et il sut que même s'il n'était pas là, elle serait en sécurité avec son meilleur ami. Car Lincoln était le genre de personne vers qui on se tournait quand tout allait mal. Et, à la manière dont Holland restait plantée là, perdue dans sa grande robe de mariée, il savait que tout allait mal.

— D'accord, chuchota-t-elle.

Ethan sut alors qu'à cet instant son désir pour son meilleur ami, ses pensées sur son travail ou même le fait qu'il s'encroûtait, n'avaient aucune importance.

La mariée avait besoin d'eux et il était un Montgomery. Lincoln en était plus ou moins un, aussi. Et c'était ce que les Montgomery faisaient. Ils aidaient.

Même si leur libido se mettait en travers de leur chemin.

CHAPITRE DEUX

Chapitre 2

Holland Yeaton avait survécu à de mauvaises journées dans sa vie. Nombre de mauvaises journées. En fait, il y en avait eu tant, entrecoupées de bonnes journées, que c'était légèrement effrayant. Mais normal.

Le fait que ce jour soit probablement le pire de sa vie était un euphémisme dramatique.

Mais alors qu'elle était assise face à deux des hommes les plus extraordinairement attirants qu'elle avait rencontrés dans sa vie, sur la terrasse d'un café, et que les passants la scrutaient, elle se disait que peut-être, sa réaction n'était pas excessive.

Après tout, elle portait une robe de mariée horriblement et terriblement chère, celle qu'elle avait aimée, mais qu'elle ne pensait pas devoir acheter. Selon elle, un mariage ne durait qu'une journée et elle avait ensuite voulu une *vie* entière avec son époux — qui était son ex, à présent.

Elle avait voulu plus que cette simple journée. Elle avait voulu des années, des *décennies*.

Du moins, en théorie. Ce n'était pas parce que Dustin et elle avaient eu des problèmes avant le jour des noces qu'ils en auraient pour toujours. Cela signifiait simplement qu'ils devraient travailler sur certaines choses dès le début. Et ça n'aurait pas dû être un souci.

Puisque tous les couples s'inquiétaient pour certaines choses.

Bien qu'elle pense que ce n'était pas important, elle avait été poussée par sa sœur et sa mère à acheter cette robe de mariée trop chère. Celle dans laquelle, d'après ces deux femmes, elle était spectaculaire, comme si elle portait de la haute couture alors qu'elle avait l'impression d'être un cupcake en dentelle.

Elle avait désiré une cérémonie simple, une robe simple et une vie entière de joie et d'amour avec Dustin.

Rien de tout ça n'était arrivé.

Elle était maintenant assise là, face à deux inconnus. Des hommes qui s'étaient approchés d'elle pour s'assurer qu'elle allait bien alors que tous les autres n'avaient fait que passer. Les promeneurs l'avaient observée, bouche bée, et s'étaient probablement demandé si, avec sa stupide robe de mariée, elle était là pour une séance photo, pour une sorte de caméra cachée ou une émission télé.

Ce n'était rien de tout ça.

C'était sa vie. Et peut-être était-ce ce qu'elle méritait.

Après tout, elle avait tenté d'être heureuse, et était maintenant en manque.

Pourquoi ne pas ajouter l'humiliation et une légère ivresse à tout ça ?

— Voudriez-vous une autre tasse de café ? s'enquit Lincoln.

Holland leva les yeux et les écarquilla en scrutant l'homme sexy devant elle.

Le fait qu'elle continue de les qualifier de *sexy* et d'*attirants* dans sa tête prouvait qu'elle avait sans doute bu trop de vin. Oui, c'était ce qu'elle buvait dans ce sachet en papier.

Elle n'avait pas vraiment songé à ce qu'elle pourrait faire, à part noyer ses inquiétudes dans un endroit public, puisqu'elle n'avait nulle part où aller.

Elle n'avait que son petit sac à main avec elle. Elle n'avait même pas toutes ses cartes de crédit et n'avait donc pas pu se payer un hôtel. De plus, ça aurait été étrange. Elle avait aussi été incapable de rentrer chez elle, puisque c'était là que Dustin vivait. Et elle ne pouvait se rendre chez ses parents puisque sa mère et son père étaient furieux contre elle.

Après tout, quitter son mariage en portant toujours cette satanée robe n'était pas la meilleure des idées quand vos parents étaient déjà en colère contre vous pour des milliers d'autres raisons. Des raisons qui paraissaient insignifiantes, mais étaient inconcevables dans leur tête.

Toutefois, alors qu'elle observait Lincoln, Holland dut chasser cette idée de sa tête et... se contenter d'aller bien. Il était probable qu'elle paraisse déjà assez folle à leurs yeux. Elle ne voulait pas aggraver les choses. Elle souhaitait simplement être normale. Mais *être normale*, ce n'était pas rester assise dans un parc, en robe de mariée, à boire du vin dissimulé par un sachet en papier.

Du moins, ce n'était pas la normalité des autres. C'était peut-être la sienne, à présent.

S'arrachant à ses pensées, elle se concentra une nouvelle fois sur l'homme devant elle. Lincoln avait des cheveux bruns assez longs qui bouclaient juste au-dessus de son col, une mâchoire bien taillée, un regard perçant et des lèvres très sensuelles.

Non pas qu'elle le regarde. C'était à cause du vin. De tout cet alcool.

En y songeant...

— J'adorerais une autre tasse de café, grommela-t-elle.

Lincoln lui sourit gentiment. Cela se refléta dans ses yeux, dans son expression pleine de compassion plutôt que de jugement. Elle considéra qu'il s'agissait là d'une victoire. Il leva la main.

La serveuse se rua vers eux et Holland ne lui en voulait pas pour cette précipitation. Après tout, cette employée n'était pas la seule à observer les deux hommes, bouche bée. Holland en faisait de même.

— Pourrions-nous avoir une nouvelle tournée de cafés ? Merci, dit Lincoln en souriant à la serveuse.

— Et de la crème, dit Ethan en faisant un geste vers le pot vide entre eux. Je mets une quantité faramineuse de crème dans mon café. J'ai l'impression de ne pas être le seul.

Il sourit à Holland.

Elle sentit la chaleur se répandre quand le rouge lui monta aux joues, mais ce n'était pas grave. Elle aimait son petit café avec de la crème et du sucre. Pas de quoi la poursuivre en justice.

Ethan semblait apprécier son café de la même manière, tandis que Lincoln n'ajoutait qu'un soupçon de crème dans le sien.

Et le fait qu'elle se préoccupe bien trop de la manière dont ils buvaient leur café lui indiquait qu'elle avait encore du vin dans le sang. Elle se concentra sur tout ce qui ne comptait pas afin de ne pas être obligée de se focaliser sur l'énorme sujet évident et tape-à-l'œil. C'est-à-dire la robe de mariée — et ce qui l'avait poussée à l'enfiler.

— Merci, dit-elle une fois que la serveuse fut partie et qu'elle put s'adresser aux deux hommes.

Elle n'était pas certaine de *vouloir* leur parler. En réalité, elle était quelque peu inquiète de ce qu'ils pourraient lui répondre. Étaient-ils simplement deux hommes gentils lui offrant une tasse de café ? Ou les choses allaient-elles devenir étranges ? Elle savait qu'elle n'aurait probablement pas dû partir avec deux inconnus, mais elle avait une bonne intuition les concernant. Et si elle finissait exécutée par un tueur en série, eh bien cela lui servirait de leçon. Après tout, elle avait passé une très mauvaise journée.

— Alors, voulez-vous nous raconter ce qu'il se passe ? s'enquit Ethan.

Holland se contenta de sourire et de baisser les yeux vers sa tasse de café vide.

Lincoln ferma les yeux et grogna.

— Ethan, grommela-t-il. Sérieusement ?

— Quoi ? Je demande ça comme ça.

Holland soupira. Elle souhaitait mettre fin à cette gêne. Elle souhaitait que tout soit terminé pour passer à l'étape suivante et démêler ce qu'il s'était passé.

— Je m'appelle Holland, comme vous le savez.

— Salut Holland, lui répondit Lincoln en continuant de lui sourire.

— Je suis propriétaire d'une boutique et... j'étais censée me marier, aujourd'hui. Mais, comme vous le constatez, ce n'est pas arrivé.

— Eh bien, j'ignore si c'est arrivé ou non, répondit Ethan. Pour ce que j'en sais, vous auriez pu vous marier et *ensuite* vous enfuir. Enfin, je ne dis pas que vous l'avez fait. Je devrais peut-être me taire. Tu as raison, Lincoln, j'ai tendance à raconter des inepties.

La serveuse réapparut et leur tendit leurs boissons, fixant toujours les deux hommes en ignorant totalement Holland. Ce fut uniquement grâce à ses réflexes qu'elle dégagea d'ailleurs sa main au dernier moment, afin d'éviter d'être brûlée par du café. La serveuse s'éloigna sans même s'excuser, et Holland se contenta de secouer la tête. Ces hommes *étaient* effectivement attirants, mais c'était légèrement ridicule.

Ethan lui tendit rapidement des serviettes tandis que Lincoln lui attrapait la main et l'examinait.

— Vous allez bien ? s'enquit-il. Vous a-t-elle brûlée ?

Holland baissa les yeux et reprit ses esprits. Ce n'était pas parce que ces deux mecs étaient plus gentils avec elle que n'importe qui d'autre depuis longtemps qu'elle devait poursuivre cette conversation. Ou même rester. Ce n'était pas futé. Elle devait vraiment rentrer chez elle — ou *trouver* son chez elle — et découvrir quoi faire ensuite.

— Je vais bien.

Holland recula sa main et saisit, reconnaissante, la serviette entre les doigts d'Ethan pour finir de nettoyer.

Celui-ci l'aida.

— Il n'y a pas de mal. Ce genre de choses arrive tout le temps. Mais sérieusement, vous allez bien ?

— Je vais bien, répéta-t-elle.

— D'accord, répondit Lincoln en la regardant dans les yeux. Si vous le dites.

Elle n'allait pas bien. Mais... peu importait. Elle allait bien en ce qui concernait le café renversé et c'était tout ce qui comptait à cet instant.

— Et si vous me parliez de ce que vous faites dans la vie ? lança-t-elle en tentant de partir sur une question banale afin de ne pas avoir à répondre aux leurs.

Elle ne souhaitait effectivement pas leur dire pourquoi elle était encore en robe de mariée et avait bu au milieu du parc.

Les deux hommes se regardèrent avant d'avoir une sorte de conversation silencieuse à laquelle elle ne participa pas. Étaient-ils... ensemble ? Peut-être. Manifestement, ils étaient au moins meilleurs amis. Mais l'idée qu'ils soient réellement en couple ? C'était une idée des plus torrides.

Enfin, elle ne comptait pas y songer. Son cerveau débordait déjà, en l'état.

— Je suis chimiste numéricien, répondit rapidement Ethan comme s'il craignait que Holland le juge.

— Vous travaillez dans quel domaine informatique ? Dans l'industrie ? Ou faites-vous des recherches avec une université ?

Ethan haussa les sourcils et Holland se contenta de sourire, absolument pas surprise par sa réaction.

— L'un de mes bons amis était en spécialité chimie, à l'université, pendant que je préparais mon diplôme de commerce. On s'est rencontrés en cours de maths. Je ne me souviens plus de ce qu'on faisait, parce que c'était un mélange hybride de statistiques et de théories pour lequel les profs allaient accorder moins de points tout en nous donnant le double de travail, quelque chose de ce genre.

Ethan hocha la tête, puis lui sourit de toutes ses dents, ce qui fut merveilleux à observer.

— Eh bien, je travaille pour l'industrie et pas vraiment dans la sphère universitaire. Donc, même si j'écris des articles, je n'ai pas à enseigner.

— Merci mon Dieu, marmonna Lincoln.

Ethan feignit de lui lancer un regard noir.

— Excuse-moi ?

— Tu n'as pas assez de patience pour enseigner.

— Si.

— Tu te souviens de la fois où tu as essayé d'apprendre à ta sœur comment fonctionnait sa nouvelle clé HDMI ?

— Elle ne comprenait rien, et je ne savais pas pourquoi. Elle sait comment utiliser son ordinateur et Internet. Je ne voyais pas pourquoi c'était à moi de lui montrer comment se servir du petit truc que tu branches derrière la télé.

Lincoln se tourna vers Holland et elle retint un sourire.

— Et c'est pour ça qu'il ne serait pas un bon enseignant.

— Va te faire foutre, dit Ethan avant de regarder Holland en rougissant. Désolé.

— Vous avez le droit de jurer autant que vous le souhaitez. Je vous le promets. Je ne vais pas être vexée. Généralement, je jure comme un charretier, mais je passe une journée très étrange.

Les deux hommes l'observèrent, s'attendant à ce qu'elle en dise plus, mais elle n'en fit rien. Elle attendrait le dernier moment si elle le pouvait. Ou elle ne leur dirait pas du tout. Elle ne savait pas réellement comment expliquer ce qui était arrivé.

— Quant à moi, je peins, dit Lincoln en comblant le silence.

Holland sourit.

— Vraiment ? Quel genre de peintures faites-vous ?

— Pour l'instant, je travaille surtout avec l'huile. Mais j'ai fait des acryliques et utilisé des techniques mixtes, également. Je fais aussi quelques croquis et je travaille avec le fusain pour mes brouillons. Mais pour l'instant, je suis principalement sur la peinture à l'huile.

— Il est assez doué, intervint Ethan.

Lincoln lui lança un coup d'œil qu'elle ne sut interpréter.

Ethan était-il sarcastique ? Ou peut-être que Holland était censée savoir qui il était. Après tout, elle aimait l'art, elle connaissait l'art, mais elle ne se souvenait pas du nom de chaque artiste. Peut-être que si elle n'avait pas bu autant de vin, elle serait plus réactive.

— Vous n'êtes pas obligée de parler si vous n'en avez pas envie. Mais souhaitez-vous nous raconter ce qu'il s'est passé ? Pourquoi portez-vous encore votre robe de mariée ? demanda Ethan.

Lincoln soupira et se pinça l'arête du nez.

Elle sourit puisque cet homme paraissait si sincère dans son désir de l'aider que Holland se dit... pourquoi pas ? Les autres personnes de son monde seraient bientôt au courant. Après tout, ils étaient au mariage, ce matin-là.

— Comme je l'ai dit, j'étais censée me marier, aujourd'hui. Mais j'ai surpris ma demoiselle d'honneur, qui est aussi ma petite sœur, en train de faire une fellation à mon futur mari.

Les deux hommes se contentèrent de la fixer, les yeux écarquillés et la bouche grand ouverte.

— Je n'ai jamais vu quelqu'un prendre un teint à la fois rouge et prude, et je ne veux plus jamais le revoir.

Les hommes lui sourirent à cause de cette mauvaise blague cinématographique, mais elle n'avait pu s'en empêcher, elle voulait simplement que quelqu'un rie. Autrement, elle finirait par fondre en larmes.

— Tu sais, Lincoln et moi discutions justement des films de Julia Roberts avant de te croiser, dit Ethan.

— *Potins de femmes* m'a brisé le cœur. Mais je n'ai pas choisi mes couleurs à cause de ça. C'est ma mère, en fait.

Holland secoua la tête.

— Je n'ai pas eu grand-chose à voir avec ce mariage. C'était ce que tout le monde souhaitait. J'étais simplement heureuse de me marier et j'avais hâte de passer le reste de ma vie avec Dustin. Mais ça n'arrivera pas. C'est impossible. C'est un infidèle. Et ma sœur aussi. Honnêtement, j'ignore ce que je vais faire, maintenant.

Alors, excusez-moi pendant que j'essaie de ne pas pleurer. Je devrais certainement racheter du vin. Parce que si je noie mon chagrin, peut-être que je me réveillerai de cet horrible cauchemar, que je serai mariée et que tout ira bien.

Holland prit, reconnaissante, une serviette des doigts d'Ethan et essuya ses larmes.

— Je sais que j'ai l'air ridicule. Je ne sais même pas pourquoi je me suis enfuie avec ma robe de mariée. J'ai pris mon petit sac. Même pas le grand. Alors, je n'ai même pas mon portable. Ni rien, en réalité.

— Que pouvons-nous faire ? s'enquit Lincoln.

Holland leva la tête.

— Quoi ?

— Que pouvons-nous faire ? Que souhaitez-vous de notre part ?

— Je n'ai besoin de rien venant de vous. Je ne vous connais même pas. Vous me laissez parler et boire un café. Et je vous en suis reconnaissante. J'ai un peu de monnaie. Cinq dollars, environ, dans mon petit sac.

— Je suis certain que nous pouvons vous payer votre café, déclara froidement Ethan. Vous ne me connaissez peut-être pas, mais pour ma famille et moi — et j'inclus Lincoln, puisque c'est mon meilleur ami —, il est impossible de ne pas aider les autres.

— Oh.

Que pouvait-elle dire d'autre ? Elle avait tout de même retenu une information de ce qu'il avait dit, même avec cette folle négation double. Ils étaient meilleurs amis. C'était bon à savoir. Au moins pour son inventaire mental. Elle avait vraiment besoin de faire une sieste. Elle perdait la tête.

— Vous avez un plan ? demanda Lincoln.

— Je me suis simplement enfuie, répondit-elle en secouant la tête. J'ai vu le sourire narquois sur le visage de ma sœur et j'ai su que ce n'était pas la première fois que ça se produisait. Et ça ne sera probablement pas la dernière. Je ne pouvais pas épouser mon fiancé. Ma mère m'a crié dessus, m'a traité de noms horribles et

27

m'a dit d'y retourner, même si elle a vu exactement la même chose que moi. Après ça, je me suis enfuie et j'ai tout abandonné.

— D'accord. Si vous n'avez pas de plan, nous allons en trouver un nouveau, déclara Lincoln.

Il hocha sèchement la tête avant de se tourner vers Ethan.

— Appelons ton frère pour voir si son appartement est toujours disponible.

— Son appartement ?

Elle était si perdue et ces deux hommes discutaient comme s'ils avaient un plan. Elle ne connaissait même pas la signification de ce mot, à cet instant, et cela ne lui ressemblait pas.

— Vous avez mentionné que vous n'aviez nulle part où aller, répondit Ethan en sortant son portable. Mon frère a quelques propriétés dans le coin. Je suis sûr que vous pouvez passer la nuit dans un de ces appartements. Comme ça, vous n'aurez pas à rester chez nous, où vous seriez mal à l'aise et où vous aurez encore plus l'impression que nous sommes des tueurs en série tentant de vous appâter dans nos filets.

Holland ricana. Elle avait l'impression d'avoir un train de retard.

— Eh bien, je ne pensais pas franchement que vous étiez des tueurs en série, mais ça n'aurait rien d'aberrant après la journée que j'ai passée.

— Nous ne sommes pas des tueurs en série. Cependant, vous savez que ça ne vaut probablement rien dans la bouche d'un tueur en série.

Les lèvres de Lincoln tressautèrent, mais la jeune femme ne se détendit aucunement.

— Alors, au moins, vous aurez un endroit où dormir, tant qu'Ethan peut arranger ça. Et si ce n'est pas disponible, nous vous trouverons un endroit sûr. Bon, pourquoi ne nous dites-vous pas où vous étiez censée vous marier ? Nous irons récupérer vos affaires.

Holland resta figée, ébahie.

— Pourquoi faites-vous ça ?

— Parce que vous avez besoin d'aide, dit Ethan en baissant les yeux vers son téléphone et non vers elle. Et j'ai toujours voulu sauver une princesse en robe blanche.

— C'est faux, rétorqua Lincoln. Tes plaisanteries sont de pis en pis.

— Ça, c'est vrai. Désolé.

Holland les observa, tour à tour, confuse.

— Je ne comprends pas.

— Ce n'est pas nécessaire. Et vous n'êtes pas non plus obligée de rester seule. Nous allons vous aider à régler ça.

— Mais comment pourrais-je vous rendre la pareille ?

— C'est inutile, répondit Ethan. Ou, je ne sais pas, mettez tout ça à profit. Ou tenez-nous au courant de ce qu'il se passe ensuite.

Il haussa les épaules.

— Vous ne connaissez peut-être pas les Montgomery, mais une fois que vous entrez, c'est difficile de sortir, ajouta Ethan avec un clin d'œil.

Holland fronça les sourcils.

— Si vous ne l'aviez pas deviné, les Montgomery sont une très grande famille, expliqua sèchement Lincoln. Ce mec oublie parfois que tout le monde ne les connaît pas.

— Oh.

Elle était encore confuse.

— D'accord, on a un plan. Vous aurez un endroit où dormir, au moins cette nuit. Nous allons récupérer vos affaires et vous pouvez prendre un peu de temps pour réfléchir à ce que vous devez faire. Et si vous avez besoin de parler, nous sommes là. Je promets que nous ne mettrons pas de coups de poing dans la tête de votre ex. Ou dans sa queue, détailla Lincoln.

Holland éclata de rire. Elle avait cru que c'était Ethan, qui avait le sens de l'humour, et que Lincoln était un peu plus stoïque. Mais, apparemment, ils avaient tous deux des faces cachées.

— Mais je ne sais pas vraiment ce que je vais faire. À propos de quoi que ce soit.

— Vous n'avez pas besoin de prendre de décision dans l'immédiat. Mais si vous voulez retirer cette robe de mariée pour mettre quelque chose de plus confortable, nous pouvons trouver une solution. Vous n'avez pas à traverser cela seule. Je vous le promets.

Elle les observa, tour à tour, encore perplexe. Toutefois, elle savait que peut-être, *peut-être*, ils avaient raison. Elle n'était sans doute pas obligée de tout traverser seule.

Plus tard, assise à l'arrière du SUV de Lincoln alors qu'il les menait tous les trois à l'église, elle n'eut d'autre choix que de se demander si elle commettait une erreur.

Qu'allait-elle faire sans Dustin ?

Il était censé être son avenir, son tout. Mais elle ne pouvait y songer.

Parce qu'il n'y avait pas que l'adultère. Il y avait le regard. Pas seulement celui de sa sœur, avec le sourire narquois, mais le regard de Dustin, également. Comme s'il se moquait d'elle, comme s'il se moquait de tout.

Comme si elle ne valait pas la peine. Comme si elle ne valait rien.

Elle détestait cette impression. Elle n'avait pas envie de ressentir ça ni de se demander s'il allait à nouveau la tromper ou s'il pensait à sa sœur quand il se glissait en elle. Depuis combien de temps le faisaient-ils ? Et depuis combien de temps était-elle le pigeon qu'il prévoyait d'épouser parce que tout le monde s'y attendait ?

Et comment était-elle censée faire face à sa sœur ?

La femme qui avait toujours voulu ce que Holland possédait, celle qui était toujours jalouse, même si son aînée n'avait jamais saisi pourquoi. Elle ne comprenait pas sa cadette, elle ne l'avait jamais comprise. Et à présent, elle savait que ce ne serait jamais le cas.

Tandis qu'ils se garaient sur le parking de l'église, Holland laissa échapper un soupir de soulagement, heureuse de ne reconnaître aucune des voitures.

Elle ignorait ce qui se passerait ensuite.

Toutefois, comme elle y avait songé plus tôt, et alors qu'elle regardait Ethan et Lincoln, elle se dit qu'elle n'était pas obligée de le faire toute seule.

Elle baissa les yeux vers sa robe de mariée et se souvint. Elle devait le faire seule. Elle allait être seule, maintenant.

Elle avait perdu sa chance d'être heureuse pour toujours. Tandis que cette idée s'ancrait en elle, les larmes commencèrent à lui monter aux yeux et à couler sur ses joues. Elle craqua.

Elle était si fatiguée.

Si blessée.

Si furieuse.

Le tout explosa comme un barrage et ses pleurs sortirent en sanglots hoquetants.

La portière du SUV s'ouvrit et Ethan se glissa à ses côtés. Il la serra sans ses bras tandis que Lincoln gigotait sur son siège à l'avant pour mettre une main sur son genou et le serrer à travers sa robe.

Bien qu'elle sache qu'ils étaient là, cela n'aurait aucune importance pour elle, plus tard, c'était impossible. Le fait qu'ils essaient d'aider la folle en robe de mariée ne pouvait avoir d'importance. Car si cela en avait, elle devrait voir au-delà de la barrière de glace qu'elle avait bâtie autour d'elle.

Elle avait tout perdu, ce jour-là. Il était difficile de trouver de l'espoir dans l'obscurité.

Et elle se détestait. Elle détestait avoir eu de l'espoir, au début, avant de surprendre sa sœur et son fiancé.

Elle aurait dû savoir depuis longtemps, par expérience, qu'avoir de l'espoir signifiait que la chute était plus rude lorsque tout lui était arraché.

Elle aurait dû apprendre. Mais elle ne l'avait pas fait.

Brisez-la une fois, honte à vous.

Brisez-la deux fois, honte à elle.

Encore une fois.

CHAPITRE TROIS

Chapitre 3

Quelques mois plus tard
Lincoln McClard aimait l'art. Il aimait le fait que, peu importait ce que faisait un artiste, parfois, cela ne reflétait pas exactement ce qu'il avait en tête. L'interprétation devait être faite par le spectateur et non par les artistes eux-mêmes.

Ceux-ci pouvaient tout mettre dans une œuvre : leur cœur, leur âme... leur sang, leur sueur et leurs larmes, littéralement.

Mais, en fin de compte, c'était bien ceux qui faisaient partie de l'œuvre, le spectateur et l'observateur, qui définissaient ce qu'elle était. Du moins, à leurs yeux.

Mais peu importait. L'artiste était celui qui déposait ce premier coup de tampon ingénieux, ce premier coup de peinture ou cette autre matière. Leur travail était de faire de leur mieux pour transmettre au monde ce qu'il devait savoir. Mais *ils* devaient également avoir conscience que, dans certains cas, ce n'était pas ce qui se produisait à la fin.

Lincoln se le répétait souvent. Parce que, *Seigneur*, certains jours, il détestait carrément son boulot.

Depuis quand l'art était-il devenu si difficile pour lui ?

Il était créatif. Ce mot avait quasiment été inscrit sur son front par ses parents, ses professeurs, ses amis, ses mentors et ses camarades de classe.

Depuis qu'il était petit, avec ses colliers de nouilles et ses projets artistiques. Avant même qu'ils le fassent en cours d'art, il avait su qu'il voulait créer.

Oh, il s'en était très mal sorti, au début. Il avait passé des années à apprendre son art et à séparer le bon du mauvais. Pourtant, à présent, il avait l'impression d'en être revenu à ses macaronis et à son manque d'avenir.

Mais peu importait. Il faisait toujours de son mieux. Ou, du moins, il le pensait.

Il avait appris à peindre et à dessiner, il avait utilisé différents médias au fil du temps, il s'était entraîné avec de l'argile, de la céramique et d'autres matériaux. Il avait essayé autant de choses que possible, et avait tenté de trouver ce qui fonctionnait pour lui.

Il s'était même lancé en tant que souffleur de verre et sculpteur, utilisant du métal, du plâtre et du bronze.

Il avait presque travaillé avec tout ce sur quoi il pouvait mettre la main et il savait qu'il continuerait d'expérimenter au fil du temps.

Toutefois, en ce moment, il avait une commande à honorer et rien ne lui venait. Pas une seule idée.

La seule précision qu'avait donnée l'homme ayant commandé cette œuvre était qu'il voulait du gris. Il avait précisé que la pièce ne devrait pas nécessairement être toute grise — elle pouvait même être aux couleurs de l'arc-en-ciel. Tant qu'il y avait du gris pour rappeler les yeux de sa femme.

Et Lincoln aimait l'idée. Il aimait que ce soit différent. Du moins, dans son esprit. Il faudrait que ce soit parfait pour cet homme et sa femme, même s'il s'agissait d'un immense conglomérat. Certains de ses amis artistes n'étaient pas fans à l'idée de travailler pour quelqu'un ou une quelconque société.

Il créait de l'art pour gagner sa vie et ça ne le dérangeait pas. Il ne croyait pas aux artistes crevant la faim, au concept de créer uniquement pour l'art et non pas pour être capable de se nourrir et d'avoir un toit au-dessus de la tête.

C'était comme dire que quelqu'un qui travaillait dans les affaires ou possédait une entreprise ne pouvait gagner son propre argent. Mais non, personne n'avait jamais pensé ça. Tant qu'ils travaillaient, ils avaient le droit de gagner de l'argent. Mais un artiste devait s'affamer ? Non, merci.

Lincoln grogna et jeta son pinceau sur la table avant de se prendre la tête entre les mains.

Heureusement, il n'y avait pas de peinture dessus, sinon il en aurait mis partout.

Car pour mettre de la peinture sur son pinceau, il devait savoir ce qu'il faisait, putain.

Néanmoins, comme toujours ces derniers temps, il n'en avait aucune idée.

Et maintenant, il se lançait dans une diatribe silencieuse, au sujet de l'art et de la place qu'il devrait avoir dans le monde artistique.

Honnêtement, il ne savait plus ce qu'était l'art.

On lui avait cassé son art. On lui avait cassé son art, cassé son coup, tout. Et il savait exactement qui était le fautif. Et ce n'était pas lui.

Bien que ce soit irrationnel, puisqu'il comprenait que c'était probablement sa faute, il savait exactement à qui en vouloir.

Ce fichu Ethan Montgomery. Meilleur ami et fléau de son existence.

Ce n'était pas parce qu'il aimait cet homme depuis aussi long-temps qu'il s'en souvenait qu'il allait se passer quelque chose entre eux. Non, il ne se passerait rien avec Ethan Montgomery. Pour-quoi ? Parce que Lincoln avait été relégué depuis longtemps dans la friendzone.

Il avait vu Ethan passer par les hommes et les femmes au fil des années. Il savait qu'Ethan était un mauvais petit ami — il passait bien trop de temps au boulot et ne se préoccupait jamais des petits détails nécessaires à l'établissement de nouvelles relations.

Et ça ne dérangeait pas certaines personnes. Lincoln aurait aimé. Mais ça n'aurait d'importance que si Ethan lui prêtait plus d'attention qu'à un simple meilleur ami.

Lincoln passait son temps à penser à Ethan qui lui manquait. Le fait qu'il l'ait vu la veille et que son visage lui manque déjà signifiait qu'il perdait les pédales. Et, à présent, Lincoln se demandait ce qu'il faisait. Il était éperdument amoureux d'un homme qui ne le verrait jamais de cette manière.

Et s'il s'autorisait à imaginer qu'il se passerait quoi que ce soit, un jour... il pourrait en vomir. Car c'était impossible. Ethan était une si grande partie de sa vie que l'idée de bouleverser ce qu'ils avaient lui donnait des sueurs froides.

Lincoln n'avait pas de deuxième option. Il n'avait aucun plan de secours concernant ses amis et son avenir.

Il n'avait qu'Ethan.

Lincoln avait un cousin qu'il appréciait, des parents qu'il aimait même s'ils vivaient à l'autre bout du pays, et voilà tout.

Ces trois personnes. Et son meilleur ami.

Et les Montgomery puisque, grâce à son meilleur ami, ils l'avaient quasiment adopté.

Ainsi, avoir des pensées obscènes sur Ethan n'était probablement pas la meilleure des idées.

Même si la mère de ce dernier en aurait probablement été heureuse, dans un sens, puisque cela aurait été synonyme de mariage, peut-être même de bébés, et qu'elle aurait ainsi pu devenir grand-mère.

Mais ce n'était pas pour Lincoln.

Et plus vite il se sortait ces idées de la tête, mieux ce serait.

Cela n'aidait pas que chaque fois qu'il pensait à Ethan, il bandait et ne pouvait penser à rien d'autre. Ainsi, il chasserait simplement tout ça de son esprit et tenterait de se mettre au travail.

Il fusilla les toiles du regard.

Non, les regarder fixement et prier ne fonctionnerait pas. Rien ne fonctionnait.

Lincoln se leva de son fauteuil, fit rouler ses épaules en arrière et se demanda s'il devrait partir faire un autre footing — ou peut-être rendre visite à Ethan puisqu'il savait que son ami avait un jour de congé. La porte s'ouvrit alors et un bruit de clés lui parvint aux oreilles quelques instants plus tard.

Il fronça les sourcils, réfléchissant à ceux qui avaient la clé de son studio.

Ethan, bien sûr, puisqu'ils s'étaient échangé leurs clés en cas d'urgence, si l'un d'eux était hors de la ville.

Et... Damien.

— Ah, tu as fini pour aujourd'hui. C'est bien. Il faut qu'on parle.

Damien traversa la partie inférieure du studio, leva les yeux et sourit comme s'il était dans son élément et qu'il se moquait de tout. Comme s'il était simplement là pour l'aider. Mais ce n'était jamais le cas. Damien était doué dans son boulot puisqu'il obtenait toujours ce qu'il souhaitait. Et ça ne dérangeait pas toujours Lincoln, puisque cet homme ne s'en montrait pas cruel. Mais actuellement, il n'était clairement pas d'humeur pour ce que Damien avait à lui dire.

Lincoln soupira et s'essuya les mains sur sa serviette avant de rejoindre l'autre homme.

— Je croyais que la clé ne devait être utilisée qu'en cas d'urgence, lança-t-il d'un air légèrement agacé.

Et s'il avait été en train de travailler ? Si quelqu'un avait ainsi ouvert la porte, cela l'aurait déstabilisé.

Bien qu'Ethan ait la clé, il ne l'utilisait jamais. Il prévenait toujours Lincoln de son arrivée et envoyait un message qui ne dérangerait pas son ami jusqu'à ce qu'il le voie.

Ils avaient des règles et quand on travaillait dans un studio, chez soi, les limites étaient importantes.

Damien ne le comprenait pas.

Et il était peut-être l'agent de Lincoln, il l'avait peut-être aidé à arriver où il en était actuellement, c'était tout de même très agaçant.

Le fait que Lincoln ait couché avec Damien quelques années plus tôt n'aidait pas. Les choses étaient devenues étranges. Lincoln avait cru que tout allait bien. Que tout s'était calmé. Mais la situation restait un peu bizarre.

Ou peut-être n'était-ce qu'une impression.

— La clé ? insista Lincoln.

Damien balaya sa remarque d'un geste de la main.

— Oh, ce n'est que moi. Je fais quasiment partie de ta famille.

Il lui fit un clin d'œil.

— D'accord, je ne fais pas *vraiment* partie de ta famille. Je ne veux pas passer pour un gars du sud, si tu vois ce que je veux dire.

Lincoln ne répondit rien. Il n'y avait franchement rien à dire. Damien faisait ce qu'il voulait, disait ce qu'il voulait, même si c'était cruel et désobligeant. Mais il connaissait le business de l'art en long et en large. Il connaissait également le travail de Lincoln. Ainsi, ce dernier avait parfois l'impression de devoir conclure un marché avec le diable. Pourtant, Damien n'était pas *si* horrible.

Bien qu'il partage son nom avec le petit antéchrist d'un film.

Ethan le mentionnait souvent.

Lincoln devait *vraiment* se sortir son meilleur ami de la tête.

— Alors, sur quoi tu travailles ? s'enquit Damien.

Lincoln était heureux d'avoir fermé une portion de son studio afin que personne ne puisse rentrer sans permission. Il avait des règles, concernant son art et Damien les suivait, habituellement : personne ne le voyait jusqu'à ce qu'il soit prêt. Mais l'agent posait toujours la question.

Toujours.

— Du boulot. Comme tu le sais.

Damien se contenta de froncer les sourcils.

— D'accord, si tu le dis. Bon, je sais que tu es allé à cette exposition avec ton petit copain, il y a quelques mois, mais tu as bientôt un autre événement. Tu devras avoir à ton bras quelqu'un dont les gens voudront parler.

Lincoln se pinça l'arête du nez. Il détestait ça. Il détestait que Damien appelle Ethan son *petit copain*.

Il gronda. Il ne souhaitait pas se retrouver au milieu de tout ça, alors il ne le ferait pas.

Que tout ça aille au diable.

— Tu sais quoi ? Oui, je suis allé à l'exposition. C'était sympa, mais je n'ai pas vraiment besoin d'en voir une autre. Pas avant d'être prêt pour *ma* prochaine exposition. Et elle n'arrivera pas avant un moment.

Ou tant qu'il n'en avait pas envie. Quelques œuvres étaient déjà prêtes, mais il voulait d'abord s'occuper de cette commande. Il devait simplement se sortir Ethan de la tête afin de pouvoir se concentrer. Mais ce n'était pas évident quand les autres l'évoquaient sans cesse.

Damien leva les yeux au ciel et se dirigea vers le frigo afin de prendre une eau pétillante. Il ne prit même pas la peine de demander à Lincoln s'il en voulait. Ce n'était pas le cas, mais tout de même... Damien faisait comme chez lui, peu importait où il allait.

Ce qui n'était *jamais* une bonne chose.

— Eh bien, je t'ai inscrit. Tu dois y aller, sinon ça donnera une mauvaise image de toi.

Étant donné que ce n'était même pas lui qui exposait, il n'était pas certain que ce soit un problème. Seigneur, il était déjà épuisé et il n'était pas encore midi.

Enfin, plus il y songeait, plus il se disait qu'il passait généralement un bon moment aux expositions, même s'il n'aimait pas qu'on le force à y aller. Et il pouvait célébrer et aider d'autres artistes. Cela rattrapait généralement l'agacement provoqué par l'insistance de Damien. *J'aime l'art*, se rappela-t-il.

— D'accord, mais je viens avec Ethan.

Damien se renfrogna et son beau visage prit alors un air sévère.

— Cet homme ne connaît rien à l'art. J'ignore pourquoi tu l'obliges à venir. Il ne s'amuse pas et ça donne une mauvaise image de toi.

Encore cette histoire de mauvaise image.

— Qui s'intéresse à ce que pensent les autres ? Et il s'amuse. Moi, je m'amuse quand il est là. C'est mon meilleur ami pour toujours. Ne commence pas.

Damien posa son eau pétillante et leva les mains.

— Je ne commence rien. Je dis simplement ce que tout le monde pense. Tu dois larguer ce petit gars.

Nom de Dieu. Petit gars ?

— Nous sommes amis, Damien. Et, en plus, tu n'as pas ton mot à dire. Tu es mon agent, rien de plus.

— Un jour, j'ai été plus.

— C'est bon. J'en ai assez. J'ai du boulot. Tu voulais autre chose ?

— Je souhaitais simplement te parler de la prochaine exposition et prendre de tes nouvelles, comme d'habitude. Pas besoin de t'énerver. Bon, tu sais que ta deadline approche. Alors, pas de pression, mais... *quand même.*

Il rit en le disant et le pouls de Lincoln commença à tambouriner dans ses tempes.

Mon Dieu, il ne serait jamais capable de terminer ce projet, et même s'il le faisait, il allait peut-être finir par étrangler Damien ou un passant quelconque. Il était fatigué, agacé et il n'avait aucune idée de ce qu'il allait faire à propos de cette œuvre — ou à propos d'Ethan, d'ailleurs.

— Je dois m'y remettre. Je vais t'aider à trouver la sortie.

Damien plissa les yeux à cause de cette légère insulte, mais Lincoln s'en moquait totalement. Il était fatigué et souhaitait simplement que Damien sorte de son appartement.

Peut-être devrait-il changer les serrures.

Avec cette idée en tête, il sourit. Damien le vit et ses yeux s'embrasèrent. Il se pencha, mais Lincoln fit un pas en arrière et hocha sèchement la tête.

— Je te recontacte plus tard.

— J'en suis sûr, ronronna Damien avant de s'en aller d'un pas flânant.

Oui, d'un pas flânant. Lincoln ignorait comment cet homme faisait, mais... sérieusement. Il attrapa ses affaires et envoya un bref SMS à Ethan pour lui faire savoir qu'il était en route.

Ethan : *Bien. Je viens juste de finir quelques papiers à la maison et je m'apprêtais à mettre le match.*

Lincoln : *Ah oui ?*

Ethan : *Oui, c'est un sport qui se joue avec une balle.*

Lincoln : *Tu aimes tous les sports. Arrête de te comporter comme un idiot.*

Ethan : *C'est comme ça que tu m'aimes.*

C'était le cas. Et c'était bien le problème.

Il soupira avant de monter dans sa voiture et de partir chez Ethan. Peut-être que s'il se détendait légèrement, il pourrait se concentrer sur le travail. Car s'obliger à travailler ne fonctionnait aucunement.

Il se gara dans l'allée d'Ethan et sortit, riant à cause des vêtements absurdes que son meilleur ami portait en venant à sa rencontre sous le porche.

Il ricana, se couvrit les yeux et avança vers Ethan.

— Comment peux-tu être un adulte ? s'enquit Lincoln en secouant la tête lorsqu'il passa devant lui.

Ethan portait un bas de pyjama *Bob l'éponge*, un débardeur blanc et un maillot des Broncos de Denver par-dessus. Le maillot était si grand qu'il arrivait à voir les bretelles en dessous. Le tout était un mélange d'orange, de bleu et de jaune. La cornée de Lincoln en était sérieusement brûlée.

— C'est jour de lessive.

— Tu ne peux pas avoir autant de linge sale, au point de porter ça. Et où as-tu trouvé un pantalon *Bob l'éponge* qui t'aille ?

— C'est Bristol. Ma sœur n'arrête jamais de me faire des

cadeaux. Et, ne t'inquiète pas, j'allais me changer. Tu es simplement arrivé plus vite que je ne l'avais imaginé.

— Eh bien, au moins, tu as l'air à l'aise, grommela Lincoln.

— Et toi, on dirait que tu as un bâton dans le cul. Tu vas bien ?

— Oui. Problème d'artiste.

— Tu veux en discuter ?

Le fait qu'Ethan lui pose la question, même s'il ignorait de quoi son ami parlait et qu'il était simplement prêt à l'écouter et à l'aider, signifiait tout pour Lincoln. Celui-ci détestait en vouloir plus de la part de son meilleur ami. Pourquoi cela ne pouvait-il pas être suffisant ?

Leur amitié devait être suffisante.

— Je vais vite me changer. Il y a de la bière au frigo. Enfin, j'ignore s'il est trop tôt pour ça.

— Eh bien, c'est journée football universitaire. Je crois qu'on a le droit de commencer à boire à midi. Hé, regarde, il est midi.

— Football universitaire, répéta-t-il en claquant des doigts et en souriant. Je savais que je portais le mauvais maillot.

— Comme je te l'ai déjà dit, tu es un idiot. Va te changer. Tu me fais mal aux yeux. Et mets peut-être le bon maillot, puisque je sais que tu en as un.

— Je suis peut-être un idiot, mais tu m'aimes, dit Ethan.

Ils échangèrent alors un regard. Ethan blêmit légèrement et le cœur de Lincoln accéléra.

Eh bien, ce n'était pas gênant du tout. Enfin, il ne savait pas pourquoi cela paraissait étrange pour Ethan. Ça ne devrait pas l'être. Il était le seul à ressentir cela. N'est-ce pas ?

— Bien sûr. Même avec tout ce... peu importe ce que tu portes, conclut-il en faisant un signe de la main vers l'ensemble d'Ethan.

— Je vais me changer.

— Merci mon Dieu.

Lincoln se retourna alors pour aller prendre deux bières et deux des gourdes remplies d'eau qu'Ethan gardait dans le frigo.

Ils regardaient le match de football américain, ne discuteraient de rien et Lincoln clarifierait sa vie.

Parce qu'il devait le faire.

— Alors, à ton avis, que mijote Holland ? s'enquit Ethan en remontant la braguette de son jean.

Il avait gardé son débardeur, mais portait à présent un pantalon qui moulait parfaitement ses fesses.

Mon Dieu, comment cet homme faisait-il ? Si auparavant, il avait ressemblé à un bambin dérangé, il était maintenant sacrément sexy.

Lincoln allait perdre la tête à cause de son meilleur ami.

— Lève les yeux, mon frère, dit Ethan en riant.

Lincoln rougit.

— Pardon, j'étais juste... tu vois, troublé par la couleur.

— Bien sûr.

— Si je voulais regarder tes bijoux de famille, je le ferais, dit Lincoln en tentant de se couvrir.

Ethan haussa les sourcils.

— C'est bon à savoir.

— Bref, Holland. À ton avis, qu'est-ce qui cloche chez elle en ce moment ?

— Tu lui as envoyé un message hier, c'est ça ? Qu'est-ce qu'elle a dit ?

Cela faisait maintenant quelques mois que Lincoln avait rencontré Holland Yeaton. Depuis ce temps, elle essayait de démêler sa nouvelle vie. Et Lincoln en était ravi. Il l'aimait bien. Il l'aimait vraiment beaucoup.

Pour être honnête, si elle n'avait pas été en robe de mariée, le jour de son supposé mariage, et en train de boire du vin dans un sachet en papier, au parc, il l'aurait probablement invitée à sortir avec lui. Et depuis, elle avait besoin de temps, il en avait conscience. Franchement, c'était aussi son cas.

— Rien, répondit rapidement Ethan.

Lincoln haussa les sourcils.

— Tu parles souvent d'elle. Tu as un coup de cœur ? s'enquit Lincoln qui ne plaisantait que partiellement.

— Peut-être. Elle est sympa. Et tu sais qu'elle est célibataire, maintenant, gronda Ethan. D'accord, tu devrais reformuler pour que je n'aie pas l'air d'un immense crétin.

— Eh bien, étant donné que je me disais que si elle n'avait pas porté de robe de mariée ce jour-là, j'aurais pu lui demander de sortir avec moi, je crois que nous sommes tous les deux des crétins.

— Oh. C'est bizarre. On a déjà aimé la même fille, avant ?

— Peut-être. Mais on a des goûts différents.

— En quelque sorte. Même si je ne pense pas que nos types soient vraiment concrets. On veut simplement quelqu'un qui ne soit pas horrible. C'est pas mal, pour commencer. Et Holland semble correspondre. Mais j'ignore si elle est prête à sortir avec quelqu'un.

— C'est ce que je me demandais aussi. Bien qu'elle soit passée à autre chose. Au moins, maintenant, elle a sa propre maison.

— C'est vrai et même si on a tous les deux proposé de l'aider à emménager, elle a refusé.

— Eh bien, il y a l'idée que deux hommes inconnus auraient su exactement où elle habitait.

— Nous ne sommes plus des inconnus. Et nous ne l'étions pas vraiment à l'époque, non plus.

Ethan marqua une pause.

— Tu crois qu'on devrait l'inviter pour une soirée jeux ou quelque chose comme ça ? Tu vois, en tant qu'amis ?

— Simplement en tant qu'amis, répondit Lincoln sans savoir quoi dire d'autre.

— Eh bien, on ne sait pas si elle est prête pour plus et la règle numéro un a toujours été : ne jamais laisser personne s'immiscer entre nous. N'est-ce pas ? Alors, si on a tous les deux un faible pour elle, on doit se mettre en retrait.

— C'est une bonne règle, mais j'ignore si on l'a déjà utilisée.

Ils inspirèrent tous les deux profondément, en s'observant. Lincoln ne savait quoi penser, quoi dire.

Le silence était si imposant qu'il en devenait douloureux. Lincoln s'éclaircit la gorge et reprit la parole.

— Invitons-la. Elle peut te botter le train à Mario Kart.

— Tu es un salaud.

— C'est vrai. Mais elle devrait y être habituée, maintenant. Enfin, elle t'a rencontré plus d'une fois, donc…

Il leva les yeux au ciel.

— D'accord, je vais l'inviter. Je crois qu'elle a besoin d'amis. Inutile de lui faire la leçon.

— On ne lui fait pas la leçon. Bien sûr, c'est probablement ce que dirait quelqu'un qui lui ferait la leçon.

— Pas faux. En plus, même si on passe tous les deux au-delà du fait qu'on la trouve canon, c'est sympa d'avoir d'autres amis. Tu vois ?

— Elle a probablement besoin de sourire. Ou elle a peut-être besoin de se tordre de rire en te regardant essayer de jouer.

— Tu me le paieras. Mais on va l'inviter. Et ensuite, on restera amis. On ne peut jamais avoir trop d'amis. C'est bien, les amis.

— Oui, c'est *bien* les amis.

Alors qu'Ethan s'éloignait pour prendre son portable, Lincoln détesta l'idée qu'il n'ait pas seulement été en train de parler de Holland.

Parce qu'il était amoureux de son meilleur ami et que la fille à laquelle Lincoln pensait trottait également dans l'esprit d'Ethan.

Pas étonnant qu'il soit incapable de créer quoi que ce soit. Son esprit était trop tordu. Peut-être au-delà de toute rédemption.

Chapitre Quatre

Chapitre 4

Cette soirée était probablement une mauvaise idée, mais dernièrement, Ethan n'avait que ça. Et pas seulement quand il s'agissait de prendre des décisions personnelles, comme inviter Holland pour une soirée jeu. Non seulement il serait absolument catastrophique en termes de jeu, mais il allait également casser le coup de Lincoln.

Ethan avait cru connaître son meilleur ami par cœur. Mais il était manifestement passé à côté du fait que Lincoln avait un faible pour Holland, tout comme lui. Mais c'était peut-être la *raison* pour laquelle il ne l'avait pas remarqué. Ethan avait ses propres sentiments pour Lincoln... et Holland. N'était-ce pas génial ?

Bon sang, cette soirée était la recette même du désastre, mais ce n'était pas comme s'il pouvait se défiler maintenant.

Il n'était pas certain de le vouloir.

Mais rien de tout ça n'aurait d'importance s'il ne rentrait pas chez lui.

Lincoln allait le tuer.

Littéralement *le tuer* s'il n'arrivait pas à l'heure.

Il avait été appelé au travail pour un problème de serveur et même si c'était dimanche, il n'avait pas eu le choix. Il avait donc laissé Lincoln préparer la maison pour la soirée. C'était un vrai salaud. Il n'avait même pas de fleurs, de whisky ou rien d'autre pour s'excuser de ne pas être là alors que tout cela était parti de son idée.

Le travail s'était mis en travers de son chemin. Dès qu'il s'asseyait pour tenter de réparer un problème, il devenait captivé. Il avait perdu la notion du temps. Quand il avait finalement levé les yeux, il s'était rendu compte que le soleil se couchait — et il était donc totalement foutu.

Ethan tapota le volant en attendant au feu rouge et en patientant pour qu'il passe au vert. Il venait d'appeler Lincoln, en route, mais celui-ci n'avait pas décroché. Ethan savait que c'était parce que son ami était occupé à faire autre chose. Et non parce qu'il avait envie de l'étrangler.

D'accord, il n'était peut-être pas *si* occupé. Lincoln faisait simplement tout le boulot pendant qu'Ethan ne faisait rien.

Mon Dieu, il était un véritable salaud.

Il savait qu'il était parfois un mauvais ami, mais il se disait qu'aujourd'hui, c'était le pompon.

Ethan devait faire mieux. Sérieusement.

Il se gara dans son allée, heureux de ne voir que la voiture de Lincoln et non une seconde qui aurait pu être celle de Holland.

Enfin, pour ce qu'il en savait, elle aurait très bien pu prendre un Uber afin de boire un verre. À présent, il avait sérieusement envie de se flageller.

Il ne méritait pas son meilleur ami. C'était clair. Il devrait simplement se rattraper auprès de lui. D'une manière ou d'une autre.

Ethan sortit de sa voiture et courut quasiment vers sa porte d'entrée, mais Lincoln ouvrit avant qu'il ait eu la chance de sortir ses clés.

— Salut, c'est sympa de ta part de te pointer, déclara Lincoln.

Ethan grogna.

— Je suis désolé. Je suis tellement désolé. Je ne voulais pas que ça se passe comme ça.

Lincoln se contenta de le fixer. Il lui lança ensuite un triste sourire et hocha la tête.

— Je sais bien. Tu as fini ce que tu devais faire au boulot ?

— Oui. Et d'autres petites choses, aussi, parce que j'ai été distrait.

— Tu es le meilleur dans ton domaine, Ethan. Ils ont de la chance de t'avoir.

Ethan suivit Lincoln à l'intérieur et sortit ses clés de ses poches pour les mettre dans le petit bol près de la porte d'entrée.

— Mais on est dimanche. Je n'aurais pas dû travailler du tout. Et puisque mon patron était là, qu'il travaillait aussi, je lui ai dit que je ne viendrai pas demain, parce que j'ai déjà fait mes heures aujourd'hui.

— Ton patron est assez cool. Tant que tu fais le boulot et que tu viens un certain nombre d'heures, tu n'es pas obligé d'être là de 9 à 17 heures pendant la semaine. C'est assez génial pour un poste scientifique.

— Génial, oui. Donc, si tu veux qu'on passe du temps ensemble, demain, je pourrai me rattraper. On dirait que j'ai une journée de libre.

— Peut-être. On verra comment mon cerveau se comporte, au niveau artistique.

— Tu as encore des problèmes avec cette peinture ? s'enquit Ethan en se dirigeant vers le frigo et en sortant une bière.

Il jeta ensuite un coup d'œil aux plans de travail et jura dans sa barbe.

— Seigneur. Comment puis-je être si horrible ?

Les plans de travail étaient recouverts de charcuterie et de petits apéritifs parfaitement dressés. Lincoln avait même installé de quoi tout réchauffer. Il avait tout couvert et préparé pour l'arrivée de Holland et Ethan.

Puisque rien de tout ça ne devait être mis au frigo, Ethan eut le sentiment qu'il devait encore y avoir à manger au frais. Il irait en enfer. À un étage spécial où il serait obligé de faire pénitence pour toutes les conneries qu'il avait fait subir à son meilleur ami.

— La peinture demande du temps. Ça arrive, parfois. Et ne t'inquiète pas. J'ai relâché ma frustration en cuisinant, donc j'ai préparé bien trop de nourriture. Mais je me suis amusé. Regarde les roulés, dans le frigo, j'ai rajouté un peu de bacon, comme tu aimes.

— Tu étais frustré à cause du travail ou de moi ? s'enquit Ethan en se dirigeant vers le frigo et en sortant deux roulés.

Il s'agissait de tortilla, garnie de fromage frais, de laitue et de bacon, puis roulée et coupée en petites tranches.

C'était sérieusement l'extase pour les papilles.

Il grogna en prenant une bouchée, puis en tendit une à Lincoln. Ce dernier lui sourit et mangea sa part.

— Les deux. J'étais frustré pour les deux. Mais, ne t'inquiète pas. Tu es là. Et Holland sera bientôt là, aussi. J'imagine qu'on devrait élaborer un plan.

— Un plan ? s'enquit Ethan en sirotant sa bière pour faire passer le roulé qui était si bon.

— Un plan, pour l'arrivée de Holland.

Ethan regarda son meilleur ami en fronçant les sourcils.

— On a besoin d'un plan ?

— D'accord, tu devrais peut-être manger un peu plus pour réfléchir. On fait venir une femme ici. On la trouve toutes les deux attirante et on l'aime bien. Et on veut qu'elle soit notre amie. Ou peut-être qu'on veut simplement passer du temps avec elle. Peu importe. Dans tous les cas, nous n'avons jamais été attirés par la même femme, par le passé. Alors, est-ce qu'on va le reconnaître ou l'ignorer ?

Ethan but une autre gorgée de bière, celle-ci un peu plus grosse, avant de poser sa bouteille sur le plan de travail et de s'y appuyer.

— Je ne sais pas. Tout ce que je sais, c'est que Holland disait avoir besoin d'amis. Et nous pouvions être ses amis. Si elle veut quelque chose de plus ? Avec l'un de nous deux ? Ça ne me dérangerait pas.

Lincoln le regarda droit dans les yeux et Ethan déglutit difficilement.

— Ça ne te dérangerait pas ? Si je plaisais aussi à Holland, que je lui demandais de sortir avec moi et qu'elle répondait oui. Ça ne te dérangerait pas.

Non. Parce qu'Ethan aimait Lincoln. Il l'aimait. Mais il ne pourrait jamais être avec lui. Il avait simplement besoin de le voir heureux. Et si cela signifiait qu'il sorte avec Holland, une femme qu'il appréciait aussi, alors ça ne le dérangerait pas.

Il ne pouvait en être autrement.

— Si vous étiez heureux, bien sûr que non. Ça ne me dérangerait pas.

C'était la vérité. Il n'en serait pas *gêné*. Il ne serait pas franchement *heureux*, en réalité, mais il ne serait pas *gêné*.

— Si tu es heureux, je le suis aussi. Mais tu sais, c'est probablement un débat stérile, parce qu'elle ne voudra pas sortir avec qui que ce soit. Avec nous, encore moins.

— Qu'est-ce qui ne va pas chez nous ? s'enquit Ethan, vexé.

— Eh bien, on est un duo de célibataires qui passons bien plus de temps ensemble qu'avec qui que ce soit d'autre. Et nous l'avons invitée à jouer à Mario Kart comme si on avait 12 ans.

— Il n'y a rien de mal à jouer à Mario Kart.

— À part ta nullité, dit Lincoln en souriant.

Ethan lui donna un coup de poing dans l'épaule.

— Crétin.

— Eh bien, je te dirais bien que ça m'a fait mal, mais tu ne mets aucune force dans tes coups. Tu devrais probablement faire plus de sport.

— Tu le paieras, plus tard, marmonna Ethan.

Lincoln se contenta de sourire, avec cet éclat dans le regard qu'Ethan aimait tant. Sérieusement, il devait s'envoyer en l'air. Et comprendre ce qui clochait chez lui. Parce qu'il avait clairement un problème avec son meilleur ami.

Heureusement, il n'eut pas à s'en préoccuper longtemps, puisqu'un coup de sonnette retentit. Il devait s'agir de Holland.

— Prêt ? s'enquit Lincoln qui était si canon que c'en était ridicule.

— Comme jamais. Je vais lui ouvrir.

— Je sors le reste des plats. Puisque, apparemment, je nourris une armée.

— Hé, ça demande beaucoup d'énergie de faire la course.

— Oui, rester assis et essayer de jouer avec une manette demande *tant* d'énergie. D'où la raison pour laquelle on va faire un footing demain matin.

— Génial, grommela Ethan.

Il sourit tout de même en ouvrant la porte.

Holland était là et son regard intense était rivé sur lui. Ce regard affecta immédiatement ses entrailles — et son membre.

— Salut, tu as trouvé la maison, dit Ethan en reculant.

Holland entra et lui tendit une bouteille de vin.

— Je ne savais pas si tu buvais, mais je me suis dit ensuite que je ferais aussi bien de ramener le même type d'alcool que celui que je buvais dans mon sachet en papier. Comme pour boucler la boucle, tu vois.

Ethan se contenta de sourire, puis se pencha pour l'embrasser sur la joue, ce qui les surprit tous les deux. Il recula rapidement et remarqua qu'elle écarquillait les yeux et rougissait, mais elle ne recula aucunement. Elle était peut-être simplement surprise. Ou bien ça ne la dérangeait pas. Après tout, les amis s'embrassaient constamment sur la joue.

— Tu es magnifique, dit Ethan.

Il était sérieux. Elle portait un genre de long chemisier mignon, avec un col en V dévoilant juste assez son décolleté, mais couvrant ses fesses, et elle l'avait assorti à un legging moulant ses jambes sexy. Elle portait également des bottes remontant jusqu'à ses genoux. Toute sa tenue fonctionnait à merveille. Ses cheveux étaient détachés et les douces vagues auburn effleuraient ses épaules. Il avait sérieusement envie de tendre la main pour jouer avec.

Mais il ne le ferait pas. Il n'était pas un goujat.

D'accord, peut-être un peu. Mais... peu importait.

— Sérieusement, merci pour l'invitation, dit Holland en souriant.

Elle marqua une pause.

— Toi aussi, tu es magnifique. Désolée, je ne suis pas très douée pour ça.

— Pour quoi ? s'enquit Lincoln en entrant dans la pièce.

Il se pencha et l'embrassa sur l'autre joue. Ethan sourit.

D'accord, il avait de plus en plus l'impression qu'il s'agissait de rencard entre eux trois. Et ça ne le dérangeait pas. Car Ethan connaissait la vérité. Ce n'était pas un rencard. Toutefois, dans les profondeurs de son esprit, il pouvait imaginer que c'était le cas. Après tout, sa cousine était en trouple et était même mariée aux deux hommes. Légalement, elle ne pouvait en épouser qu'un, mais elle avait épousé l'autre avec son âme.

Ce n'était pas totalement inédit.

Alors, dans ses rêves, il imaginait qu'il s'agissait d'un véritable rencard. Et, bien sûr, jouer à Mario Kart ne ferait que sceller le pacte. Il était si mauvais qu'elle finirait par fuir en courant dans les bras de Lincoln. Et ça ne le gênerait pas. Sérieusement. Tant que Lincoln et Holland étaient heureux, c'était tout ce qui comptait.

— J'aime bien ta maison, dit Holland.

Ethan regarda autour de lui.

— Merci. Je ne suis pas souvent là, donc la plupart des décorations viennent de ma mère. Désolé.

— J'ai aidé, ajouta Lincoln.

Ethan hocha la tête.

— C'est vrai. Tu as choisi mes meubles. Surtout parce que je n'ai pas de goût.

— Ce n'est pas faux, répondit Lincoln.

Holland s'esclaffa et les regarda tour à tour.

— Vous êtes amis depuis longtemps ?

— Depuis toujours, manifestement, déclara Lincoln avant de lever les yeux vers Ethan.

Ce dernier déglutit difficilement à nouveau, avant de détourner le regard afin de ne pas bander alors qu'il se tenait entre eux. Cette soirée serait assez difficile sans que son membre s'en mêle.

— Bon, Lincoln a cuisiné de merveilleux apéritifs et en a probablement préparé suffisamment pour toute une armée, donc allons te servir un verre de ton vin — à moins que tu préfères une bière ou ce que j'ai dans le frigo.

— Moi aussi, j'ai apporté du vin, dit Lincoln. Alors, tu pourrais boire celui-là, le tien... Tout ce que tu veux. Et oui, j'ai préparé trop de nourriture, mais j'étais stressé.

Ethan sourit.

— Pourquoi étais-tu stressé ? Et Ethan ne cuisine pas ? s'enquit Holland.

Ethan rougit.

— J'étais au boulot et j'ai perdu la notion du temps. Je suis un salaud et Lincoln a tout préparé pour cette petite sauterie, même si on est chez moi. Je suis désolé.

— Ce n'est rien, marmonna Lincoln. Et je suis simplement stressé à cause du travail. Mais pas d'inquiétude. Ce soir, on va s'amuser.

— Et, apparemment, on va jouer à Mario Kart ? demanda Holland.

— C'est une tradition en famille et entre amis. En fait, on plaisantait juste à ce sujet, au début, mais maintenant, j'ai bien envie de jouer, affirma Lincoln en souriant.

Il lui tendit un verre de vin rouge, celui qu'il avait apporté, et ils trinquèrent tous les trois. Les mecs avaient des bières, Holland du vin, et ils burent tous une gorgée.

— Aux nouvelles amitiés, marmonna Ethan après le toast.

Lincoln leva les yeux au ciel.

— Ce n'est pas comme ça qu'on porte un toast. Tu dois le faire avant de boire.

— Eh bien, tu m'as surpris à faire tinter les verres avant que je puisse dire quoi que ce soit. Je suis nul.

— Je suis sûr que ça n'est pas grave, dit Holland en tapotant à nouveau sa bouteille de bière avec son verre. Tu vois ? Et maintenant, c'est un vrai toast.

Elle but une gorgée en gardant son regard rivé sur lui et Ethan avala rapidement sa bière. Lincoln en fit de même à côté de lui.

D'accord. La soirée promettait d'être intéressante.

— Sérieusement, on n'est pas obligés de jouer à Mario Kart.

— Non, je veux voir à quel point tu es mauvais.

— Génial. Voilà que toutes mes capacités s'envolent.

— Tu en avais ? s'enquit Lincoln.

Ethan lui fit un doigt d'honneur.

— Je pense que la soirée va être assez amusante. Au moins à cause de la manière dont vous vous comportez. Et, mon Dieu, cette nourriture m'a l'air délicieuse.

— Lincoln est un cuisinier fantastique. J'ai toujours pensé que s'il n'avait pas décidé de peindre, il serait allé en école de cuisine.

Lincoln fronça les sourcils.

— Vraiment ?

Ethan haussa les épaules.

— Je te l'ai déjà dit.

— Non, jamais.

Ethan commença à accumuler les apéritifs sur son assiette après en avoir donné une à Holland.

— Je croyais l'avoir fait. Eh bien, je l'ai pensé, dans tous les cas. Je ne meurs jamais de faim quand tu es dans le coin. Merci Seigneur.

— J'aime bien prendre soin de toi.

Un silence gêné s'étira ensuite jusqu'à ce qu'Ethan s'éclaircisse la gorge.

— J'en suis ravi. Parce que, parfois, je me perds dans mon travail et j'oublie de cuisiner. Ou de manger.

— J'aurais pu croire le contraire, car c'est Lincoln, l'artiste, dit Holland entre eux d'un air intéressé.

Lincoln haussa les épaules avant de prendre une bouchée de sa bruschetta.

— Pas vraiment. C'est Ethan qui oublie toujours les petites choses. J'ai tendance à vouloir m'assurer que tout est fait autour de moi, avant de m'asseoir et de travailler. Ce n'est pas une manière très créative de percevoir les choses, du moins, d'après les nombreux stéréotypes, mais ça fonctionne pour moi. Généralement.

— Eh bien, puisque je dirige ma propre entreprise, je dois parfois manger sur le pouce au boulot, ou alors j'oublie totalement. Mais je suis ravie que vous vous ayez, tous les deux.

— Maintenant, tu nous as aussi.

Ethan la regarda et Holland se contenta de sourire.

— J'aime bien cette idée. Bon, on mange ? Ou on joue ? Comment ça va se passer ?

— Viens, laisse-moi te montrer à quel point je suis mauvais à Mario Kart. Ethan n'est pas le seul à être catastrophique.

— Ça devrait être merveilleux, chantonna Holland.

Lincoln rit en la menant dans le salon. Ethan les regarda s'en aller et prit une autre bouchée. Il voulait garder le contrôle de son membre. Les voir s'esclaffer et discuter ensemble le faisait tant bander que c'en était douloureux. Son sexe était déjà collé contre la braguette de son jean et ce n'était même pas un rencard. Il ne cessait de se le rappeler. Non, ce n'était pas un foutu rencard.

Tout allait bien.

Il n'était pas en train de perdre la tête.

Il était néanmoins difficile de ne pas en vouloir plus quand elle était ici. Ou quand elle faisait sourire Lincoln. Ethan ferait n'importe quoi pour que Lincoln continue de sourire.

Même si cela exigeait qu'il s'efface.

Ethan les suivit tous les deux dans le salon.

— Je ne t'ai pas demandé si tu avais déjà joué, dit Lincoln en s'asseyant sur le canapé.

Holland s'installa près de lui et il restait donc juste assez de place pour Ethan de l'autre côté de la jeune femme. Il posa son assiette sur la table basse et s'assit, faisant de son mieux pour ignorer la chaleur près de sa cuisse.

Il allait devenir fou.

— Oh, je suis une professionnelle, répondit Holland en souriant.

— Mon Dieu, grogna Ethan. Ça va mal finir.

— Attends de voir combien de fois il se blesse lui-même avec la carapace verte, déclara Lincoln en souriant.

— Lincoln, moi aussi, je le faisais, répondit doucement Holland.

— Quand tu avais 5 ans, c'est ça ? Parce que ça arrive tout le temps, quand on a 5 ans. Et on apprend des choses avant d'être dans la vingtaine, comme nous.

Ethan se prit la tête entre les mains et grogna tandis que Holland et Lincoln riaient.

— Je ne trouve plus ça drôle. Regardons un film.

— Non, non, tu m'as appâté ici avec Mario Kart et de la boisson. Allons-y.

— Alors tu peux boire plus d'un verre de vin ? s'enquit Lincoln.

— J'ai pris un Uber pour venir. Donc oui, je peux boire encore quelques verres.

— Alors, amusons-nous, rétorqua Lincoln.

Holland sourit.

Ethan espérait simplement qu'ils n'étaient pas en train de commettre une erreur.

APRÈS DEUX HEURES DE JEU ET QUATRE BOUTEILLES DE vin, Ethan se frotta la tête en grognant.

— Je ne suis vraiment pas bon.

— Non, tu ne l'es pas, répondit Holland en gloussant.

Ses joues étaient roses, ses yeux étincelants et il savait qu'elle était aussi ivre que lui. En réalité, il était difficile pour lui de prononcer plusieurs mots d'affilée, mais ce n'était pas grave. Il se disait que Lincoln pouvait dormir sur le canapé, et Holland dans la chambre d'ami s'ils étaient trop ivres. Il ne voulait pas qu'elle finisse seule dans un Uber alors qu'ils avaient autant bu. Enfin, maintenant qu'ils avaient commencé, il serait difficile de les arrêter. Et c'était divertissant.

— D'accord, rendons les choses amusantes, dit Ethan.

Le diable sur son épaule venait soudain de sortir pour jouer.

Lincoln entra dans le salon avec trois verres à shot dans une main et la bouteille de tequila dans l'autre.

Bien qu'Ethan ait été le premier à mentionner les shots d'alcool, il avait presque oublié que Lincoln était allé les chercher.

— Tu m'as demandé d'aller préparer des shots de tequila et maintenant tu veux rendre les choses encore plus intéressantes ?

— Eh bien, je me suis dit qu'on pourrait faire un système de points. Le perdant doit prendre un shot.

— Un système de points, à Mario Kart. Tu vas finir totalement torché, répondit Holland en tendant la main vers un petit verre.

— Je le suis déjà, plus ou moins, répondit Ethan en ricanant.

— Alors, jouons à un jeu où Ethan est plus doué.

— Comme *Serpents et Échelles* ? s'enquit Holland

Ethan lui fit un doigt d'honneur.

— Je savais que je t'aimais bien, répondit Lincoln en lui tapant dans la main avant de servir de la tequila dans chacun des verres à shot. Ethan en avait acheté de bonne qualité, donc ils n'avaient besoin que d'un peu de sel, mais pas de citron vert.

Ils trinquèrent, puis burent cul sec. La douceur était si bonne qu'il avait à peine le goût de la liqueur.

Cette soirée ne finirait pas bien.

— Non, on trouvera un moyen. Et on va instaurer une plus grande difficulté. On ne comptera pas les points de notre score, mais qui lance le plus de carapaces aux autres. Il faut rester sain d'esprit.

— Donc, la personne qui se prend le plus de carapaces est celle qui boit le plus de shots ?

— Oui, répondit-il.

— C'est parti.

Il était dans cet état d'esprit chaleureux, ce flou vibrant, cette ébriété presque trop avancée et tout ce qu'il avait envie de faire, c'était de prendre ses lèvres. Ou celles de Lincoln.

Il devrait vraiment arrêter de boire.

Ils jouèrent une première fois. Ethan et Holland durent boire un verre tandis que Lincoln les observait, pleinement satisfait.

— D'accord, encore une partie. Je vais vous botter les fesses, dit Holland en se tortillant, par terre.

Ils s'étaient tous installés sur le tapis, où ils avaient plus de place. Ils avaient retiré leurs chaussures et leurs chaussettes et Ethan avait remarqué que Lincoln jouait avec les orteils de Holland, surtout parce qu'elle portait un anneau. Apparemment, son meilleur ami était un fétichiste des pieds. Qui aurait pu s'en douter ?

Chacun but un nouveau shot, surtout pour lancer le jeu et Ethan se dit qu'il s'agissait probablement du verre de trop. Quand Holland et lui perdirent à nouveau, ils baissèrent les yeux vers la tequila et Holland secoua la tête.

— Bon. Je crois que ça suffit pour moi.

— Oui, mais on a quand même perdu. Alors, qu'est-ce qu'on devrait faire ?

— Un strip-Mario Kart ? demanda Lincoln avant de ricaner. Je plaisante.

— Je ne vais carrément pas jouer au strip-Mario Kart, répondit Holland en s'appuyant contre le fauteuil.

— Alors... quelle est ta punition pour avoir perdu ?

— Je n'en sais rien.

Holland regarda tour à tour Lincoln et Ethan avant de déglutir difficilement.

— Je ne vais pas me déshabiller. Mais si tu m'embrassais ?

Elle écarquilla ensuite les yeux et posa une main sur sa bouche.

— Oublie ce que j'ai dit. C'est la tequila. Mélangée avec le vin. Je vais me détester, demain.

Mais Ethan ne pensait à rien. Il déglutit plutôt péniblement et, avant de pouvoir y réfléchir davantage, il regarda Lincoln. Son meilleur ami acquiesça et Ethan baissa la tête, attirant Holland contre lui. Il l'embrassa ardemment sur les lèvres. Elle écarquilla les yeux.

— Oh. Waouh. D'accord.

Elle regarda Lincoln.

— Mais c'était toi, le gagnant. Enfin... j'imagine que tu as loupé ta chance.

Lincoln haussa les épaules avant de se pencher en avant, de prendre son visage dans ses mains et d'effleurer ses lèvres avec les siennes.

— Non, je crois que je ne l'ai pas loupé.

Il approfondit alors le baiser, la faisant gémir et excitant Ethan.

Son membre se raidit dans son jean et soudain, il fut légèrement plus sobre.

— Nom de Dieu.

Holland s'éloigna alors que Lincoln restait planté là, avec son regard sombre. Ethan se contenta de déglutir une nouvelle fois.

— D'accord, vous m'avez tous les deux embrassée. Et c'est... c'est une bonne manière de gagner à Mario Kart. Mais maintenant, c'est à vous deux.

Elle les observa chacun à leur tour et Ethan se figea.

Elle écarquilla une nouvelle fois les yeux et secoua rapidement la tête.

— Merde. Je suis désolée. Vous n'êtes pas obligés de faire ça. C'est la tequila qui parle. Et je ne voulais pas vraiment dire ça. Recommençons à boire. Ou à jouer pour du beurre.

Toutefois, Ethan scruta son meilleur ami et se dit qu'il était presque assez ivre pour avoir une excuse. Il était presque assez ivre pour faire comme s'il ne s'agissait que d'un baiser. Que ce n'était rien.

Il se pencha donc en avant et Lincoln l'imita. Ses lèvres se retrouvèrent alors sur celles de son meilleur ami. Il savait que ça ne pouvait être une erreur. Il ferait en sorte que ça ne le soit pas. La tequila ne l'avait jamais trahi par le passé. Alors qu'il ouvrait la bouche et que sa langue effleurait celle de Lincoln, il eut l'impression que cela allait tout changer, en bien ou en mal.

Chapitre Cinq

Chapitre 5

Holland eut l'impression que toute trace d'alcool dans ses veines s'évapora à cet instant. Elle inspira profondément et observa les deux hommes s'embrasser, hésitants au début, puis avec plus de passion ensuite. Ses tétons se durcirent, tout son corps réagit comme s'ils n'étaient que tous les trois dans ce monde et que rien d'autre n'avait d'importance.

Elle n'avait jamais rien fait de tel dans sa vie. Elle ne connaissait même pas vraiment ces hommes. Oh, elle leur parlait souvent, elle les avait vus à plusieurs reprises et savait qu'ils n'étaient ni des tueurs en série, ni des personnes horribles. Elle les appréciait. Et elle avait cru qu'elle était en bonne voie pour devenir amie avec eux. Bien que sa vie ait changé depuis plusieurs mois, elle n'était pas prête à sortir avec qui que ce soit. Et elle n'avait pas eu envie de choisir entre Lincoln et Ethan, les deux seules personnes qui étaient apparues sur son radar depuis tout ce temps. Elle avait donc décidé qu'elle n'allait pas choisir. Elle allait simplement être leur amie. Mais alors qu'elle les regardait s'embrasser et haleter au même rythme qu'elle, elle sut qu'elle ne pourrait jamais choisir. C'était une erreur. C'était une énorme erreur.

Les deux hommes s'écartèrent et se regardèrent comme s'il n'y avait plus qu'eux dans le monde. Toutefois, ils finirent par pivoter et l'observer. Ils lui lançaient un regard affamé, droit dans les yeux, et elle savait qu'elle en faisait de même.

— Oh, souffla-t-elle.

Ils se rapprochèrent une nouvelle fois l'un de l'autre, mais lui touchaient encore les genoux, comme s'ils avaient besoin qu'elle fasse partie de tout ça. Mais c'était quoi, *ça* ?

Elle les observa tour à tour avant de se lever difficilement et de courir dans la cuisine.

Elle les entendit jurer derrière elle tandis qu'elle haletait laborieusement. Elle tenta de s'obliger à inspirer et se demanda ce qu'il se passait.

Elle n'était pas ce genre de personne. Elle ne faisait pas de plan à trois avec deux hommes. Enfin, du moins, ça ne lui était jamais arrivé par le passé. Elle n'avait pas fait grand-chose, jusqu'à maintenant.

Sa relation avec Dustin avait été si longue. C'était ça, sa normalité.

Toutefois, elle savait que les relations polyamoureuses durables existaient. Elle connaissait un trouple qui venait souvent dans son magasin et qui avait trois enfants. Même une série télévisée populaire mettait en scène des personnages principaux en trouple. Ils étaient heureux et bien qu'une part de la société les méprise, ce n'était pas le cas de leur famille. Ni de leurs amis. C'était simplement normal, comme n'importe quelle relation devrait l'être.

Mais, après tout, voulait-elle se retrouver au milieu ? Littéralement ?

Étant donné la manière dont Ethan et Lincoln s'étaient

embrassés, elle avait l'impression qu'il existait des émotions profondément enfouies et éteintes depuis longtemps entre les deux. S'agissait-il de leur premier baiser ? Peut-être. C'était ce qu'elle croyait.

Se mettrait-elle en travers de leur chemin ?

Elle trouva un verre et se servit de l'eau. Alors qu'elle la sirotait et tentait de respirer sans étouffer, les deux hommes entrèrent, leurs lèvres gonflées à cause des baisers et leurs joues rougies — mais sans lien avec l'alcool.

Non, c'était à cause de ce qu'il y avait entre eux.

Et peut-être à cause d'elle. C'était elle, qui avait provoqué ça. C'était elle, qui avait dit qu'ils devraient s'embrasser.

C'était sa faute.

Elle ne pouvait s'en prendre qu'à elle-même.

— Holland, tu vas bien ? s'enquit Lincoln qui paraissait aussi sobre qu'elle à présent.

— Oui. Tout va bien. Vous voyez ? Tout va *bien*.

— Alors pourquoi te répètes-tu avec une voix très aiguë ? s'enquit Ethan en arrivant près d'elle. Ils étaient si grands qu'ils l'acculaient sans même essayer. Elle déglutit difficilement, le dos contre le plan de travail alors que les deux hommes se tenaient là. Ils ne la touchaient pas, mais étaient assez proches pour qu'elle puisse ressentir leur chaleur. Ou peut-être s'agissait-il simplement de son désir.

Elle n'en savait rien, mais elle était inquiète. *Terriblement* inquiète.

Et si c'était une erreur ? Et si elle les perdait tous les deux alors qu'elle venait de les trouver ?

Néanmoins, cela pousserait peut-être ces deux hommes vers une nouvelle étape de leur relation qu'ils désiraient tous les deux. C'était sans doute une bonne chose pour eux.

Mais c'était horrible pour elle. Tant pis. Elle n'avait pas besoin de plus que ce qu'elle avait déjà. Elle allait bien.

— C'est juste que je ne m'attendais pas à ça.

— On ne voulait pas te mettre la pression pour quoi que ce soit, dit Lincoln.

— Il a raison. Nous sommes désolés. Ça a commencé comme un jeu, mais c'est devenu totalement différent.

— J'imagine. Je suis désolée, les gars. C'est moi qui ai commencé. J'ai tout gâché.

Lincoln fit un pas en avant et elle se raidit. Il se tenait toujours là, proche d'elle, mais sans la toucher. Ethan les observa, inquiet, et elle tenta de sourire pour détendre l'atmosphère. Ce n'était pas évident.

Rien ne l'était ces temps-ci.

— Je devrais y aller.

— Tu as trop bu et je sais que ce n'est pas mon rôle de dire quoi que ce soit, mais l'idée que tu montes ainsi dans un Uber ne me plaît pas. Ce n'est pas sûr, dit Ethan. Et ni l'un ni l'autre ne sommes assez sobres pour conduire. Tu peux passer la nuit ici.

Elle haussa grandement les sourcils.

— Excuse-moi ?

Ethan leva les deux paumes.

— Je me disais que tu pouvais dormir dans la chambre d'ami. Lincoln peut prendre le canapé et moi, je dors dans mon lit.

Le mot *lit* tomba entre eux, telle une pierre, et elle déglutit difficilement en tentant de ne pas les imaginer dans son lit. Ou même de n'imaginer qu'eux deux. N'importe quel duo. N'importe quelle paire fonctionnerait.

Holland savait qu'elle analysait excessivement la situation. Et qu'elle prenait de mauvaises décisions.

— D'accord. Je vais rester. Surtout parce que tu as raison, je ne me sentirais pas en sécurité si je montais dans la voiture de quelqu'un d'autre.

— Mais je veux être certain que tu te sentes en sécurité ici, dit Lincoln en plongeant les mains dans ses poches.

Ce mouvement encouragea la jeune femme à baisser les yeux et elle remarqua une érection solide appuyant contre son jean. Lorsqu'elle tourna la tête, elle jeta également un coup d'œil à l'entrejambe d'Ethan — évidemment, elle ne pouvait s'en empêcher — et son érection était tout aussi flagrante.

Mon Dieu, tout allait si vite.

Les deux hommes remarquèrent son regard et Lincoln s'éclaircit la gorge. Elle leva les yeux vers lui et il lui sourit. D'un doux sourire qui n'était pas un ricanement, qui n'était pas moqueur.

Elle se sentait en sécurité. Non seulement avec lui, mais aussi avec Ethan.

Elle ignorait comment tout cela s'était produit. Elle ignorait comment elle en était arrivée là. Mais elle n'avait peut-être pas besoin de s'enfuir. Cela pouvait être amusant. Rien qu'une distraction.

Ou peut-être perdait-elle la tête rien qu'en l'imaginant.

— On peut aller jouer et ranger le reste de l'alcool, déclara Lincoln.

— C'est sans doute la meilleure idée.

Elle déglutit à nouveau, sa bouche étant trop sèche, et Ethan le remarqua manifestement. Il lui tendit le verre qu'elle avait posé sur le plan de travail. Elle ne se rappelait même pas l'avoir fait.

— Bois un peu d'eau. On devrait tous le faire.

— On le devrait.

Mais les hommes ne bougèrent pas d'un pouce. Et elle ne but pas une seule gorgée.

Elle posa plutôt le verre et regarda ses mains.

— Je ne voulais pas que ça arrive. Je ne veux pas que vous gâchiez votre amitié ou que vous ne me rappeliez plus à cause de ça. Faisons comme si ça n'était pas arrivé.

— J'ignore si je peux le faire, déclara rapidement Lincoln.

Ethan et lui se tournèrent rapidement vers lui.

— Quoi ?

— Je ne crois pas pouvoir oublier. Je suis désolé. Je ne peux pas.

— Oh.

— J'imagine qu'on doit en discuter ? s'enquit Ethan.

Lincoln acquiesça, mais il se pencha ensuite et appuya ses lèvres contre celles de Holland.

Elle fut si choquée que, pendant un moment, elle ne réagit nullement. Mais elle finit ensuite par l'embrasser en retour.

Avant de pouvoir prendre une autre inspiration, Lincoln recula et tourna le visage de la jeune femme vers celui d'Ethan. Ce dernier la fixa, les yeux écarquillés, avant de saisir le message que lui envoyait Lincoln. Il se pencha pour l'embrasser.

Elle avait l'impression d'être en train de nager, comme si son corps avait deux trains de retard sur ses actions et que son esprit était encore plus à la ramasse, mais elle continuait de l'embrasser et d'en désirer davantage.

Ethan s'éloigna alors et les lèvres de Lincoln réapparurent sur ses lèvres. Elle gémit, glissa une main dans ses cheveux alors que l'autre était figée sur le torse d'Ethan.

Elle recula légèrement.

— Qu'est-ce qu'on fait ?

— On s'embrasse, c'est tout. On peut faire ça, non ? demanda Lincoln.

— Mais je ne sais pas ce que ça signifie.

— Je ne pense pas que ça ait de l'importance. Ce soir. On découvrira ça plus tard.

La bouche d'Ethan se reposa sur la sienne et elle gémit une fois de plus.

Un instant plus tard, elle les observait alors qu'ils s'embrassaient, un peu plus brutalement et avec plus de grognements.

Ses lèvres étaient gonflées, elle le sentait, et son menton était probablement un peu irrité à cause de leurs barbes, mais elle s'en moquait.

Lorsque Lincoln l'attira contre elle, il posa une main sur ses fesses pour la mouler contre son corps, colla ses lèvres aux siennes et elle se pencha contre lui. Elle en voulait plus.

Ethan se retrouva derrière elle. Il fit lentement glisser ses mains de haut en bas sur ses flancs. Elle s'appuya contre lui. Les deux hommes l'embrassèrent dans le cou et elle tourna la tête pour embrasser Ethan.

Lorsqu'elle décala sa tête, les deux hommes s'embrassèrent tout en continuant de la toucher. Elle n'arrivait pas à se concentrer, elle ne pouvait rien faire. Ils n'avaient manifestement pas besoin de parler. L'alcool la rattrapait et elle n'avait donc pas besoin de s'exprimer. Elle n'en avait pas *envie*.

Elle laissa plutôt son corps faire ce qu'il souhaitait, ce dont ils avaient tous besoin. Elle céda à l'instant. À la passion. Le temps de la discussion et des répercussions viendrait plus tard. À cet instant, elle pouvait mettre ça sur le compte de l'alcool.

— Qu'est-ce qu'on fait ? lui souffla Ethan à l'oreille.

Elle se tourna et l'embrassa sur le menton.

— Je ne sais pas, répondit-elle honnêtement. Je ne sais pas.

— On n'a pas besoin de faire autre chose que de s'embrasser. On peut s'arrêter maintenant, dit Lincoln en les observant tous les deux.

Elle hocha la tête.

— Je sais que je peux m'en aller. Dans l'instant, si je le voulais. Je n'ai pas l'impression d'être sous pression.

C'était un mensonge. Elle avait le sentiment d'avoir la pression, mais c'était à cause d'elle et non d'eux. Ils n'avaient rien à voir avec ça. Oh, tout cela était lié à eux, mais ils ne lui mettaient aucunement la pression.

— J'aime simplement votre goût. À tous les deux. Et j'ai l'impression de pouvoir sentir le goût d'Ethan sur tes lèvres et ça me fait encore plus bander, grogna Lincoln.

Elle baissa les yeux entre eux avant de frotter son entrejambe contre le jean et le membre de Lincoln. Ils gémirent et lorsqu'elle agita ses fesses contre la longueur rigide d'Ethan, il émit un bruit guttural.

— J'ai besoin de poser les mains sur vous, grogna Ethan sur le même ton que Lincoln, plus tôt. Sur vous deux. Ça ne vous dérange pas ?

— Rien que les mains. Rien que ce soir. Je ne pense pas être prête pour en faire plus.

Lincoln hocha la tête.

— Tes mains sont parfaites. Mais je crois qu'on doit retourner dans le salon. Parce que je n'ai jamais vraiment eu envie de m'envoyer en l'air dans la cuisine. Je dis simplement que ce n'est probablement pas le meilleur endroit pour le faire.

Ethan s'esclaffa et Holland l'imita. Qui aurait pu croire qu'elle serait capable de rire pendant un plan à trois, et que ce serait réellement amusant ? Qui aurait pu croire qu'elle serait un jour dans un plan à trois ?

Mais elle n'avait pas envie de s'arrêter. Elle ne le pouvait pas. Alors pourquoi y pensait-elle ? Les hommes n'en parlaient pas. Ils ne voulaient nullement s'arrêter. À cet instant, elle décida qu'elle se laisserait porter par le courant, qu'elle profiterait de l'instant. Elle espérait simplement qu'il resterait des morceaux d'elle, à la fin.

Sans un mot, Lincoln les mena dans le salon et bien qu'elle ait pu croire que l'ambiance serait un peu plus calme, ce changement sembla l'intensifier, au contraire. Comme s'ils avaient envie de se toucher, mais ne le pouvaient pas. Comme s'ils en avaient besoin. *Elle* en avait besoin.

Avant de pouvoir y réfléchir, Lincoln posa une nouvelle fois la bouche sur elle et les mains d'Ethan entre elle et lui. Il glissa ses articulations contre l'érection de Lincoln et ce dernier grogna contre la bouche de Holland et se cambra — elle aussi, par conséquent. L'autre main d'Ethan passa sous le haut de la jeune femme, sur son ventre, et il saisit l'un de ses seins.

Elle grogna et se pencha en arrière alors qu'il tirait sur son téton. Elle laissa Lincoln lui lécher le cou et Ethan jouer avec sa poitrine.

— J'ai besoin de plus, grogna Lincoln.

Elle n'avait jamais rien ressenti de tel, par le passé. Elle ne s'était jamais retrouvée dans ce genre de situation. C'était si nouveau et excitant. Et oui, elle avait besoin de plus, aussi. Elle en voulait plus.

Quand Lincoln tira sur son haut, elle leva les bras et le laissa lui enlever. Ethan détacha si rapidement son soutien-gorge qu'elle faillit ne pas le remarquer.

Toutefois, elle se retrouva encore plus fermement collée au torse d'Ethan. Lincoln embrassait sa poitrine tandis qu'Ethan passait les mains entre eux, puis sous la ceinture de son legging.

Elle haleta quand il posa la main sur sa culotte et que son majeur joua avec ses lèvres.

Elle n'arrivait plus à se concentrer. Il y avait tant de sensations que ça n'avait pas d'importance. Tout ce qu'elle pouvait faire, c'était profiter du moment.

Ethan caressa son clitoris à travers sa culotte tandis que Lincoln lui suçotait, serrait et toisait ses tétons, l'un après l'autre.

Elle se tortilla entre eux. Elle en voulait plus, mais elle n'arrivait même pas à respirer. Elle ne pouvait rien faire. Elle glissa donc la main sur la longueur d'Ethan, puis sur celle de Lincoln, et les caressa à travers leurs vêtements.

Ils grognèrent tous les deux, puis s'éloignèrent d'elle, la laissant excitée et essoufflée.

Soudain, son legging se retrouva autour de ses chevilles, et elle le retira. Sa culotte suivit. Elle se tenait entre les deux hommes, nue, et elle se lécha les lèvres en les observant.

— Ça ne m'a pas l'air équitable. Je suis nue et vous ne l'êtes pas.

Ils échangèrent un regard avant de se tourner vers elle et de hocher la tête à l'unisson.

C'était si torride.

Ils tirèrent tous les deux sur leur haut et défirent ensuite leur pantalon. Elle ne pouvait rester là à ne rien faire. Elle joua donc avec sa poitrine, serra ses seins et fit rouler ses tétons entre ses doigts.

Ethan grogna et retira totalement son pantalon. Il était nu, devant elle. Lincoln se joignit à lui quelques instants plus tard. Ils étaient bien musclés et totalement nus. Et ils étaient à elle pour la nuit.

À elle... et l'un à l'autre, aussi. Ils étaient trois. Il n'y avait pas de retour en arrière possible.

Leurs membres étaient longs et épais. Elle savait que ce serait sans doute trop pour elle, mais elle s'en moquait. Ethan baissa la main et s'agrippa à la base de son sexe, glissant lentement les doigts de haut en bas alors qu'il la fixait.

Lincoln en fit de même, mais elle s'approcha ensuite puisqu'elle en voulait plus. Elle mit les mains sur les verges d'Ethan et de Lincoln avant de les presser. Les deux hommes lâchèrent prise et voilà qu'elle se retrouvait avec deux sexes à la main, glissant de haut en bas sur leur longueur. Elle ne s'était jamais sentie si dévergondée et elle adorait ça.

Elle fit un nouveau va-et-vient, puis un deuxième, et ils grognèrent ensuite tous les deux avant d'avancer.

Lincoln se retrouva derrière et frotta son membre contre le creux des fesses de Holland en glissant les mains sur son corps et en l'ouvrant avec deux doigts.

Elle cria, mais aucun son ne s'échappa puisqu'Ethan avait posé la bouche sur la sienne. Elle s'agrippa à son sexe et décrivit de brusques va-et-vient tout en saisissant ses bourses de l'autre main.

La bouche d'Ethan était à présent sur sa poitrine et c'était agréable. Tant de membres, de langues et de bouches. Il était difficile de ne pas se perdre là-dedans. Mais elle se laissa aller. Pourquoi pas ?

Ils avaient simplement parlé de mains. De mains et de caresses. Et peut-être de quelques baisers. Mais ils étaient tous là, les mains posées sur quelqu'un d'autre et, clairement, ils en voulaient tous plus. Ils avaient besoin de plus.

Le bruit de la chair contre la chair et des grognements dans l'air était presque trop difficile à supporter et elle faillit jouir dans l'instant.

Toutefois, Lincoln appuya soudain le pouce sur son clitoris et la bouche d'Ethan fut sur sa poitrine. Elle jouit. Violemment et rapidement. Elle se crispa autour des doigts de Lincoln alors même qu'elle se cambrait contre la bouche d'Ethan.

Elle tordit légèrement le cou et Lincoln se saisit de ses lèvres dans un baiser violent qui les fit tous les deux tomber dans le précipice. C'était la seconde fois pour elle, la première pour lui.

Elle se dégagea ensuite de ses bras. Lincoln libéra ses doigts et les appuya — couverts du liquide de Holland — sur les lèvres d'Ethan. La jeune femme manqua de jouir une troisième fois quand le regard d'Ethan s'assombrit davantage et qu'il ouvrit la bouche pour sucer les deux doigts de Lincoln et lécher le goût de Holland.

C'était si torride. Elle avait envie de les chevaucher tous les deux jusqu'à l'oubli. Mais pas à cet instant. Non, pour l'instant, ils se contentaient de se toucher.

Ainsi, elle baissa la main et attrapa le sexe de Lincoln. Il grogna et donna des coups de rein dans son poing, bandant une nouvelle fois.

Lincoln saisit le membre d'Ethan tandis que celui-ci posait les mains sur les fesses de Holland afin de les ouvrir avec deux doigts.

Curieusement, ils travaillaient tous les trois à l'unisson, avec leurs bouches, leurs langues et leurs mains.

Elle accéléra les va-et-vient, utilisant son pouce pour étaler le liquide suintant du membre de Lincoln. Elle savait qu'il en faisait de même avec Ethan et qu'ils travaillaient en tandem alors que ce dernier la pénétrait avec ses doigts. Elle voulait qu'il utilise son membre, mais pas ce jour-là.

Non, curieusement, c'était encore plus torride.

Comme si c'était un pas de plus dans l'indécence avant l'oubli.

Lorsque les deux hommes grognèrent, leurs corps se crispèrent et la verge de Lincoln durcit encore davantage dans sa main. Ils jouirent et leurs corps tressautèrent. Le sien aussi puisqu'Ethan avait trouvé cette boule de nerfs en elle.

Elle cria des propos inintelligibles. Elle en voulait plus, et pourtant, il ne restait plus rien. Elle se trouvait dans le salon d'Ethan, couverte de leur sperme à tous les deux, la main de ce dernier encore en elle et elle ne put que se laisser tomber dans les bras de Lincoln en sachant que ce serait peut-être la dernière fois qu'elle les voyait.

Cette perfection, ce... tout n'était pas fait pour elle. Mais elle pouvait s'en délecter et s'accrocher à eux. Au moins pour l'instant.

Car il s'agissait de la chose la plus érotique, la plus dangereuse et la plus merveilleuse qu'elle n'avait jamais faite de sa vie.

Et elle ne souhaitait pas que ça se termine.

CHAPITRE SIX

Chapitre 6

Se réveiller avec une gueule de bois n'était jamais un bon début de journée. Se réveiller nu et étalé, la tête contre le canapé n'était vraiment pas une bonne chose. Ajoutez à cela qu'il ne s'agissait pas de son propre canapé, mais de celui d'Ethan...

Lincoln était presque convaincu d'avoir commis une horrible erreur. Toutefois, alors que des flashs de la nuit précédente lui revenaient — la peau, le goût, la sensation — il n'était pas certain de pouvoir le regretter.

Parce qu'il avait enfin pu goûter Ethan Montgomery. Il l'avait enfin touché. Et Holland avait également été présente...

C'était comme si un verrou s'était mis en place, et que quelque chose lui avait manqué pendant tout ce temps. Il leur avait manqué une personne pour les pousser vers l'obsession plutôt que le désir.

Lorsque tous les trois s'étaient enfin apaisés hier soir, ils étaient toujours ivres et couverts du sperme des autres. Ils s'étaient glissés dans l'immense douche d'Ethan et s'étaient nettoyés sans mot dire. C'était comme s'ils savaient que dès qu'ils commenceraient à parler, la réalité prendrait place et le sort se briserait.

Ils n'avaient donc rien dit et s'étaient simplement assurés que tout le monde était douché et que toute trace de ce qui était arrivé avait disparu. Lincoln avait passé les doigts dans les cheveux d'Ethan pour l'aider à les laver, puis en avait fait de même pour Holland avec l'aide de son meilleur ami. Leurs doigts s'étaient touchés quand ils s'étaient assurés qu'elle était complètement lavée. Cela avait paru normal. Comme si ce qui arrivait était ordinaire.

Mais ça ne l'était pas. Pas vraiment, ou du moins, pas encore. Il savait que dès qu'ils en discuteraient, ils allaient sans doute faire de leur mieux pour oublier. Ou bien, ils ne le feraient pas et ce serait une erreur. Ethan avait été ivre, il ne pouvait en être autrement. Parce que pendant tout le temps où ils étaient restés amis, Lincoln n'avait pas pensé une seule fois que cela arriverait entre eux.

Et il se détestait pour ce qu'il avait peut-être fait. Pour ce qu'il aurait pu briser en cédant à ses désirs. Il avait beau en vouloir plus, il avait tout risqué et désormais, il n'avait plus d'alcool dans son organisme et ne pouvait plus s'en servir comme excuse.

Hier soir, Lincoln s'était retiré quand Ethan l'avait doucement embrassé avant de se tourner vers Holland pour en faire de même et dire qu'il était l'heure de se coucher.

Ils l'avaient écouté et, curieusement, tous les trois avaient terminé dans des pièces différentes. Ils étaient sans doute tombés tacitement d'accord, puisqu'ils avaient conscience que s'ils allaient plus loin que ce qu'ils avaient fait, il n'y aurait aucun retour en arrière possible. Ils ne pourraient pas simplement qualifier ça d'erreur d'ivrogne.

Du moins, c'était ce que Lincoln croyait.

Ainsi, Holland était actuellement en train de dormir dans la chambre d'amis, Ethan s'était effondré sur son lit et Lincoln était nu sur le canapé.

Il grogna et tenta de ne pas faire de bruit en passant une main sur son visage et en posant les pieds par terre. Même la sensation des fibres du tapis contre sa peau lui faisait mal et il savait qu'il avait donc bien trop bu la veille.

Quand son corps lui faisait mal au même titre que sa peau, il savait que son corps et son âme étaient salement amochés et qu'il avait perdu son équilibre.

Avec cette pensée en tête, il renfila rapidement ses vêtements en les retrouvant dans le tas, par terre. Il fit de son mieux pour ne pas s'attarder sur ceux d'Ethan ou de Holland et essaya de ne pas se souvenir exactement de ce qui était arrivé — même si les souvenirs seraient la seule chose qu'il lui resterait une fois que tout cela serait terminé.

Au lieu de s'attarder, il glissa les pieds dans ses chaussures, regarda autour de lui à la recherche de ses clés et de son téléphone, puis les remit dans sa poche.

Il allait partir. Sans leur parler. Du moins, pour l'instant.

Parce qu'il n'avait pas envie de les entendre dire que tout était super, qu'ils s'étaient amusés une nuit, mais que cela s'arrêtait là.

Et il ne savait pas ce qu'*il* voulait dire. Il s'était déjà dévoilé et il avait fallu bien trop d'alcool pour que cela se produise. Honnêtement, il ne pouvait rien supporter de plus pour l'instant. Il se faufila donc hors de la maison, monta dans sa voiture et s'en alla comme si tout avait été une erreur. Et c'était peut-être le cas. Mais cela avait été l'erreur la plus belle, la plus précieuse et la plus séduisante de sa vie.

Bien qu'il ait eu peur que cela gâche tout.

Il ignorait comment faire face à Ethan à nouveau. Mais il n'aurait pas d'autre choix. Il devrait également affronter Holland. Parce qu'elle était spéciale. Si spéciale. Tout comme Ethan.

Et il savait qu'il allait probablement les perdre. Car c'était ce qui arrivait. Chaque fois. Il n'avait pas de relations sérieuses. Il ne s'accrochait pas à ceux auxquels il tenait. Parce que ceux-ci faisaient des choses comme déménager à l'autre bout du pays où ils l'oubliaient. Comme ses parents.

Ethan et Holland devaient encore être en train de dormir,

puisqu'il n'avait pas reçu de SMS lorsqu'il arriva chez lui. Ni de coup de fil enragé parce qu'il s'était enfui en catimini.

Il grogna avant de monter jusqu'à son appartement, celui pour lequel il avait économisé le moindre centime parce qu'il avait toujours voulu vivre en centre-ville, même s'il pouvait voir les montagnes au loin. Ainsi, il pouvait avoir un peu des deux — de l'urbain et de la nature. De plus, il vivait assez près de tous ses amis qui vivaient en périphérie, et même de ceux qui habitaient dans les montagnes. Il arrivait donc à leur rendre visite.

Il verrouilla la porte derrière lui et partit à la recherche de café. Et d'aspirine. N'importe quoi pour faire disparaître la palpitation dans son crâne. Enfin, il ne pensait pas que quoi que ce soit puisse l'aider réellement à cet instant.

Non, il faudrait du temps, de l'énergie et probablement beaucoup de caféine.

Il observa son studio et les toiles qu'il avait peintes. Il se dit que peut-être, il allait travailler, aujourd'hui.

Peut-être pourrait-il dessiner quelque chose de plus sur ces toiles maintenant qu'il connaissait le goût d'Ethan. Le goût de Holland. Il n'avait plus besoin de se le demander.

Et il avait essayé de ne pas penser au fait qu'il avait encore une centaine d'autres inquiétudes en tête, à cet instant.

Mais c'était probablement trop demander.

Il goba une tasse de café et se brûla presque la gorge, puis il se servit une autre tasse avant d'aller dans son studio et de s'asseoir sur son tabouret.

Il ne pouvait rester assis trop longtemps dessus, puisque ce n'était pas bon pour son dos, mais il avait peint sa première toile en y étant installé. Il l'avait donc sorti de son espace de stockage et l'avait ramené dans son studio en pensant que, peut-être, cela l'aiderait à recréer quelque chose. Peut-être que s'il utilisait tout le pouvoir et la superstition disponible, il comprendrait comment se sortir de ce syndrome de la toile blanche.

Et ce n'était pas simplement à cause du fait qu'il s'agissait d'une commande. Il n'arrivait même pas à penser à l'art. Il lui était toujours venu facilement, même quand les temps étaient durs. Même quand il avait des problèmes, il avait toujours su qu'il pouvait compter sur quelque chose en lui pour faire son boulot.

Mais cela faisait des semaines, à présent, et il n'arrivait même pas à tenir un pinceau sans que son esprit se vide.

Quelque chose n'allait pas chez lui et il se détestait pour ça.

Mais le travail était le travail et ce n'était pas parce qu'il était un artiste qu'il pouvait se débiner. Il n'était pas un stéréotype. Il saisit donc son pinceau, baissa les yeux et se demanda ce qui viendrait ensuite.

Il savait qu'il devait préparer une exposition, qu'il devait ajouter davantage d'œuvres à son portfolio.

Mais il n'arrivait pas à penser à quoi que ce soit.

Et cela l'effrayait.

Quelque chose n'allait pas chez lui, et il savait que ça ne pouvait être Ethan.

Non, c'était uniquement sa faute. Il devait trouver une solution.

Mais tout d'abord, il devait boire davantage de café.

Il venait tout juste de se lever de son tabouret après avoir posé le pinceau afin de pouvoir se distraire à nouveau quand il entendit la clé tourner dans la porte d'entrée. Quelqu'un entra.

Il grogna, agacé.

Damien entra d'un pas flânant comme s'il ne se souciait de rien, comme s'il était propriétaire de cet appartement.

— Oh, bien, tu es chez toi. Tu n'étais pas là, hier soir, quand je suis venu prendre de tes nouvelles, et je m'inquiétais. Enfin, pourquoi tu n'as pas laissé un mot ?

Damien s'avança, prit la tasse de café des mains de Lincoln et but les dernières gouttes du breuvage.

— Beurk, tu dois mettre plus de sucre, là-dedans. Bien que ce ne soit pas bon pour tes dents ou ton corps, ça effacera peut-être ce froncement de sourcils sur ton visage.

— Mais qu'est-ce que tu fous là, Damien ? s'enquit Lincoln en tentant de maîtriser sa mauvaise humeur.

Il n'avait pas envie de déverser toutes ses frustrations sur lui, mais à cet instant, il n'avait pas franchement de raison de ne *pas* le faire.

— Je suis ton agent. Je suis là pour t'aider. Clairement, tu en as besoin. C'est ce sur quoi tu travailles ? demanda Damien en tentant de contourner Lincoln afin de mieux voir. Il n'y a presque rien sur cette toile. Est-ce un autre projet ? Qu'est-ce qui ne va pas, mon chou ? s'enquit Damien.

Ce fut la goutte d'eau.

Tout ce qui bouillonnait sous la surface remonta en Lincoln et il craqua. Il en avait assez. Tellement assez de tout ça.

— Bon, tu connais la règle. Tu ne regardes pas mes œuvres avant que je sois prêt.

— Je suis ton agent, mon pote. En plus, on est amis. On se *connaît.*

À cause de la manière dont il avait insisté sur le mot *connaît*, Lincoln savait exactement à quoi Damien faisait référence. Il avait conscience qu'il n'aurait jamais dû coucher avec lui. Mais il y avait un jour eu une attirance. Ils avaient été proches et il avait eu l'impression que c'était la chose à faire à cette époque. Et il était plus jeune. Plus stupide.

Il n'allait plus prendre de décisions stupides. Après tout, il avait probablement pris la pire possible la veille au soir.

— Non, non. On ne va pas faire ça. Je te l'ai déjà dit, tu n'as pas le droit de regarder mon travail jusqu'à ce que je sois prêt. Et tu n'es pas censé utiliser la clé pour rentrer. Tu étais vraiment dans mon appartement, hier soir, quand je n'y étais pas ? s'enquit-il alors que les mots de Damien pénétraient enfin son brouillard et son agacement.

— Je venais prendre de tes nouvelles. Tu es mon meilleur client. Et mon ami. Tu sais, je ne veux que ce qu'il y a de mieux pour toi.

Damien avança comme pour le toucher et Lincoln tendit le bras pour saisir le poignet de son agent.

— Ne me touche pas.

Damien lança un regard insistant sur la main de Lincoln autour de son poignet.

— Je crois que c'est *toi* qui me touches.

Lincoln le relâcha comme s'il avait été brûlé.

— Dégage, grogna-t-il.

— Bon sang, tu ne serais pas de mauvaise humeur ?

— Ferme-la, Damien. Qu'est-ce qui ne va pas chez toi ? Pourquoi agis-tu comme ça ?

— Je pourrais te poser la même question. Comme je l'ai déjà dit, je venais prendre de tes nouvelles. Et pourtant, tu te comportes comme si j'étais Satan.

— Redonne-moi ma clé, exigea rapidement Lincoln en tendant la main. Tu peux frapper, comme tout le monde. Je ne sais même pas pourquoi je t'en ai donné une, pour commencer.

— Parce que je suis ton agent.

— Tu n'arrêtes pas de dire ça, mais as-tu les clés de tous tes clients ?

— Bien sûr que non. Tu es spécial. Nous sommes spéciaux.

— Non. Nous ne le sommes pas. Et j'en ai assez de tout ça. Redonne-moi simplement ma clé, sinon, je change les verrous. Parce que c'est ridicule. Tu ne tolères ni ne respectes mes limites et tu ne me laisses jamais d'intimité.

— Je m'inquiète pour toi. Tu ne produis rien. Qu'est-ce qui ne va pas ? C'est Ethan ? Parle-moi. Tu sais que je suis toujours là pour toi.

Lincoln n'entendait plus rien. Il en avait assez. Il aurait dû le faire depuis longtemps. Il aurait dû ériger ses propres barrières, imposer quelques lois. Mais il s'était contenté de se protéger de ceux qui s'insinuaient dans les fissures de ses fondations et ne le laissaient pas tranquille. C'était sa faute.

— Donne-moi la clé, tout de suite. Tu n'as pas le droit d'entrer chez moi sans frapper. Tu n'as pas le droit de débarquer dans ma vie comme si tu en étais le propriétaire. Tu m'aides à vendre mon art. C'est tout. Et si tu ne m'écoutes pas, alors tu n'es pas l'agent dont j'ai besoin et je trouverai quelqu'un d'autre.

Damien plissa les yeux et sa mâchoire se contracta. Il ressemblait désormais à l'homme que Lincoln avait connu par le passé. Le requin qui pouvait tout accomplir.

Toutefois, au lieu de se concentrer sur le travail, toute sa colère se déversa sur Lincoln. *Bien joué.*

— C'est moi qui t'ai construit. J'essaie simplement d'aider, Lincoln. Mais tu ne fais que me repousser. Si tu continues, personne ne sera là pour toi quand tu en auras besoin. Alors, tu ferais mieux d'y réfléchir.

Damien glissa la main dans sa poche et sortit son trousseau avant de retirer la clé de Lincoln.

— Bon, je vais oublier que tu as évoqué l'idée de rencontrer d'autres agents et on en discutera plus tard. Tu as clairement besoin de plus de café. Ou peut-être que tu dois juste t'envoyer en l'air. Dans tous les cas, je m'en moque, pour l'instant. Tu t'excuseras plus tard. Mais, tout d'abord, n'oublie pas que tu as cette commande à honorer. Et je me battrai pour toi si tu as besoin de plus de temps. Parce que c'est ce que je fais. J'en fais tant pour toi, tu n'imagines même pas. Oui, tu es l'artiste. Mais c'est moi qui te fais vendre. Ne l'oublie jamais. N'oublie jamais d'où tu viens.

Damien passa à côté de lui et lui donna un coup d'épaule en partant, mais Lincoln ne bougea pas d'un pouce. Il était si épuisé.

Quand Damien claqua la porte en sortant précipitamment, Lincoln soupira, puis alla tourner le verrou. Dès qu'il le fit, néanmoins, quelqu'un appuya sur la sonnette. Il sursauta puisque le bruit venait de l'effrayer.

Il regarda par le judas, prêt à crier s'il s'agissait de Damien, mais il soupira alors.

Il ouvrit la porte.

— Salut, petite cousine, dit-il en tendant les bras.

Madison l'étreignit et soupira contre son torse.

— J'ai vu Damien s'en aller, mais il ne m'a même pas remarquée. Il ne me remarque jamais. Vous vous êtes disputés ? s'enquit-elle en se penchant en arrière pour scruter son visage. Et mon Dieu, tu vas bien ? On dirait que tu n'as pas dormi.

— Tu m'aides toujours à gonfler mon ego, tu le sais ?

— Oh, tais-toi. Je m'inquiète pour toi.

— Apparemment, c'est le cas de beaucoup de monde.

— Damien ne s'inquiète pas pour toi. Il s'inquiète pour ses bénéfices et *son* ego.

— S'il te plaît, dis-moi ce que tu penses vraiment de lui.

— Je le ferai plus tard, mais on déjeune avec mes parents, aujourd'hui. Tu devrais probablement aller te doucher et te préparer. Tu as oublié ?

— Merde. Je n'ai pas vraiment envie d'aller déjeuner avec tes parents, déclara sincèrement Lincoln.

Madison ricana puis se mit sur la pointe des pieds pour lui tapoter la joue.

— Tu sais que, moi non plus, je n'ai pas envie de déjeuner avec eux. Mais ça ne fera qu'empirer si on ne les calme pas avec ça. Et le fait que tu viennes avec moi pour que je ne me retrouve pas seule avec eux fait de toi mon cousin préféré.

— Je suis ton *seul* cousin.

— Eh bien, c'est vrai. Ce n'est pas ma faute si nos pères sont frères et qu'ils ont décidé de n'avoir qu'un enfant chacun. Nous sommes seuls dans l'immensité de notre présent où il y a moins de mariages et moins d'enfants. Notre clan va mourir sans nous.

Elle posa une main sur son cœur et Lincoln leva les yeux au ciel.

Il adorait Madison. Ils avaient grandi comme des frères et sœurs et il la qualifiait d'ailleurs de sœur, mais ça ne faisait qu'agacer davantage les parents de la jeune femme. Et s'il se moquait franchement de savoir ce qu'ils pensaient, il s'inquiétait de la manière dont ils la traitaient.

Madison n'avait jamais été assez bien à leurs yeux. Elle n'avait jamais été assez belle, jamais assez mince. Elle n'était jamais sortie avec les bons mecs. Elle n'avait jamais obtenu le bon boulot. Elle n'avait jamais été la fille parfaite qu'ils désiraient.

Et ils faisaient en sorte qu'elle le sache.

Lincoln avait terriblement envie de les tabasser, mais, apparemment, c'était mal vu et sans doute considéré comme un crime. Peut-être une mauvaise conduite, s'il y allait doucement.

Lincoln avait de très bons parents. Ils l'adoraient et avaient pris soin de lui jusqu'à ses 18 ans. Ensuite, son père avait décroché un poste à Seattle et ils avaient déménagé. Lincoln avait voulu rester à Boulder et partir à l'université, donc ils l'avaient laissé.

Il leur avait rendu visite à chaque période de vacances, mais était resté à Boulder avec les Montgomery pendant l'été, afin de pouvoir suivre des cours d'été et de terminer l'université plus facilement et plus rapidement.

Ses parents ne lui rendaient jamais visite.

C'était comme s'ils avaient immédiatement trouvé leur nouveau chez-eux à Seattle.

Et il avait beau comprendre, c'était tout de même douloureux.

Lincoln pensait que c'était sûrement en rapport avec le frère de son père et la famille de Madison, plutôt qu'avec lui-même.

Car s'ils revenaient à Boulder, ils devaient rendre visite aux parents de Madison. Et personne n'avait réellement envie de faire ça.

Ainsi, Lincoln partait souvent visiter l'État de Washington. Ethan l'accompagnait même quelquefois.

Ses parents étaient géniaux. Ils avaient payé sa formation et l'appelaient au moins deux fois par semaine. Avec l'invention de FaceTime et de Skype, ils se voyaient régulièrement à travers un écran. Ils avaient même pris des vacances en famille au Canada, deux ans plus tôt.

Il adorait ses parents.

Simplement, il aurait aimé qu'ils soient plus proches.

Sa vie était ici, et la leur à Seattle, et dans cette ère de la technologie et du voyage, parfois, on n'avait pas la chance de vivre près de sa famille. Souvent, ce n'était pas nécessaire. Cependant, il avait bien une famille à Boulder. Madison. Et ses parents.

— Je n'en ai pas pour longtemps, grommela Lincoln.

Il se pencha et l'embrassa sur le sommet du crâne. Elle lui

sourit. Elle était belle. Tout en courbes, avec ses yeux larges et sa chaleur irradiante.

Il voulait qu'elle soit heureuse, mais il savait qu'elle ne le serait jamais à moins de ne plus être sous la coupe de ses parents.

Ce n'était pas aussi facile, étant donné leur comportement. Ils aspiraient les autres et ne les relâchaient jamais.

Et ils n'aimaient franchement pas Lincoln ni sa manière de vivre.

Mais... peu importait.

— On peut simplement leur poser un lapin ? demanda promptement Madison.

Lincoln secoua la tête.

— Non. Parce qu'ils nous le ressortiraient plus tard. Alors, on va déjeuner, je vais écouter ton père m'expliquer qu'être un artiste me gâche la vie. Et que j'aurais dû devenir banquier comme lui.

— Oui, parce qu'avec une telle situation économique son boulot est assuré.

Madison leva les yeux au ciel.

— Hé, ne lui dis pas ça. Sinon il se lancera dans sa diatribe sur les marchés, sur ceux qui lui volent son argent et toutes les conneries de ce genre.

— Oui. En plus, on brise totalement les règles puisque tu es un peintre qui paie sa propre assurance et que je suis propriétaire d'une petite boutique et que je n'ai pas trouvé l'*homme* qui m'aidera à payer *mon* assurance.

Elle enroula ses cheveux autour d'un doigt et Lincoln plissa les yeux.

— Tu t'es fait des mèches roses ? demanda-t-il.

Il n'était qu'à moitié accablé, puisque c'était magnifique et qu'il aimait sa cousine.

Elle rougit avant de sourire.

— Peut-être.

— Ta mère va te tuer, sourit Lincoln. J'adore.

— Eh bien, je l'ai surtout fait pour moi. J'en ai toujours eu envie et c'est à la mode. Je me fonds dans la masse plutôt que de me démarquer.

— Oui, comme moi avec mes tatouages.

— Eh bien, j'en ai autant que toi. Simplement, je les cache mieux.

— Si tes parents les découvrent un jour, ils vont essayer de te frapper.

— Peut-être. Mais encore une fois, peu m'importe. Essayons simplement de faire la paix.

— D'accord. Mais s'ils critiquent encore une fois ma *bisexualité*, je vais peut-être les frapper, moi.

— Tu ne le ferais pas. Mais tu partirais en tapant des pieds et tu grognerais. Ensuite, je devrais te suivre puisque ma mère aurait employé son *ton* avec moi.

Lincoln détestait ce *ton*. Celui grâce auquel les racines sudistes de sa tante ressortaient vraiment. Ce n'était pas comme si elle disait quoi que ce soit de méchant. Il ne s'agissait que de compliments, du moins, en apparence. Mais «la petite boutique» de Madison et la robe qui lui allait bien «malgré ses courbes» et toutes les conneries qu'elle balançait toujours, ne faisaient que l'agacer encore et encore. Pourtant, le ton était doucereux, bien que mortel.

Et elle mentait comme une arracheuse de dents.

Il détestait cette expression et pourtant, il s'agissait de la description parfaite pour la mère de Madison.

— Je veux simplement que tu sois heureuse, dit-il.

Elle le regarda en fronçant les sourcils.

— Je pourrais en dire de même pour toi. Parce que tu n'es pas heureux, Lincoln. Et nous savons tous les deux pourquoi.

Elle n'en savait qu'une partie. Sa cousine était la seule personne au monde au courant que Lincoln aimait son meilleur ami. Mais il ne pouvait en parler. Il ne pouvait rien y faire. Parce qu'il devrait bientôt affronter Ethan. Idem avec Holland. Et il ignorait totalement ce qu'il allait dire. Tout ce dont il était conscient, c'était qu'il devait affronter les membres de sa famille restant à Boulder et aider sa cousine. C'était sa mission pour la journée. Il aurait simplement espéré ne pas avoir la gueule de bois pour le faire.

Mais peut-être qu'une fois après avoir traversé ça, une fois qu'il se serait souvenu ce qu'était une vraie famille et qu'il se serait rendu compte que son oncle et sa tante n'étaient pas aimants, il se rappellerait peut-être ce qui comptait vraiment.

Et peut-être qu'à ce moment il serait à nouveau capable de créer.

Sinon, il savait qu'il devrait au moins comprendre ce qu'il avait à faire pour Ethan. Et Holland.

Parce qu'ils n'étaient qu'une partie de son syndrome de la toile blanche. Il allait devoir affronter le reste, un jour.

Et *un jour* arrivait bien trop tôt à son goût.

Chapitre Sept

Chapitre 7

Lorsqu'Ethan s'était réveillé ce matin-là et avait ouvert les yeux, avec un mal de crâne et une peine de cœur, il avait su qu'il était seul chez lui.

Il avait enfilé son pyjama, titubé jusqu'au salon et avait vu le canapé totalement désert. La couverture que Lincoln avait dû utiliser était pliée et posée contre les coussins.

Il n'y avait pas de petit mot, c'était inutile. Il savait qu'il reverrait Lincoln, plus tard. Et ils allaient en discuter ou faire comme si ça n'était jamais arrivé.

Connaissant son meilleur ami, ce serait probablement la seconde option.

Il était ensuite allé dans la cuisine, ayant besoin de café avant d'affronter l'éventualité que Holland soit sans doute partie également. Il vit alors le petit mot sur le frigo.

J'ai dû rentrer. La boutique a besoin de moi. Merci pour hier soir. — Holland.

Elle l'avait remercié. Pour les jeux ? Pour la nourriture et l'alcool ? Ou pour tous les orgasmes ?

Il n'avait pas les réponses et avait sérieusement peur d'essayer de les trouver, au risque d'être blessé.

Il n'avait pas su ce qu'il voudrait à son réveil. Aurait-il préféré qu'ils soient là ? Cela aurait peut-être été mieux, ils auraient pu régler tout ça.

Mais le problème était qu'il n'avait pas de réponse. Il ignorait ce qu'il désirait. Ainsi, constater qu'ils étaient partis était une bonne chose. C'était peut-être exactement ce dont ils avaient besoin. D'avoir un peu d'espace avant de démêler tout ça.

Ethan n'avait pas les réponses. Mais il avait certainement besoin de tout démêler.

Cependant, comme il ne voulait plus voir sa maison sous cet angle, il nettoya rapidement toutes les preuves de la veille. Il était heureux que Lincoln et Holland l'aient au moins aidé à mettre la nourriture au frigo avant d'aller se coucher. Il ne restait donc plus grand-chose à nettoyer.

Il vit une écharpe blanche sur son manteau de cheminée et sut qu'il s'agissait de celle de Holland. Il ne faisait pas assez froid pour qu'elle en ait besoin, mais elle avait été assortie à son look et lui avait donné un côté encore plus sexy.

Mais il ne savait pas quoi en faire, alors il n'en fit rien. Il la laissa où elle était, comme un rappel, et alla se préparer pour le travail.

Une heure plus tard, il s'assit à son ordinateur et se demanda ce qu'il allait faire pour le reste de la journée. Oh, il avait des calculs à effectuer, des données à analyser et étudier. Étant donné que c'était lundi et que cela aurait dû être une journée normale au boulot, tout le monde était déjà là. Certaines personnes travaillaient de nuit, et d'autres le week-end afin d'avoir quelques jours de repos en semaine. Parfois, il le faisait également. Avoir un lundi ou un mardi était libérateur. Cela lui permettait d'aller à l'épicerie ou de vaquer à d'autres occupations. Puisque la plupart des gens étaient au travail pendant ce temps-là.

Mais même s'il n'avait pas besoin de venir ce jour-là, puisqu'il avait été présent quelques heures la veille, il travaillait.

Parce qu'il n'avait rien d'autre à faire. Et il avait peur de rentrer chez lui et d'affronter le fait qu'il avait peut-être perdu son meilleur ami étant donné qu'il avait cédé à la tentation.

À présent, il savait ce que c'était d'avoir Lincoln contre lui, sa bouche sur la sienne, son membre dans sa main.

Il savait également ce que cela faisait d'avoir Holland.

C'était comme si elle les complétait. Comme si elle devenait un pont entre eux deux, mais c'était plus que ça. Parce qu'il avait le sentiment que s'il avait été seul avec Holland, il aurait eu l'impression que Lincoln manquait. Il n'y avait aucune substitution, aucun regret.

Les choses avaient fonctionné entre eux trois, hier soir.

Et c'était peut-être parce qu'il connaissait un trouple durable, grâce à sa cousine. Il avait vu comment cela fonctionnait, même avec tous les obstacles de communication et les problèmes sociétaux.

C'était sans doute la raison pour laquelle Ethan voulait que leur relation marche.

Était-ce le cas ? Était-ce réellement ce qu'il souhaitait ? Qu'ils passent à l'étape suivante et fassent comme si ce n'était pas qu'une nuit de rêve et d'obsession ?

Il n'en savait rien, mais il devait le découvrir. Bientôt.

Il ne pouvait se retenir indéfiniment. Surtout avec son meilleur ami.

— Tu m'as l'air bien pensif, déclara Julia à côté de lui.

Il se tourna vers sa collègue.

— Qu'est-ce que tu veux dire ? s'enquit-il, bien qu'il connaisse la réponse.

— Tu as l'air triste. Et on dirait que tu as la gueule de bois. Ce qui n'est jamais le cas. Tu as eu une nuit difficile ?

Ethan se frotta le visage et grogna.

— Je vais bien. J'ai travaillé, hier, je n'avais probablement pas besoin de venir aujourd'hui.

— Mais tu aimes autant travailler que moi. Tu fais plus

d'heures que tout le monde, enfin, à part moi, peut-être.

— Eh bien, on est des accros du boulot, répondit-il en la regardant et en souriant.

— C'est vrai. Bref, je voulais venir te dire que quelqu'un a effectué trop de calculs et a saturé le serveur. Ça va prendre un moment pour que nos données puissent passer.

Ethan fronça les sourcils.

— Qui ?

— À ton avis ?

— Le patron ? demanda-t-il après avoir soupiré.

Julia acquiesça.

— Oui. C'est comme s'il oubliait parfois que même si ses calculs sont importants, il n'y a qu'une place limitée pour qu'on rentre les nôtres, aussi.

— Tu veux parier que c'est moi qui devrais tout refaire quand il merdera ?

— Eh bien, je ne vais pas parier puisque si tu ne le fais pas, ce sera à moi de le faire et je ne suis pas d'humeur.

— Ce n'est pas faux. Alors, j'imagine que personne n'aura de résultats pour l'instant.

— Non. Mais, malheureusement, tu devrais y être habitué, maintenant. C'est comme ça que les choses fonctionnent, ici.

Ethan grogna.

— Je n'aurais vraiment pas dû venir bosser.

— Étant donné que tu n'es pas payé pour ça, probablement pas.

Il soupira.

— On devrait rentrer chez nous.

— C'est ce que je vais faire. J'ai assuré une double journée de travail, samedi. J'étais simplement passée en coup de vent pour vérifier ce que j'avais fait, pour ne pas perdre de temps demain.

— Pareil, plus ou moins.

Julia sourit.

— Je jure que parfois, j'ai l'impression que cet endroit est rempli de bambins en train de se chamailler, plutôt que d'hommes et de femmes qui possèdent pléthore de doctorats, de maîtrises et de masters.

Il ricana.

— Eh bien, au moins on ne bosse pas à l'université. Je vais rentrer chez moi et faire comme si tout allait bien.

Julia tendit la main et la posa sur son bras. Elle ne le touchait pas souvent — voire jamais — et il en fut donc surpris. Il baissa les yeux et elle rougit avant de dégager sa main.

— Désolée, dit-elle promptement.

— Non, ce n'est rien. Qu'y a-t-il ?

— Sache que même si nous ne sommes pas meilleurs amis, je suis là, si tu as besoin. D'accord ?

— Merci.

Il sourit et soupira lourdement en croisant son regard.

— Sérieusement. Merci.

— Je t'en prie. Bon, va boire plus de café et faire entrer plus de caféine dans ton organisme. Ou mange peut-être un taco bien gras. Ça t'aidera.

Il frissonna.

— Je n'arrive pas à comprendre comment les gens peuvent manger du gras quand ils ont la gueule de bois.

— Ne critique pas. C'est une vieille tradition.

— Pas pour moi.

Il rassembla ses affaires et partit vers sa voiture sur le parking, se disant qu'il ferait aussi bien de rentrer et de s'occuper de ce qu'il avait à faire là-bas. Il devrait peut-être même parler avec sa famille.

Il n'avait pas dîné avec eux depuis quelques semaines. Étant donné qu'il le faisait généralement aussi souvent que possible, ce n'était pas peu dire. Mais tout le monde était occupé et il savait qu'un dîner Montgomery arrivait bientôt.

Il envoya un rapide SMS sur le groupe familial, rien que pour les saluer et leur dire qu'il espérait que tout le monde allait bien. Ils répondirent tous qu'ils travaillaient et espéraient qu'il passait une bonne journée.

Bristol lui envoya un message privé.

Bristol : *Tu vas bien ?*

Il savait qu'il aurait probablement dû lancer une conversation privée avec elle. Il vaudrait mieux qu'il n'ait pas l'air déprimé dans ses SMS.

Ethan : *Je vais bien. Je me suis simplement dit que ça faisait longtemps qu'on ne s'était pas retrouvés.*

Bristol : *Ça peut se faire. Ça fait un bail. Ta tronche me manque.*

Ethan : *Ta tronche me manque aussi, morveuse.*

Bristol : *Bon, peut-être que tu ne me manques pas autant qu'Aaron.*

Ethan : *Tu ne peux pas me voir, mais je suis carrément en train de te faire un doigt d'honneur.*

Bristol : *Il y a des emojis pour ça, idiot.*

Ethan : *Tu es si mignonne.*

Bristol : *Je sais. Maintenant, je dois me remettre au boulot. Les répétitions n'attendent jamais. Je t'aime.*

Ethan : *Je t'aime aussi.*

Aaron fut le suivant.

Aaron : *Tout va bien ?*

Ethan ricana. Apparemment, prendre des nouvelles de sa famille un lundi après-midi signifiait qu'il perdait la tête. Mais au moins, sa famille tenait à lui. C'était déjà mieux qu'une grande partie de celle de Lincoln. Oh, ses parents étaient géniaux, simplement, ils ne vivaient plus dans le coin et avaient leur vie à eux, maintenant. Ethan ne comptait même pas évoquer la famille éloignée de Lincoln.

Il rentra chez lui et, lorsqu'il se gara, il remarqua que la voiture de son meilleur ami était déjà là.

Oh. D'accord.

Cette journée serait merdique.

Plus qu'elle l'avait déjà été.

Avant qu'il sorte de sa voiture, Liam lui envoya un message.

Liam : *Je prends juste de tes nouvelles.*

Ethan n'enverrait plus jamais de SMS à sa famille un lundi. Ce n'était pas parce qu'il avait peut-être *besoin* d'aide qu'il en souhaitait réellement.

Et ne serait-ce pas le slogan de son livre s'il en écrivait un, un jour ?

Ethan : *Je vais bien. Je pensais juste vous saluer, ça fait un bail.*

Liam : *Si tu as besoin de quoi que ce soit, je suis là. Arden aussi. On est là.*

On. Bon sang, Liam était un *on*, maintenant. Il incluait même le chien qu'Arden et lui avaient adopté.

Ethan était heureux pour son frère. Sincèrement. Il aurait simplement aimé pouvoir démêler sa satanée vie.

Ethan : *Je vous aime. Je vous reparle bientôt.*

Il glissa alors son portable dans sa poche, sachant que sa mère et son père seraient sûrement les prochains à lui écrire.

Il aimait sa famille plus que tout, mais parfois... ils analysaient excessivement la situation.

Il observa la voiture de Lincoln garée à côté de la sienne et soupira.

Autant en finir.

Il entra chez lui, referma la porte derrière lui et inhala l'odeur d'ail. Il retint un grognement.

— Je pensais que tu serais chez toi, déclara Lincoln depuis la cuisine en faisant dorer quelque chose dans la poêle.

Ethan posa ses affaires dans le vide-poche à côté de la porte, puis rejoignit la cuisine où son meilleur ami était en train de cuisiner du poulet et des pâtes à l'ail, comme s'il ne s'était rien passé. Comme si tout allait bien et que tout était normal.

C'était quoi ce délire ?

— Je suis allé au boulot, puisque je n'avais rien d'autre à faire.

— Je vois ça. J'ai fait pareil. Enfin, j'ai essayé de bosser. Ça n'a pas fonctionné.

— Oh.

— Ensuite, je suis allé déjeuner avec Madison et ses parents et finalement, je n'ai rien mangé puisque tout ce qu'ils voulaient faire, c'était discuter de ma vie de voyou. Idem avec Madison.

Alors, on a bu un mimosa, puis on est partis. Mais on a essayé. Alors, ça devrait compter. Du moins, pendant un moment.

Ethan marmonna dans sa barbe.

— J'avais oublié que tu avais ce déjeuner.

Lincoln le regarda par-dessus son épaule. Ethan remarqua qu'il paraissait fatigué et que son regard était empli d'une expression qu'il n'arrivait pas à déchiffrer. Il détestait ne pas pouvoir analyser les pensées de son meilleur ami. Il avait toujours pu le faire, par le passé. Est-ce que cela avait changé ?

— Moi aussi, j'avais oublié. Jusqu'à ce que Madison se pointe. Quand Damien est parti, bien sûr.

Une jalousie irrationnelle traversa Ethan. Il fit de son mieux pour la repousser. Mais ce n'était pas facile à faire quand Damien était un sujet si épineux pour lui. Et pas simplement à cause de la jalousie. Cet homme traitait horriblement Lincoln et le voyait seulement comme une machine à fric. Ethan détestait ça.

— Oh ?

— Oh, répondit Lincoln en levant les yeux au ciel. Tu as raison, c'est un salaud. Il a franchi quelques limites. J'y travaille, d'accord ?

Surpris, Ethan fit quelques pas en avant.

— Qu'est-ce que tu veux dire ?

— J'ai repris mes clés. Alors, tu es officiellement la seule personne qui a les clés de chez moi.

Ethan ignora la sensation que cette idée provoquait dans sa poitrine. Il n'avait pas besoin d'y songer. Ils étaient meilleurs amis. Seulement amis. N'est-ce pas ? Clairement, c'était ainsi que Lincoln voulait la jouer.

— Bref, Damien est toujours mon agent, mais avec un peu de chance, il va commencer à respecter les limites, dit-il avant de hausser les épaules. Sinon... Je ne sais pas. Je vais trouver une solution.

Ethan avança et tendit la main pour la mettre sur l'épaule de Lincoln, mais s'interrompit. Il ignorait s'il avait encore le droit de le toucher. Et cela le tuait.

— D'accord. Si je peux faire quoi que ce soit pour toi, dis-le-moi.

— Je sais.

Lincoln coupa le feu, puis regarda Ethan dans les yeux.

— Je sais, répéta-t-il.

Ethan déglutit difficilement et tenta de trouver quoi dire. Il ne put dire qu'une seule chose.

— Alors, on ne va pas en parler ?

Lincoln blêmit.

— Parler de quoi ?

— Je ne sais pas, peut-être du fait que j'avais ta queue dans ma main ? Ou que tu touchais la mienne, aussi ?

Lincoln ferma les yeux, marmonna un juron dans sa barbe et recula. Il commença à faire les cent pas dans la cuisine tandis qu'Ethan se contentait de le fixer, se demandant s'il venait juste de tout perdre. Il avait l'impression que quelqu'un lui avait arraché le cœur et l'avait lentement caressé avant de menacer de le tordre et de le briser en un millier de morceaux, avant de le remettre dans sa poitrine évidée.

Il n'arrivait pas à réfléchir ni à se concentrer et il ignorait totalement ce qu'il faisait.

— Tu veux la vérité ?

Non. Mais il ne put le dire. Il crispa plutôt la mâchoire et hocha la tête.

— J'ai besoin de savoir.

— D'accord. Je te veux. Je t'ai toujours voulu. Je te veux depuis si longtemps, mais je suis un idiot. C'est ce que tu avais envie d'entendre ?

C'était comme si tout avait changé, comme s'il venait d'entendre ces mots, mais qu'ils n'étaient pas vrais. Ethan fit quelques pas, se rapprochant suffisamment pour toucher le visage de Lincoln. Celui-ci ne se décala aucunement. Sa barbe rêche effleura la paume d'Ethan et il en désira plus.

— D'accord.

Lincoln fronça les sourcils.

— D'accord ? C'est tout ce que tu as à dire.

— Je ne sais pas quoi dire d'autre. Seulement que moi aussi, je te veux. Et je ne sais pas quoi faire.

— Eh bien, on a fait quelque chose, hier soir, non ?

— Mais on n'était pas seuls. Et pour Holland ? s'enquit Ethan qui s'inquiétait de la réponse. Moi aussi, je t'ai voulu. Mais tu es mon meilleur ami, Lincoln. Je ne peux pas arranger ça si on merde.

— Quelle importance si on le fait ? Enfin, je crois qu'on a déjà passé ce cap. Et il a fallu qu'on boive de l'alcool pour que ça arrive.

— Et... Holland ? Qu'est-ce qu'on fait d'elle ? redemanda Ethan avec le cœur au bord des lèvres.

Lincoln se frotta le visage et s'écarta. Un gouffre s'était manifestement ouvert entre eux. Ni l'un ni l'autre ne savait quoi dire. C'était douloureux, tout simplement.

— Je ne sais pas quoi faire. Je la veux aussi.

— Moi aussi.

Ethan rit d'une voix caverneuse.

— J'imagine qu'on doit démêler tout ça. Ma cousine l'a fait. Enfin, elle a deux maris. On pourrait faire en sorte que ça fonctionne.

— Peut-être.

— Mais je n'ai pas envie que ce ne soient que des mots. Parce que, hier soir ? C'était la meilleure soirée de ma putain de vie. Je ne veux pas risquer de te perdre. Et je ne veux pas compromettre non plus ce que nous avons avec Holland uniquement parce qu'on n'en discute pas.

— Alors, j'imagine qu'on ferait mieux de se montrer plus intelligents, déclara sèchement Lincoln.

— Je n'ai pas été très doué dans ce domaine.

— Je sais. Mais je ne suis pas mieux. Peut-être que Holland sera assez bonne pour nous deux.

Lincoln acquiesça, mais avant qu'il puisse dire quoi que ce soit, Ethan se pencha et effleura les lèvres de son ami avec les siennes.

Lincoln s'exclama et approfondit le baiser. Il n'y avait pas d'alcool, pas d'inquiétude — du moins, pas pour l'instant. Il n'y avait qu'eux. Seulement eux. Ethan grogna. Il en désirait plus.

— On va vraiment faire ça ? s'enquit Lincoln, surpris.

Comme Ethan était terriblement déconcerté, il ne lui en voulait pas.

— Je crois que oui. Mais tu dois me dire ce que tu veux. Tu dois me parler. Si c'est trop ou si ce n'est pas assez, je dois le savoir. Parce que je ne peux pas te perdre. Et je ne veux pas faire de mal à Holland. Je veux qu'elle fasse partie de tout ça.

— Et ce sera le cas. Elle en faisait partie, hier soir. Et elle est toujours avec nous. Mais pour l'instant ? C'est toi que j'ai dans les bras.

Ethan était d'accord. Il se pencha en avant et l'embrassa à nouveau.

— On parlera à Holland, demain, chuchota Ethan.

— Mais, pour le moment, je crois qu'on devrait laisser refroidir le dîner.

Ethan grogna et passa les bras autour de la taille de Lincoln tandis que celui-ci glissait les doigts dans ses cheveux.

Il grogna, puis haleta quand Lincoln tira dessus.

— Je croyais que tu avais dit ne pas aimer faire ça dans la cuisine, déclara Ethan en souriant.

Lincoln rit et son corps tout entier trembla. Il attira Ethan vers le reste de la maison.

— Tu as raison.

— On parle à Holland demain ? s'enquit Ethan. Parce que j'ai beau en avoir envie avec toi, je veux démêler cette situation et je n'ai pas envie d'avoir l'impression qu'on la trompe.

— Ce n'est pas la sensation que j'ai. C'est comme si nous avions une connexion, un lien. Et on démêlera le reste. Je te le promets.

Ethan acquiesça, puis posa ses lèvres contre celles de Lincoln. Ils n'avaient pas besoin de discuter davantage. Du moins, pas dans la seconde.

Lincoln guida Ethan jusqu'à sa chambre, tandis que leurs lèvres restaient scellées et que leurs mains s'exploraient. C'était tout ce qu'il avait toujours désiré. C'était comme si c'était enfin en train de se produire. Après tant d'années, tant de désirs et de rêves, c'était bien plus que ce qu'il avait imaginé.

Et il n'avait pas envie de tout gâcher.

— Tu es renfrogné, je le sens contre mes lèvres, chuchota Lincoln.

— J'ai tendance à oublier que tu me connais si bien, répondit Ethan d'une voix rauque.

— Si je te connaissais aussi bien, on aurait fait ça depuis longtemps.

Ethan secoua la tête.

— Je ne sais pas. Je crois qu'on avait tous les deux besoin de se préparer. Ou du moins, de découvrir ce qu'on voulait. Et c'est peut-être étrange à dire, mais je crois qu'on avait besoin de Holland.

Lincoln le fixa et lui sourit.

— Je crois que oui. À mon avis, c'est exactement ce qu'il nous fallait ?

Ils arrêtèrent alors de parler. Ils s'embrassaient. Ils en avaient besoin.

Ethan leva les bras tandis que Lincoln passait lentement son haut par-dessus sa tête, puis il en fit de même pour que son meilleur ami retire le sien.

Quand Lincoln lécha le téton d'Ethan, ils frissonnèrent tous les deux et la délicatesse exquise du moment fut presque trop difficile à supporter.

Ethan l'avait désiré pendant si longtemps qu'il craignait que ce soit un rêve. Ou qu'ils aillent trop vite et passent à côté de tout ça.

Il se concentra donc sur le moment, il se focalisa sur ce qui était en train d'arriver. Puis il se pencha pour en avoir plus.

Ensemble, ils se déshabillèrent. Ethan glissa lentement une main sous l'élastique du boxer de Lincoln. Lorsqu'il replia les doigts autour de sa longueur, son meilleur ami inspira profondément et grogna.

— Seigneur, rien qu'un contact et je suis prêt à exploser, gronda Lincoln.

— Tu ne me touches même pas la queue et je sais déjà que je ne vais pas tenir longtemps. Qu'est-ce que ça t'indique ?

— Que j'aurais probablement dû le faire avant. On aurait dû rencontrer Holland avant.

— L'imaginer sur ce banc, dans le parc, avec sa robe de mariée qu'elle remonterait sur ses hanches me fait bander.

Lincoln plissa les yeux tandis que la chaleur les submergeait.

— Toi aussi, tu l'as imaginée ?

Ethan se lécha les lèvres.

— Oui. Toi, en train de la prendre par-derrière pendant qu'elle me sucerait... Ou peut-être que je la prendrais par-devant pendant que toi, tu t'occuperais de son cul. Avec toute cette dentelle délicate autour de nous. Elle appartenait à un autre homme, mais à l'époque et maintenant, je ne peux que l'imaginer dans cette robe, celle qu'elle portait quand on l'a rencontrée, et elle nous appartiendrait. Ensuite, elle et moi, on te partagerait. Est-ce que ça fait de moi un horrible pervers ? s'enquit Ethan alors que Lincoln lui baissait lentement son boxer.

Il le retira avant de se débarrasser de celui de Lincoln jusqu'à ce qu'ils soient nus tous les deux et décrivent des va-et-vient sur le membre de l'autre.

Ethan se rapprocha afin que leurs sexes se touchent et lorsque Lincoln les prit tous les deux en main, son meilleur ami grogna et tendit la main pour jouer avec la raie de ses fesses.

Leurs regards se croisèrent et Lincoln acquiesça sèchement. Ethan commença donc à jouer. Lentement au début, alors même que Lincoln bougeait la main pour les masturber tous les deux.

— J'ai besoin de lubrifiant, grogna Ethan avant de s'écarter.

— Je suis sûr que tu en as, n'est-ce pas ? s'enquit Lincoln.

Ethan acquiesça.

— Bien sûr. Je ne suis pas un monstre.

Il se dirigea vers la commode et sortit du lubrifiant. Il en versa sur ses doigts, puis sa verge. Il tendit la bouteille à Lincoln, qui l'imita. Ethan repartit ensuite vers la commode et sortit des préservatifs.

— Au cas où on irait aussi loin, dit-il.

Lincoln acquiesça.

— Bien. Parce que j'ai vraiment envie de te prendre le cul, grogna Lincoln.

Ethan haussa les sourcils.

— Oh, alors tu es dominant ?

— Dominant ou soumis, ça dépend de mon humeur. Mais quand j'en rêve, tu es généralement à quatre pattes.

Ethan ferma les yeux et compta jusqu'à dix. Il n'allait pas jouir dans l'instant. Mais il ne tiendrait pas longtemps.

— Ah, eh bien, j'ai fait des rêves similaires. Mais, parfois, je suis à quatre pattes. Et d'autres fois, c'est toi qui l'es. Tu veux la jouer à pile ou face ?

Lincoln fit un pas en avant et baissa la main pour serrer la base du sexe d'Ethan. Celui-ci loucha et tenta de compter une nouvelle fois jusqu'à dix, mais il ne savait plus quel chiffre venait après trois. Était-ce sept ? Dix ? Cela avait-il une importance ? Mon Dieu.

— Et si je passais en premier ? Ensuite, ce sera chacun à notre tour. Quand Holland sera là, ce sera amusant de savoir qui sera au-dessus.

— Elle. La réponse sera toujours « elle ».

Ethan s'exclama. Lincoln s'esclaffa.

— Plus ou moins, et cette image a failli me faire jouir.

Ethan grogna, mais il riait en même temps.

— Sans blague. Maintenant, baise-moi.

Ils s'embrassèrent et s'enlacèrent jusqu'à tomber enfin sur le lit. Ils se frottèrent l'un contre l'autre en ajoutant davantage de lubrifiant. Lincoln travailla lentement et méthodiquement sur l'orifice d'Ethan. Il fronça les sourcils quand un juron lui parvint, sachant qu'il allait jouir bien trop tôt. Il continua de s'affairer, de frotter leurs sexes l'un contre l'autre. Mais ce fut ensuite trop tard.

Ethan jaillit sur leurs ventres en hurlant le nom de Lincoln. Celui-ci se pencha, lécha et suça également le membre d'Ethan par la même occasion, ce qui les fit grogner tous les deux.

— Seigneur, tu n'es pas encore en moi.

— Eh bien, j'imagine qu'on ferait mieux de te faire bander à nouveau. Oh, regarde, c'est déjà presque le cas.

Lincoln recommença à masturber Ethan, se penchant cette fois-ci au-dessus de lui pour appuyer sur l'orifice avec son membre protégé d'un préservatif.

— Tu es prêt pour moi ? Je t'ai ouvert avec mes doigts, mais si c'est trop, on peut arrêter.

Ethan écarta les jambes et saisit son membre.

— Je suis prêt pour toi. Mais dépêche-toi.

Lincoln sourit. Il n'y eut ensuite plus aucun mot. Il ne fut pas brutal, plutôt doux. Comme s'ils avaient attendu ce moment toute leur vie. Ce qui était peut-être le cas.

Lincoln fit de lents, prudents et révérencieux va-et-vient, comme s'il craignait qu'Ethan se brise. Ou peut-être que *lui-même* se brise. Peut-être que ce serait trop. Mais ça n'avait pas d'importance. C'était tout. C'était tant.

Quand Lincoln jouit enfin, Ethan l'imita. Ils haletaient tous les deux, reliés de toutes les façons possibles. Pour toujours.

Et Ethan sut que c'était l'un des meilleurs moments de sa vie. Demain, ils ajouteraient la troisième personne. Ils iraient enfin voir Holland pour être sûrs qu'elle savait qu'elle faisait partie de ce trouple.

Effectivement, Ethan avait beau aimer et désirer cela avec Lincoln, il manquait quelque chose. Et il savait que son meilleur ami le ressentait aussi.

C'était déjà tout. Mais s'ils ajoutaient Holland ? Cela pouvait être encore plus.

Alors qu'il serrait son meilleur ami et se blottissait contre lui, il sut que ce n'était que le début. Parce qu'avec Holland, cela pouvait être tellement plus. Cela pouvait être tout.

Il espérait simplement que cela valait la peine.

Chapitre Huit

Chapitre 8

D'une manière ou d'une autre, Holland travaillait. Son cerveau fonctionnait, elle souriait et remerciait les clients pour leurs achats. Elle gérait le budget et les commandes, organisait son magasin. Elle s'assurait que son employée, Fiona, faisait ce qu'elle devait et travaillait à la caisse tout en aidant à dépoussiérer les petits articles de collection.

Curieusement, Holland réussissait à faire tout ça.

Et elle ne pensait pas à Ethan ni à Lincoln chaque seconde, de chaque minute, de chaque heure de sa journée.

Comme elle l'avait fait la veille.

D'accord, elle le faisait une seconde sur deux, mais cela ne pouvait être qu'un progrès, étant donné qu'elle avait eu la gueule de bois la veille, qu'elle avait essayé de travailler et qu'elle avait tant pensé aux mecs que c'en était devenu physiquement douloureux.

Quelque chose clochait chez elle. Quelque chose clochait *sérieusement* chez elle.

Mais elle ne pouvait rien y faire, puisqu'elle savait au fond de son cœur qu'elle ne les reverrait jamais. Ils penseraient qu'elle était une personne horrible pour ce qu'elle avait fait quand elle était ivre ou peut-être tomberaient-ils amoureux l'un de l'autre et elle serait mise de côté.

Et, honnêtement, ce ne serait pas si mal. Parce qu'ils se méritaient. Ils étaient bien, ensemble. Et elle avait senti la tension qui persistait entre eux. Simplement, elle ne s'était pas rendu compte que cela exploserait ainsi.

Mais elle était heureuse que cela soit arrivé.

Parce qu'ils allaient bien ensemble. Si bien, en fait, qu'elle avait chaud rien qu'en y pensant.

Elle n'allait pas y penser du tout.

Honnêtement, elle ne le pouvait pas.

— Ce sont ceux qu'on doit mettre en promotion ? Ou est-ce l'autre section ? demanda enfin Fiona en arrachant Holland à ses pensées.

Elle secoua la tête et se rendit compte qu'elle devait donner l'impression de dire non. Elle s'obligea à sourire en avançant vers Fiona.

— C'est la bonne étagère. Mais il va falloir que tu notes chaque objet, parce qu'on ne les a pas notés individuellement dans le système.

— Ce n'est pas un problème, Holland. Voulez-vous que je recouvre le code-barres ?

Holland expliqua ce qui devait être fait. Elle appréciait que Fiona pose tant de questions. Celle-ci apprenait rapidement, mais elle voulait également s'assurer de tout faire correctement. Fiona avait 16 ans et c'était son premier boulot. Elle ne travaillait qu'à mi-temps et économisait de l'argent pour acheter une voiture. Mais elle bossait dur et Holland l'appréciait.

Elle appréciait également Steven, son autre employé à temps partiel, qui avait la trentaine et qui était auparavant père au foyer. Son mari travaillait à temps plein et faisait des horaires parfaitement déraisonnables — mais Holland n'exprimait aucunement sa pensée. Steven travaillait quand les enfants étaient à l'école, afin de gagner un peu plus d'argent pour sa famille. Et préparer l'entrée universitaire des petits. Parfois, il venait même avec eux pour que Holland les salue, les prenne dans ses bras et leur demande comment s'était passée leur journée.

Elle adorait les enfants. Elle avait toujours cru qu'elle en aurait avec Dustin.

Mais ça n'arriverait pas, n'est-ce pas ?

Et manifestement, une relation avec les deux personnes qu'elle aurait cru avoir dans son avenir n'allait pas fonctionner non plus. Elle avait rendu les choses si gênantes entre eux que ce serait mieux si elle n'en faisait pas partie. Elle n'aurait pas de bébés avant longtemps. Ou peut-être même jamais, d'ailleurs. Mais ce n'était pas grave. Elle n'avait pas besoin de ça. Tout ce dont elle avait besoin, c'était de son travail et... Elle n'avait pas besoin de plus.

Car ses amis avaient été les amis de Dustin. Et ceux de sa petite sœur, d'ailleurs. Après le jour du mariage, ils s'étaient tous tournés vers son ex et Dakota plutôt que vers elle. C'était à elle qu'on avait manqué de respect, mais ça n'avait eu aucune importance. Tout le monde pensait que c'était presque comme Roméo et Juliette. Dustin et Dakota étaient enfin ensemble après tant d'années à fréquenter la mauvaise personne.

Qu'ils aillent se faire foutre. Qu'ils aillent tous *violemment* se faire foutre. Holland n'avait pas besoin d'eux. Elle n'avait besoin de quiconque. Et, si elle continuait de se le répéter, peut-être qu'un jour, elle n'aurait plus envie de vomir chaque fois qu'elle y songeait.

Elle ne savait pas vraiment comment les gens se faisaient des amis de nos jours. Elle pourrait peut-être aller dans un bar et trouver des filles qui avaient besoin d'un membre de plus dans leur groupe. Elle aurait besoin d'amis. Elle détestait se sentir seule.

Et voilà que, maintenant, elle passait pour une pleurnicheuse. Et elle détestait encore plus cette idée.

Elle aida Fiona encore quelques minutes avant de retourner à l'avant du magasin pour aider quelques clients qui s'attardaient là.

Son magasin vendait bien, même très bien le week-end, et elle adorait ça.

Elle aimait Boulder dans le Colorado. La ville se situait dans les montagnes même donc la vue — peu importait où on se trouvait — était spectaculaire. C'était une ville universitaire, un endroit pour les hippies qui mangeaient du granola croquant et... c'était bizarre. Mais c'était parfait pour elle.

Les clients entraient tout le temps dans son magasin à la recherche de petites babioles et de cadeaux, ou simplement pour trouver un objet portant le nom de Boulder. Elle ne gonflait pas excessivement le prix de sa marchandise donc elle faisait des profits décents, mais les artistes gagnaient également un salaire. Elle possédait des œuvres uniques. Des choses qu'on ne trouvait qu'à Boulder, chez les artisans locaux.

Bien sûr, songer à l'art lui fit penser à Lincoln. Elle avait cherché son nom sur Internet et avait presque pleuré devant son art. Il était célèbre. Peut-être pas en dehors de certains cercles artistiques, mais les gens connaissaient son nom. Et son travail était à couper le souffle. Elle l'avait vu avant sans savoir qui il était. Elle était tombée amoureuse de ses œuvres et avait espéré qu'un jour, elle en posséderait une.

Enfin, elle ne pensait pas pouvoir s'en payer une, actuellement. Ses prix commençaient à grimper en flèche. Elle était certaine que son agent y était pour quelque chose, mais Lincoln méritait d'être payé pour son travail. Si les gens le voulaient et qu'il avait de nombreuses demandes, elle le comprenait. Parfois, l'art devenait cher.

Elle aurait simplement aimé pouvoir se payer un tableau.

Elle dit au revoir au couple qui sortait, leurs sacs remplis de cadeaux pour leurs nièces et neveux. Elle s'apprêtait à aller grignoter son déjeuner quand la porte s'ouvrit à nouveau. Elle se figea. Et avant de se retourner pour voir qui était entré, un parfum familier stimula ses sens.

Pourquoi ? Pourquoi aujourd'hui ?

Elle avait des cernes sous les yeux. Elle n'avait pas bien dormi, puisqu'elle avait songé à Ethan et Lincoln toute la nuit. Elle savait qu'elle avait une sale tête.

Évidemment, sa mère se pointait aujourd'hui.

— Holland. Ça suffit.

— Salut, Maman. Tu veux bien venir dans l'arrière-boutique avec moi ?

— Non, nous allons discuter. Ici et maintenant.

Du coin de l'œil, Holland remarqua que Fiona la fixait, les yeux écarquillés. Elle soupira.

— C'est l'endroit où je travaille, Maman. Et si tu venais dans l'arrière-boutique avec moi pendant que Fiona surveille la caisse ? Sinon, tu t'en vas et on ne discutera pas du tout.

Elle évitait sa famille depuis un moment. Elle avait de bonnes raisons. Mais quand sa mère était de mauvaise humeur, il était impossible de l'éviter.

Holland ne savait pas comment, ou quand, ses parents avaient arrêté de l'aimer. Ils avaient même arrêté de l'*apprécier*.

Et elle détestait être jalouse de sa sœur. Non pas à cause de Dustin, mais parce que ses parents l'aimaient tant. Dakota ne faisait rien de mal. Quant à Holland, c'était toujours elle qui faisait tout de travers.

Mais elle ne pouvait s'attarder là-dessus. Elle devait se concentrer. Et tenter de faire sortir sa mère de sa boutique avant de perdre tous ses clients à cause d'elle.

Sa mère leva les yeux au ciel, ressemblant plus à une adolescente qu'à une quinquagénaire.

— Bien.

Elle passa vivement à côté de Holland pour partir dans l'arrière-boutique. La jeune femme se contenta de hausser les épaules et de lancer un petit sourire à Fiona.

— Je reviens tout de suite. Ça ne te dérange pas de surveiller la boutique ?

— Pas de problème. Tout ira bien ?

— Oui. Dis-le-moi, si tu as besoin de quoi que ce soit.

— Vous aussi, répondit rapidement Fiona.

Holland se contenta de sourire avant de rouler les épaules en arrière pour aller affronter le peloton d'exécution.

Ou, vous savez... sa mère.

Elle arriva dans l'arrière-boutique quand sa mère observait son inventaire et son bureau, tout en faisant claquer sa langue devant les piles de feuilles.

Holland était organisée, tout était en ordre, elle avait même fait les poussières ce matin-là. Rien ne dépassait.

Mais ce n'était pas exactement le cabinet de médecin ou une école de médecine, comme sa mère l'aurait souhaité pour elle. Ils avaient voulu qu'elle devienne avocate ou médecin, tous les clichés qu'on pouvait imaginer dans une famille. Holland souhaitait simplement être heureuse. Et elle aimait sa boutique. Elle savait qu'avoir une boutique fonctionnelle était une bénédiction. Elle économisait, gardait chaque centime et s'assurait que son commerce soit le meilleur possible, afin de ne pas le perdre.

Sa mère ne le comprenait pas. Elle ne comprenait pas que tout le monde n'avait pas envie d'être médecin ou avocat.

— Tu dois faire des excuses à ta sœur.

Holland resta plantée là, ébahie.

— Excuse-moi ?

La femme qui l'avait élevée se tourna vers elle et plissa les yeux.

— Tu as rejeté ses appels et tu l'as ignorée. Et tu ne l'as pas félicitée une seule fois pour ses fiançailles. Quel genre de sœur es-tu ?

— Honnêtement, je n'arrive pas à croire que tu dises ça. Tu comprends ce qu'elle a fait, n'est-ce pas ?

— C'est toi qui as fui ton mariage. C'est toi qui en subis les conséquences, maintenant. Tu n'as pas à punir ta sœur à cause de tes mauvaises décisions.

Holland se frotta les tempes et sut que cela ne devrait pas être une surprise pour elle. Sa mère interprétait toujours mal les choses et les transformait pour avoir sa propre version dans sa propre temporalité. Ça n'avait jamais de sens pour sa fille, puisqu'elle avait toujours tort, peu importait ce qu'il se passait.

Mais elle n'arrivait pas à croire les mots qui sortaient de la bouche de sa mère.

Seigneur. Elle était folle.

— Maman, je n'ai pas envie de lui parler. Je ne veux pas parler à Dustin. Je ne veux pas parler à ceux qui m'en voudraient d'être partie.

— Tu as toujours été si égoïste.

Ce fut la goutte d'eau.

— Tu dois t'en aller. J'en ai vraiment assez. Tu sais que je ne suis pas égoïste. Tu sais que c'est simplement...

Holland tenta de ne pas être blessée, mais elle n'arrivait pas à respirer. Elle ne comprenait pas qui était cette femme. Elle ne comprenait pas comment elle avait pu élever Holland.

— Va-t'en, répéta la jeune femme.

— Non. Tu dois parler à ta sœur.

— Non. Je n'ai pas besoin de parler à qui que ce soit. Plus maintenant.

— C'était un accident, Holland.

La jeune femme leva les yeux au ciel et ricana.

— Alors... elle a juste glissé et l'a avalée ?

Holland ne comprit même pas qu'elle venait de se prendre une claque jusqu'à ce que le picotement lui fasse monter les larmes aux yeux.

— Est-ce que tu viens de me frapper ? s'écria-t-elle.

— Comment oses-tu parler ainsi ? Sur ce ton ?

— Dégage. Avant que j'appelle les flics.

— Tu es une morveuse ingrate et pourrie gâtée. Ta sœur a besoin de toi. Elle épouse l'amour de sa vie et tu es simplement jalouse d'elle. Tu ne comprends pas.

— Tu sais quoi ? Va te faire foutre. Dégage. Dakota fait ce qu'elle veut avec Dustin. Mais j'en ai assez.

— Tu ne t'es jamais contentée de ce que tu avais. Non, tu voulais toujours quelque chose de différent. Tu en voulais plus. Tu ignorais qui tu avais, ce que tu aurais pu être, et maintenant, regarde-toi. Tu es seule. Dans ce dépotoir. Et tu n'as *rien*.

— J'ai ma propre maison. Ma propre boutique. J'ai déménagé. Je suis passée à autre chose. Je ne veux plus rien avoir à faire avec lui. Je ne veux plus rien avoir à faire avec ma sœur, non plus. Et si jamais tu me frappes à nouveau, je porte plainte. Tu m'entends ? Tu n'es rien, pour moi. Compris ?

Sa mère sembla encaisser le coup, mais, comme toujours, elle se devait d'avoir le dernier mot.

— Tu es morte à nos yeux.

Elle sortit comme si elle se croyait dans un film dramatique, mais Holland s'en moquait. Elle alla aux toilettes de l'arrière-boutique, s'éclaboussa le visage, se sécha, puis appliqua rapidement de la poudre pour que personne ne remarque les traces rouges. Elles disparaîtraient bientôt. Sa mère n'avait pas mis trop de puissance dans sa claque, mais Holland n'arrivait pas à croire qu'elle ait fait ça.

Jamais de sa vie elle n'aurait imaginé que cela puisse arriver.

Et pourtant, elle en était là. Elle ne comprenait pas ce qu'elle était censée dire. Ce qu'elle était censée faire ou ressentir. Ce n'était pas la mère qu'elle *pensait* connaître. Oh, sa mère avait peut-être été un peu dure avec elle, par le passé, et elle semblait toujours préférer Dakota, mais elle n'avait jamais été ainsi. Pas réellement. Et c'était douloureux.

Tout était douloureux.

Fiona vint prendre de ses nouvelles et elle sourit.

— Ne t'inquiète pas, Steven arrive bientôt.

L'employée n'avait pas l'air convaincue, mais ça n'avait pas d'importance.

Holland serait libre pour le reste de la journée, puisque Steven s'occuperait de la fermeture. Elle avait simplement envie de rentrer chez elle. Et faire comme s'il ne s'était rien passé.

Son portable vibra. Elle espérait sérieusement que ce n'était pas un membre de sa famille.

Elle ne savait pas vraiment ce qu'elle ferait si c'était le cas.

Elle baissa les yeux et se figea.

Lincoln : *Tu veux qu'on se retrouve pour un café ? On n'est pas loin.*

Elle déglutit difficilement, tentant de formuler ses pensées.

On. Lincoln et Ethan.

Ils allaient peut-être la rejeter. Ou ils voulaient peut-être continuer comme des amis et faire comme s'il ne s'était rien produit.

Dans les deux cas, ce serait mieux que de rentrer chez elle et pleurer jusqu'à s'endormir.

Elle n'avait pas envie qu'ils soient au courant de ce que sa mère avait fait, alors elle ne le leur dirait pas. Mais elle souhaitait les voir. Même si c'était douloureux, ce serait mieux que d'affronter sa famille.

Holland : *D'accord, quand et où ?*

Lincoln lui donna le nom d'un endroit. Il n'était qu'à un pâté de maisons. Quant à l'heure, il lui donna plusieurs options. Elle choisit le plus tôt possible, puis repartit rapidement dans les toilettes afin de s'assurer qu'elle avait au moins l'air présentable.

Elle avait encore ces cernes qu'elle haïssait, paraissait toujours choquée, mais peut-être que lorsqu'elle irait boire ce café, les choses se seraient arrangées. Dans tous les cas, elle devait sortir d'ici.

Elle détestait franchement le fait que sa mère ait sali sa boutique. Un endroit pour lequel elle avait tant donné de sa vie, dans lequel elle avait déversé son âme.

Elle en avait assez de sa famille. Elle en avait franchement assez.

Sa prochaine étape serait de se faire des amis. Elle devait trouver de nouvelles manières de survivre. Parce qu'elle ignorait ce qu'elle ferait si c'était impossible.

Steven arriva dix minutes après le SMS de Lincoln. Holland dit au revoir à ses employés et ignora le regard inquiet de Fiona. Elle irait bien. Elle ne laisserait pas ce qui était arrivé se reproduire. Quoi qu'il en coûtât.

Elle n'avait pas le temps de rentrer chez elle pour se changer, mais ce n'était pas comme si son allure était horrible. Elle donnait simplement l'impression d'avoir eu une longue journée de travail.

Avec un peu de chance, elle ne trahissait pas le fait que sa mère était venue et avait essayé de lui gâcher la journée.

Les gars étaient déjà là quand elle entra dans le café. Elle déglutit difficilement, tentant de se souvenir de leur goût, de la sensation quand ils avaient gigoté contre elle.

Elle essaya de ne pas se rappeler exactement à quoi ils ressemblaient, nus, ou ce qu'elle avait ressenti avec leurs membres dans sa main, comme si c'était un événement normal et quotidien.

Mais dès qu'ils se levèrent et qu'elle vit leurs yeux s'assombrir lorsqu'ils la regardèrent avancer, elle savait qu'ils avaient des pensées similaires.

Ça ne se terminerait pas bien. Mais était-ce important ? Honnêtement, elle ne le croyait pas.

Sa nuit avec Lincoln et Ethan resterait éternellement la meilleure soirée de sa vie. C'était clairement la plus érotique, la plus sensuelle et la plus agréable.

Et elle voulait recommencer. Même si elle savait qu'elle ne le devrait pas.

— Salut, toi, dit Lincoln en l'embrassant sur la joue et en l'étreignant.

Elle le serra fermement dans ses bras, inspirant son parfum épicé avant de reculer. Avant qu'elle puisse dire quoi que ce soit, Ethan l'enlaça chaleureusement et l'embrassa sur l'autre joue.

Elle rougit, se souvenant exactement de ce qu'elle avait ressenti quand elle s'était retrouvée entre eux.

Elle savait que c'était probablement une erreur et elle ne put s'empêcher de se demander ce que les gens pensaient. Se demandaient-ils s'ils n'étaient qu'un groupe d'amis ? Ou savaient-ils qu'elle s'était retrouvée entre eux deux ? Qu'elle les avait sentis ?

Elle ignorait la réponse qu'elle souhaitait, alors elle fit en sorte que cela ne la dérange aucunement.

— Je vais passer notre commande. Dites-moi ce que vous voulez, dit Ethan en sautillant.

Holland croisa le regard de Lincoln. Elle haussa les sourcils et Lincoln secoua la tête.

— Il est toujours comme ça quand il est nerveux.

Elle déglutit difficilement.

— Nerveux ?

— Tout va bien, ne t'inquiète pas.

Elle transmit rapidement sa commande à Ethan avant qu'il bondisse hors de ses chaussures, et il alla leur chercher un café — ainsi qu'une pâtisserie ou deux, probablement, le connaissant. C'était un peu étrange qu'elle le connaisse déjà si bien. Mais elle ne pouvait s'en empêcher. Elle l'appréciait. Elle les appréciait tous les deux. Et elle n'avait pas envie de les laisser. Enfin, si elle n'était pas prudente, ça n'aurait aucune importance, en fin de compte. Ils finiraient ensemble ou trouveraient quelqu'un d'autre et l'abandonneraient. Ce qui n'était pas grave. Elle avait simplement besoin de vivre l'instant présent — ce qu'elle avait oublié de faire par le passé.

— Assieds-toi, dit Lincoln.

Elle s'exécuta et sourit en coinçant sa chaise sous la table.

— Salut, chuchota-t-elle. Je ne vous ai pas dit bonjour en arrivant.

Lincoln sourit et elle eut envie de tendre la main pour lui caresser la joue. Sérieusement, son envie de les toucher devenait démente.

— Salut, toi. Tu es jolie.

Elle hocha les sourcils.

— Non... mais merci de l'avoir dit.

Lincoln se contenta de ricaner.

— Je te trouve toujours jolie. Tu as l'air un peu fatiguée, mais bon, je n'ai pas beaucoup dormi, moi non plus.

— Et moi qui pensais que j'avais mis suffisamment de maquillage pour ne pas avoir une sale tête.

— Tu n'as pas une sale tête. Je n'aurais probablement rien dû dire. Je ne suis pas toujours doué avec les mots.

— Je te trouve assez doué.

— Merci.

Ethan arriva l'instant suivant, un plateau à la main. Elle rit.

— Tu travailles ici, maintenant ? s'enquit-elle avant de se lever rapidement pour l'aider.

Lincoln intervint également et, tous les trois, ils distribuèrent les cafés et les trois assiettes de pâtisserie et de sandwich.

— On nourrit une armée ? s'enquit Lincoln.

— Tu sais que j'ai faim quand je suis nerveux.

— D'accord, vous n'arrêtez pas de dire le mot « *nerveux* ». Devrais-je savoir pourquoi ? Devrais-je être nerveuse ?

— Non. Enfin, maintenant que j'y pense, peut-être qu'on ne devrait pas parler de ça en public.

Lincoln regarda par-dessus son épaule et Holland se crispa.

— Parce que tu as peur que je commence à pleurer ou à crier et que je m'enfuie ?

— Non, dit Ethan.

Il tendit la main pour serrer la sienne.

— Surtout parce qu'on ne voudrait pas que qui que ce soit nous entende. Mais tout est sûr dans ce box. C'est assez tranquille là-bas et il n'y a personne dans le coin.

— D'accord.

— On devrait peut-être tout dire d'une traite ? demanda Ethan.

Lincoln se pinça l'arête du nez et un sourire se dessina sur ses lèvres.

— Peut-être, oui.

— Dire quoi ?

Elle les scruta chacun à leur tour, clairement inquiète, à présent.

— On aimerait t'inviter à un rencard, dit Lincoln d'une douce voix.

Elle se figea et tenta d'encaisser ce qu'il venait tout juste de dire.

— Excuse-moi ?

Ethan leva les yeux au ciel.

— On t'apprécie. Beaucoup. Et... on aimerait t'inviter à un rencard.

— Oh.

— C'est un bon ou un mauvais *oh* ? demanda Lincoln.

— Vous avez dit *on*. Je suis franchement troublée. Je pensais que je venais ici pour que vous me disiez que tout ça avait été sympa, mais que vous vouliez oublier tout ce qui était arrivé ou que vous alliez sortir ensemble.

Elle avait parlé si vite qu'elle craignait que les deux hommes ne la comprennent pas. Mais ce fut le cas et elle laissa échapper un soupir tremblant.

— Ce n'est pas ça du tout, répondit Lincoln.

Il tendit la main pour saisir la sienne une nouvelle fois et Ethan en fit de même. Ils lui serrèrent les doigts avant de la relâcher et de regarder par-dessus leurs épaules.

Sortir avec quelqu'un était sympa, mais ils devraient être prudents quand il s'agissait de se démontrer de l'affection à trois. Peut-être. Ou peut-être qu'elle se trompait.

— On aimerait t'emmener en rencard. Tous les deux. Pour qu'on sorte tous les trois.

Elle regarda Ethan en parlant.

— Vous êtes sérieux ?

— Bien sûr. On t'apprécie. Et on s'apprécie, ajouta Lincoln en souriant à Ethan.

Ce sourire stimula ses entrailles et ses orteils se recourbèrent dans ses chaussures.

— On t'apprécie et on veut passer du temps avec toi. Et on aimerait voir où ça peut aller.

— Tous les trois, répéta-t-elle.

— Je sais que ce n'est pas exactement... habituel. Je ne veux pas dire que c'est anormal. Qu'est-ce qui est normal ? poursuivit Ethan. Ma cousine, Maya. Elle a deux maris. Et tous les trois ont trouvé une solution. Ils sortent ensemble en public et les choses fonctionnent entre eux. Je ne dis pas qu'on devrait se marier.

Ethan avait rapidement ajouté cette dernière phrase en levant les mains.

— Oh mon Dieu, tu es nul.

— Oui.

Holland leur sourit et son esprit s'affaira à mille à la minute tandis qu'elle tentait de reprendre sa respiration.

— Vous voulez qu'on sorte ensemble. Tous les trois. Mais juste nous trois ? Ou en duos aussi ?

Les deux hommes rougirent et elle haussa les sourcils.

— Avez-vous déjà commencé à sortir ensemble ?

— Peut-être, dit Lincoln en s'éclaircissant la gorge.

Ethan répondit à la première partie de sa question.

— Oui, il faut y penser *mathématiquement*. Des duos et des trios. Tout ça. Tout. Il faudra qu'on fasse en sorte que ça fonctionne, donc la communication doit être ouverte et on doit se dire exactement ce qu'on veut et ce qui nous met à l'aise. Comme une véritable relation est censée l'être.

— Et si jamais on se retrouve coincés, on peut trouver une solution en posant des questions à ma cousine.

Ethan ferma les yeux.

— Ou peut-être qu'on ne le pourra pas. On démêlera ça entre nous. Un pas à la fois. Mais on t'apprécie.

Holland sourit.

— Je vous apprécie tous les deux, aussi. Et j'ai vraiment craint de ne plus jamais vous revoir.

— J'avais peur que tu ne veuilles pas sortir avec nous, mais je pense que ça pourrait fonctionner, dit doucement Lincoln en faisant un signe entre eux trois. Tous les trois. On pourrait essayer. Voir si ça fonctionne.

— Et si ce n'est pas le cas ?

Elle s'en inquiétait. Mais, encore une fois, elle savait qu'elle devait se préoccuper de tant d'autres choses ?

— Eh bien, si ça ne fonctionne pas, alors on trouvera un moyen d'être amis. Parce que je suis égoïste et que je te veux dans ma vie, dit Lincoln.

Il se tourna ensuite vers Ethan.

— Je vous veux tous les deux.

— Qu'est-ce que tu en penses ? s'enquit Ethan.

Elle déglutit difficilement.

Il y avait des sentiments en jeu. Pas seulement entre eux, mais entre elle *et* eux, également. Il y avait tant de liens et elle les désirait. Du moins, elle le pensait. Parce que... pourquoi pas ? Elle n'aimait pas son ex. Sans doute n'avait-elle jamais été amoureuse. Mais cela pourrait être bon pour elle s'ils étaient tous les trois. Ils pourraient découvrir qui ils étaient. Au moins pour s'amuser. Et, tous les deux, ils seraient ensemble s'ils s'ennuyaient avec elle. Mais s'ils se lançaient tous avec les yeux grand ouverts, alors ce ne serait pas comme ce qu'il s'était passé avec sa sœur et son ex-fiancé. Ce ne serait pas de la tromperie. Parce que tous les trois, ils seraient ensemble. Et si elle n'était pas suffisante pour eux deux, elle pourrait s'en aller. Parce qu'elle les appréciait suffisamment pour vouloir au moins qu'ils soient heureux.

Elle sourit. Elle savait que ce serait certainement une erreur, mais elle valait la peine d'être commise.

— Oui, je crois que j'apprécierais.

Lorsqu'ils lui sourirent, les yeux étincelants et les mains tendues pour saisir les siennes, elle espérait prendre la bonne décision. Parce qu'elle ne voulait pas merder. Et elle ne pensait pas le pouvoir, du moins, pas à cet instant, étant donné la manière dont ils la regardaient. Comme s'ils la désiraient. Cela faisait si longtemps qu'elle n'avait pas été désirée. Elle s'accrocha donc.

Et elle ne voulait plus lâcher.

CHAPITRE NEUF

Chapitre 9

J e n'arrive toujours pas à croire que j'ai accepté d'aller à ce dîner, dit Lincoln alors qu'il observait Ethan sur le siège conducteur.

    Celui-ci haussa les sourcils et tourna dans la rue suivante.

— À combien de dîners Montgomery as-tu assisté ? Ça ne devrait pas être étrange pour toi. Tu fais partie de la famille.

— Les familles ne font pas ce que nous avons fait il y a quelques nuits, dit Lincoln avant de marquer une pause. Enfin, je l'espère. Est-ce que je rejoins le casting de *Délivrance* version Montgomery ?

— Tu as de la chance que je ne te botte pas le cul.

— Tu conduis. Tu te ferais du mal, dit Lincoln en attrapant la poignée de toit de la voiture quand Ethan prit un virage un peu trop rapide. Bon. J'aurais peut-être dû conduire.

— Hé, je ne suis pas un mauvais conducteur. À part dans Mario Kart.

— Je ne sais pas, j'ai l'impression que tu agis de la même façon dans la vraie vie, maintenant.

— Tu sais, je parie que Holland ne se moquerait pas de ma conduite.

Ethan haussa un sourcil.

— Bon, d'accord, elle serait en première ligne pour se moquer de moi, dit-il avant de marquer une pause. Vous allez vous liguer contre moi, c'est ça ?

— Oui. Mais j'aime bien l'idée.

— Et je suis sûr qu'on se liguera contre toi aussi. Non ?

— Je l'espère.

— Mais toi et moi, on ne se liguera pas contre elle.

— Non. Sauf dans un contexte sexuel. Ça pourrait être amusant.

Ethan grogna et ajusta son membre dans son jean alors qu'il garait la voiture.

— Tu ne devrais pas mentionner ce genre de choses quand je m'apprête à entrer chez mes parents. Je n'ai pas envie de bander pendant que toute la famille m'étreint et me salue.

— Désolé.

Il n'était pas navré le moins du monde. Il aimait qu'ils puissent ainsi plaisanter. Comme s'ils étaient passés à une nouvelle phase de leur relation et que ça fonctionnait.

Il savait que cela changerait bientôt et que cette petite phase lors de laquelle les choses étaient simples et faciles ne durerait pas. Il allait en profiter.

Car plus il y pensait, plus il craignait de perdre la tête et de constater que cela se terminait horriblement.

C'était généralement ce qui arrivait avec lui.

Tout fonctionnait bien pendant une minute, avant de retomber en cendres.

Tout comme avec son art. Il avait couché avec Ethan, il s'y était pris à merveille avec Holland, il avait un rencard prévu avec elle *et* Ethan, prochainement, et il n'arrivait toujours pas à peindre.

Ce n'était pas son meilleur ami qui lui cassait son inspiration. Ni même Holland.

C'était lui. C'était lui, le loser.

— Que se passe-t-il ? s'enquit Ethan alors qu'ils sortaient du véhicule. Tu peux remonter en voiture et t'en aller. Je rentrerai chez moi avec Liam. Ça va ?

Lincoln secoua la tête.

Ethan fit un pas en avant et fronça les sourcils.

— Qu'y a-t-il ?

— Je secouais la tête et je disais que j'allais bien. Ça n'est pas sorti comme je le voulais. Désolé. Je vais vraiment bien. Je pense simplement au travail.

— Hé, je croyais que c'était moi, l'accro du boulot.

Ethan fit un clin d'œil et Lincoln secoua à nouveau la tête.

Ils n'allaient pas en discuter. Ethan s'en sortait bien ces derniers temps, mais ça ne durait que depuis deux jours. Le travail se mettrait à nouveau en travers de leur chemin et Lincoln le savait. Mais, avec un peu de chance, ils trouveraient une solution. Ils étaient amis depuis assez longtemps. Le changement dans leur relation ne pouvait pas tout gâcher. N'est-ce pas ?

— Tu as raison. Maintenant, entrons et affrontons le peloton d'exécution.

— Ce n'est pas un peloton d'exécution, dit Ethan avant de marquer une pause. D'accord, peut-être que si. Le peloton des Montgomery. On pourrait au moins en faire une marque déposée.

Lincoln ricana et prit la main d'Ethan avant de la serrer et de la relâcher rapidement.

Il ne savait pas vraiment où ils en étaient en termes de démonstration d'affection et il n'avait pas envie de merder en allant trop vite.

De plus, il aimait l'idée qu'ils apprenaient encore à se connaître. C'était la partie amusante de la relation. Parce qu'il n'avait pas envie de passer à la prochaine phase où les choses étaient gâchées et devenaient froides. Où elles étaient brisées.

— Est-ce qu'on leur dit ? demanda Ethan.

Lincoln éclata de rire.

— C'est maintenant que tu poses la question ? Quand on se trouve devant la maison. Tu sais que quelqu'un est probablement en train de nous observer en ce moment ?

— Quoi ? Je me demandais comment je pouvais te poser la question avant que ça devienne difficile, et en fin de compte, je ne te l'ai pas posée du tout.

— Bon boulot.

— Ferme-la. Qu'est-ce qu'on va faire ?

— Eh bien, je suis presque sûr que Bristol va le deviner d'un seul coup d'œil.

— Elle ne peut pas tout voir. Elle ne connaît même pas Holland.

— C'est ta sœur. Elle le devinera. Tout comme Aaron. Il est silencieux, mais il comprend les choses plus vite qu'on ne veut bien le reconnaître.

— J'imagine que tu as raison.

— Et il y a Liam. Celui qui doit tout arranger. Il va remarquer qu'il y a quelque chose de différent et il voudra chercher plus loin. Parce qu'il est comme ça.

— Inutile de le cacher.

Lincoln était presque certain qu'il n'avait pas caché ses sentiments aux Montgomery. Ils savaient sans doute qu'il désirait Ethan depuis tout ce temps. Ce dernier était probablement le seul à ne pas l'avoir remarqué. Probablement parce qu'il avait été trop occupé à dissimuler ses propres sentiments.

Mon Dieu, ils étaient vraiment nuls pour communiquer. Ils devaient s'améliorer s'ils voulaient que la relation fonctionne. Mais ils *travaillaient* là-dessus. Du moins, il l'espérait.

— On ne se cache pas ? s'enquit Ethan.

Lincoln acquiesça. Sa gorge se serra et il fut incapable de parler.

— D'accord, c'est bien. Parce que je ne suis vraiment pas doué pour mentir.

— Je sais. Je me souviens de la fois où tu as fait comme si le haut en cachemire que je portais m'allait bien.

— J'en suis désolé. Parce qu'il n'était pas beau. Du tout.

— Merci, dit Lincoln en ricanant.

Ils s'éloignèrent de la voiture pour monter les marches.

Timothy Montgomery ouvrit la porte avant même qu'Ethan et Lincoln ne frappent.

Le père d'Ethan était un grand homme avec un large sourire. Lincoln l'adorait.

Il était toujours là. Il était toujours d'une grande aide.

Lincoln savait que Timothy et Francine avaient traversé beaucoup d'épreuves dans leurs vies, mais ils en étaient ressortis plus fort. Et Lincoln en était fier. Personne n'était parfait. Personne n'avait une vie parfaite ou un passé idéal dépourvu d'erreurs. Il ne croyait même pas que cela existât.

Lincoln appréciait que ce couple assume ses erreurs et ait élevé ses enfants du mieux possible. Étant donné que les Montgomery étaient les personnes qu'ils préféraient dans ce monde, il se disait qu'ils avaient fait un assez bon boulot.

— Eh bien, il était temps que vous vous pointiez. Ta mère stressait à l'idée que vous ne veniez pas et elle s'est ensuite demandé ce qu'elle allait faire de toute cette nourriture.

Timothy leva les yeux au ciel et étreignit fermement son fils avant de tendre les bras pour en faire de même avec Lincoln. Ce dernier inhala son parfum. Cette odeur lui donnait l'impression d'être chez lui.

Lincoln aimait sa mère et son père, ils étaient les meilleurs parents qu'il aurait pu espérer. Mais il aimait également les Montgomery. Ils étaient son second foyer. Bien que le premier ait été merveilleux, il appréciait d'en avoir un second.

Un autre endroit qu'il pouvait qualifier de *maison* quand sa véritable famille avait été attirée à l'autre bout du pays à cause d'un boulot.

— Je suis sûr qu'on ne mangera pas tout. Enfin, vous êtes

combien ? Et elle s'inquiète à propos pour nous ? s'enquit Lincoln.

Timothy sourit.

— Tu connais Francine. Elle veut que tous ses petits poussins soient bien en rang.

— Je croyais qu'on disait « bien en ordre ». Ou « bien rangés ». Je n'ai jamais compris ce dicton parce que tout le monde ne doit pas toujours être en ordre. Parfois, les petits poussins s'égarent et la maman poule doit les retrouver.

Francine continua de parler en étreignant fermement Lincoln et en faisant de même avec Ethan.

— C'est bon de voir mes garçons ici. Ça fait une éternité que la famille n'a pas été réunie.

— Ça fait trois semaines, répondit Liam en approchant.

Il ressemblait à Francine et avait un large sourire sur le visage, comme son père.

Lincoln aurait supposé que Liam fût un Montgomery, comme eux. Ils se ressemblaient tous. Apparemment, l'ADN de Francine l'avait dépourvu des gènes de son père biologique et l'avait fait ressembler à un Montgomery. Les yeux étaient diffé-rents, Lincoln le savait, mais ça n'avait pas d'importance. Liam était un véritable Montgomery, même s'il n'avait pas leur sang. Lincoln se sentait lui-même comme l'un des leurs alors qu'il n'était qu'un ami.

Un ami qui sortait actuellement avec Ethan, mais ils ne le mentionneraient pas aujourd'hui.

— Oh, bien, vous êtes là, dit Bristol en poussant Liam pour aller enlacer Ethan. Tu m'as terriblement manqué.

Elle embrassa son frère sur la joue avant d'en faire de même avec Lincoln.

— Eh bien, tu as loupé le dîner d'hier soir. Ton concert était comment ? s'enquit Ethan.

Bristol haussa les épaules et l'étincelle dans ses yeux s'assombrit légèrement.

Lincoln détestait voir ça, mais en tant qu'artiste, il comprenait. Parfois, travailler était désagréable. Et quand votre âme était littéralement projetée sur la toile — ou, dans son cas, dans sa musique et à travers ses doigts —, vous aviez l'impression de vous prendre un coup de lame double en pleine poitrine.

— Ça a été. Tu sais, je joue un peu de violoncelle, je touche des royalties, je ris, je danse et je fais comme si tout allait bien.

Elle regarda sa mère et lui lança un large sourire.

— Et tout va bien.

— Dis-lui ce que ce duc a fait, grogna Marcus derrière elle.

Lincoln croisa le regard de cet homme et haussa les sourcils.

Marcus secoua la tête, ses sourcils sombres se renfrognant alors qu'il jetait un regard noir à Bristol.

Lincoln savait qu'ils étaient meilleurs amis, mais tout comme Ethan et lui, il ignorait s'ils étaient déjà sortis ensemble. Et il ne savait pas s'ils feraient un jour le grand saut — ou même s'ils le voulaient. Étant donné qu'il avait peur de commettre une erreur à chaque étape, il n'allait pas les pousser dans une quelconque direction. En revanche, Francine aurait probablement aimé que sa petite fille soit déjà mariée, mais seulement parce qu'elle voulait que Bristol soit heureuse. Et Lincoln était d'accord avec ça. Il appréciait Bristol et voulait qu'elle soit heureuse. Cependant, il ignorait si ce serait avec Marcus. Elle était sortie avec quelqu'un pendant un moment, mais son ex-petite amie allait désormais se marier. Lincoln savait que Francine avait même essayé de les mettre ensemble, tous les deux, mais ça ne fonctionnerait pas.

Surtout qu'il était déjà amoureux d'un autre Montgomery.

— Qu'a-t-il fait ? demanda Liam à l'unisson avec Ethan.

Aaron restait en retrait, les bras croisés sur son torse alors qu'il fusillait tout le monde du regard.

— Oui, qu'est-ce qu'il a fait, sœurette ? Est-ce qu'on doit lui botter le cul ?

Bristol scruta Lincoln.

— S'il te plaît, s'il te plaît, aide-moi, le supplia-t-elle.

Il se contenta de lever les mains.

— Oh, je ne veux rien avoir à faire avec ça. À moins de devoir lui botter le cul. Ça, je le ferai.

— Tu vas devoir attendre ton tour, grogna Marcus.

Elle jeta un regard noir à son meilleur ami, puis au reste de sa famille.

— Pourquoi n'aurais-je pas pu avoir des sœurs ? Sérieusement ? Pourquoi suis-je la seule fille ?

— Parce que tu es plus que suffisante pour moi. Je te jure, une deuxième comme toi et je n'aurais pas tenu le coup, dit Francine en embrassant sa fille sur la joue. Et si ce duc a fait quelque chose de fâcheux, les garçons n'auront pas à faire quoi que ce soit. Parce que je le castrerai moi-même. Tu m'as bien entendue, jeune fille ?

— Tu fais peur, parfois, Maman.

— Je sais. Et c'est pour ça que tu m'aimes. Bref, qu'a-t-il fait ?

— Rien.

Elle marqua une pause.

— Il a tenté de m'embrasser. Je n'en avais pas envie. Il a réessayé. Je lui ai mis un coup de pied dans les noix. Et... Je ne jouerai plus dans ce pays.

Les garçons grognèrent et grommelèrent, lançant des menaces qui les enverraient tous en prison. Quant à Francine, elle étreignit sa fille, puis frappa dans ses mains.

— C'est réglé ?

Bristol acquiesça.

— Bien. On en discutera plus tard. Je te le promets. Tu es mon bébé.

Elle les regarda tous.

— Bon, allons-y, ne restons pas dans l'entrée. On va vous apporter quelque chose à boire. Ensuite, vous pourrez me dire ce qu'il y a de nouveau dans vos vies. Parce que j'ai l'impression d'avoir manqué tant de choses. Je jure qu'aucun de mes enfants ne m'appelle. Ils ne me disent jamais ce qu'ils font. Je dois vous obliger à venir chez moi.

Lincoln se contenta de rire et de secouer la tête en embrassant le sommet du crâne de Francine.

— Vous savez que vous dites des bêtises. Vous le savez, n'est-ce pas ?

Francine lui tapota le torse.

— Oui, mais les autres n'ont pas le droit de me le faire remarquer. Il n'y a que toi, mon chéri.

— Et pourquoi ça ? s'enquit Ethan en arrivant de l'autre côté de sa mère. Pourquoi n'ai-je pas le droit de dire que tu racontes des bêtises ?

— Parce que je te frapperais, mon petit, dit-elle en lui tapotant le torse et en souriant. Lincoln a le droit parce que, même si je le considère comme mon fils, je n'ai pas poussé pour le faire sortir de mon corps. Et je ne l'ai pas non plus adopté légalement. Pas encore.

Il lui fit un clin d'œil.

— S'il te plaît, ne l'adopte pas légalement, dit Ethan.

Lincoln réprima un sourire.

— Et pourquoi ça ? demanda Francine en s'approchant de la bouteille de vin pour servir un verre à tout le monde.

Soudain, elle posa lentement la bouteille et les regarda fixement.

— Vraiment ? Vraiment ? s'écria-t-elle en sautillant.

— Quoi ? demanda Bristol en se frayant un chemin parmi les hommes pour rejoindre sa mère. Quoi ?

— Oh, je crois que je sais, dit Arden.

Lincoln lui jeta un coup d'œil en biais.

— Je ne savais même pas que tu étais là, dit Ethan en allant embrasser Arden sur la joue.

— Je m'occupais d'un truc au travail, mais je suis là, maintenant. Qu'est-ce que j'ai loupé ?

Bristol lui lança un regard noir.

— Je n'en ai aucune idée, mais je n'aime pas ne pas savoir.

— Comme c'est choquant, répondirent les trois frères Montgomery.

Ils s'échangèrent alors un regard avant d'éclater de rire.

Bristol leva les mains, comme pour feindre la vexation.

— Vous voyez ? J'aurais dû avoir des sœurs. Des sœurs m'auraient aidé.

— Mais tu m'as, maintenant, répliqua Arden. Je dis ça comme ça.

Le regard de Bristol se réchauffa et elle courut vers Arden avant de l'attirer dans une ferme étreinte.

— Oui, c'est vrai. Maintenant, on est deux contre eux. C'est bien. Bientôt, on sera en supériorité numérique.

— Ça ne fonctionne pas comme ça, déclara Liam en éloignant sa future femme de Bristol.

— Tais-toi. Un jour, il y aura des enfants et si vous êtes tous gentils avec moi, vous ferez en sorte que ce soient des filles.

— Tu sais que tu vas finir avec, genre, six mecs, n'est-ce pas ? s'enquit Aaron.

Elle lui fit un doigt d'honneur.

— Bon, les enfants. Comportez-vous comme des adultes de votre âge, murmura Timothy depuis l'embrasure de la porte.

— C'est ce qu'on fait, répondirent Aaron et Bristol à l'unisson avant d'échanger un sourire.

Lincoln s'appuya contre le plan de travail et croisa les bras sur son torse. C'était sa famille et elle lui avait manqué. Oh, il avait sa cousine. Madison et lui étaient proches, et ils étaient plus ou moins ainsi quand ils étaient ensemble, mais ce n'était pas la même chose. Surtout parce qu'il n'y avait pas autant de monde que chez les Montgomery. Tous les membres de cette grande famille étaient merveilleux. Du moins, ceux qu'il avait rencontrés jusqu'à maintenant. Aucun d'eux n'était purement méchant — comme son oncle. Et ils semblaient tous tenir les uns aux autres, même s'ils râlaient et se montraient parfois grossiers.

— Attendez, on s'est éloignés du sujet, dit Bristol en se replongeant dans la conversation. Qu'est-ce que tu sais, Maman ?

Francine observa tour à tour Ethan et Lincoln, mais ce fut si bref qu'il était sûr que personne ne l'avait remarqué. Elle leur offrait une porte de sortie. Une façon de garder leur secret. Et il lui en était reconnaissant. Ce n'était pas parce qu'elle avait vu les changements chez Ethan et lui qu'elle voulait gâcher leur surprise. Ou divulguer leur secret. Il savait que ce n'était pas sans raison s'il appréciait cette femme. Mais il savait également que les secrets n'étaient pas bons dans une famille. Il tendit la main et mit un léger coup de poing dans l'épaule d'Ethan.

Vous voyez ? Il était prévenant.

— Eh bien, dit Ethan en s'éclaircissant la gorge.

Bristol les observa avant de sautiller. Elle bondit si haut que Marcus dut mettre les mains sur ses épaules pour la dompter.

— Utilise des mots. Arrête de faire ce bruit aigu que seuls les chiens peuvent entendre.

— Je suis désolée, Marc.

— Je déteste ce nom.

— Je sais. Mais je déteste aussi quand tu me compares à un chien.

— Ça suffit, déclara Timothy. Ne nous laissez pas avec ce suspense. Que se passe-t-il ?

— Je sais ! Je sais ! s'écria Aaron.

— Qu'est-ce que tu sais ? demanda Ethan en lui lançant un regard noir.

Ah, les frères. Lincoln était ravi de ne pas en avoir. Néanmoins, il avait les Montgomery. Il espérait sincèrement ne pas les perdre.

— Comme papa l'a dit, ne nous laissez pas avec ce suspens, déclara Liam en souriant.

— On sort ensemble, avoua Ethan.

La cohue commença alors. Bristol laissa échapper un couinement qui fut rapidement imité par Francine et Arden. Elles sautillaient tandis que les hommes dans la pièce se regardaient et riaient. Aaron et Liam donnèrent des billets à Marcus, qui les glissa dans sa poche.

— Vous avez parié sur nous ? s'enquit Lincoln, un peu agacé.

— J'ai parié que vous seriez ensemble avant la fin de l'année, dit Marcus. Désolé, c'est difficile de ne pas parier quand Aaron commence à plaisanter là-dessus.

— Je pensais à la fin de l'année prochaine, déclara Aaron en haussant les épaules.

— Et moi, je pensais que vous n'auriez pas le cran de le faire, renchérit Liam.

— Liam ! le sermonna Arden.

Il rougit.

— Quoi ? Je ne pensais pas que tout le monde pouvait être aussi chanceux que moi.

— Ohh, s'extasia Bristol en se blottissant contre Marcus.

Il l'enlaça fermement et elle gigota à côté de lui.

— Il est probablement en train de se rattraper parce qu'il a fait quelque chose de mal, rétorqua Marcus en souriant.

Bristol se renfrogna.

— Oh, tu es un vrai coriace et tu n'es pas romantique du tout.

— Tu es suffisamment romantique pour nous deux.

Elle leva les yeux au ciel.

— Génial. Je suis tout excitée, s'exclama Francine en frappant des mains dans les bras de son mari. Depuis quand êtes-vous ensemble ?

Lincoln regarda Ethan, qui haussa les épaules.

— Pas depuis si longtemps, c'est encore nouveau. Mais on savait qu'on ne pouvait pas vous le cacher, surtout parce que je suis nul à ce petit jeu.

— Oui, rétorqua Aaron.

Ethan lui fit un doigt d'honneur.

— Et il n'y a pas que nous, dit Lincoln dans le vide.

Ethan sourit et Lincoln fut très heureux de constater que ça ne le dérangeait pas de leur parler de Holland, également.

Il serait effectivement inutile de la cacher. Elle n'allait pas être une tierce personne dans leur relation. Elle ne serait pas une pensée après coup. Elle était à égalité avec eux et n'était pas présente, actuellement. Ils devaient donc s'assurer que le monde entier sache qu'elle était importante. Qu'elle aurait pu être invitée. Mais rencontrer les parents lors du premier rencard n'était peut-être pas la meilleure des idées. Même s'ils avaient l'impression d'avoir déjà vécu un vrai rencard. Après tout, la soirée jeu, des ébats et de lourdes caresses devraient compter.

Et c'était peut-être le cas.

— Oh ?

Francine se rapprocha.

— Oui, elle s'appelle Holland, expliqua Ethan.

— La mariée fugueuse ? s'enquit Aaron en souriant. J'adore.

— La mariée fugueuse ? répéta Francine en fronçant les sourcils. Elle est mariée ?

— Non. Souviens-toi, on t'a parlé de la femme qu'on a croisée et qui avait fui le jour de son mariage parce que sa famille est horrible et que ce crétin l'avait trompée, expliqua Ethan.

Francine leva la main vers sa bouche.

— Oh, cette pauvre femme. Et oui, je savais que vous deveniez amis avec elle, mais maintenant, il y a plus que ça ? Comment c'est excitant. C'est merveilleux. Et ça signifie que j'ai plus de chance d'avoir des bébés !

Tout le monde se tut et Bristol s'éclaircit encore la gorge.

— Euh, tu sais, ce n'est pas vraiment comme ça que ça fonctionne, mais... d'accord, Maman. Je suis ravie que tu sois si focalisée sur les bébés.

Aaron sourit.

— Je t'ai dit qu'elle se comportait comme une mère sous la Régence. C'est une vérité universellement reconnue qu'un célibataire pourvu de notre nom de famille doit avoir envie d'épouser une femme... ou un homme. Ou les deux.

Lincoln cligna des yeux en le regardant.

— Est-ce que tu viens de citer *Orgueil et préjugés* ?

— Oui. C'est mon film préféré. Enfin, l'un d'entre eux. Bien que Macfayden soit un bien meilleur Darcy que Colin Firth. Je le défendrai corps et âme.

— Je n'arrive pas à croire que tu dises ça, répondit Arden. Firth est le Darcy parfait.

— Je ne sais pas. Je suis plutôt d'accord avec Aaron sur ce point, dit Marcus en les surprenant tous.

— Vraiment ? s'enquit Lincoln.

— Quoi ? Cette scène où il s'en va et doit tendre la main pour la toucher ? C'est torride.

Bristol cligna des yeux.

— Comment ai-je pu ne pas le savoir ?

— Tu m'as fait regarder le film quarante fois. Et les miniséries, aussi. Bien sûr que j'ai une opinion sur *Orgueil et Préjugés*.

— J'ai simplement supposé que tu regardais parce que tu étais mon ami.

— Ils sont bien. Et, dans tous les cas, j'ai le droit d'avoir une opinion sur mon Darcy préféré.

— Oh, je t'en prie. Ça m'a juste surprise.

Tout le monde commença à discuter en même temps de son Darcy préféré et Ethan se glissa auprès de Lincoln pour s'appuyer contre lui.

— Ça s'est plutôt bien passé.

— Oui, c'est vrai.

Francine s'éclaircit une nouvelle fois la gorge avant de les observer chacun à leur tour.

— Je voulais simplement dire que je suis très heureuse pour vous deux. Lincoln, tu es déjà comme un fils pour moi et à présent, je suis ravie de ne jamais t'avoir adopté, parce que ça aurait été étrange.

Tout le monde s'esclaffa.

— Mais vraiment, ce n'est pas grave s'il n'y a pas de bébés. Ça m'amuse simplement de vous faire sourire en vous taquinant.

Elle tendit la main et serra les épaules d'Arden.

Celle-ci regarda l'autre femme avec un petit sourire sur le visage.

— J'aime simplement vous faire rire et agir comme si j'étais une mère de la Régence, comme Aaron le croit constamment. Je veux que vous soyez heureux. De toutes les manières possibles. Et si quelqu'un vous reproche d'être en trouple, ou peu importe comment on appelle ça de nos jours, il faudra passer par moi. Je suis sûre que si j'en parle à ma belle-sœur, elle pourra me dire comment elle réagit quand quelqu'un ose lui faire une réflexion sur la relation de sa fille. Bon, buvons du vin et célébrons le bonheur qui existe dans le monde. J'ai hâte de rencontrer cette Holland.

Lincoln s'éclaircit la voix avant d'ouvrir les bras pour accueillir Francine.

— Tu es une bonne mère, chuchota-t-il.

— Je suis la meilleure.

Elle essuya les larmes dans ses yeux et alla étreindre Ethan.

Lincoln adorait cette famille. Elle adorait qu'ils se battent et qu'ils soient là les uns pour les autres même quand les choses étaient difficiles.

Il espérait simplement ne pas merder. Parce qu'il ne pouvait les perdre. Et il pourrait le faire s'il n'était pas prudent. Parce que si ça ne fonctionnait pas avec Ethan, il perdrait également les Montgomery.

Toutefois, alors qu'il regardait Ethan pourchasser sa sœur dans la pièce et rire quand elle sauta sur une causeuse et protégea ses mains — puisqu'elles étaient assurées pour son travail —, il sut qu'il ne voulait pas merder. Il ne le pouvait pas. Car ce serait possiblement son avenir. Et ils faisaient déjà tous partie de son passé.

Il devait trouver un moyen de tout faire fonctionner. Il le *devait*.

CHAPITRE DIX

Chapitre 10

Ethan voulait considérer cela comme leur second rencard. Cependant, il savait que Lincoln le comptait comme leur premier. Si cela allait au-delà de la deuxième soirée et devenait plus concret, et s'ils finissaient par fêter les anniversaires de relation — chose pour laquelle il n'était pas très doué, il le savait — ils devraient décider de la date à laquelle ils avaient commencé.

Ils devaient également avoir une date de rencard à trois.

Et ce ne serait pas simplement quand Lincoln et lui avaient commencé à sortir ensemble ou la première fois qu'ils avaient embrassé Holland. Ils avaient besoin de passer du temps ensemble. Il se disait que Mario Kart et de nombreux orgasmes devraient être considérés comme un premier rencard.

Mais ce n'était apparemment pas le cas.

Du moins, d'après Lincoln. Et, si on en croyait la nervosité de Holland sous le porche de l'entrée, elle ne le pensait pas non plus. Toutefois, même si elle était anxieuse, elle était sacrément sexy.

Elle avait attaché ses cheveux et les avait légèrement poussés afin qu'ils bouclent autour de son visage d'un côté et qu'ils soient attachés dans une torsion compliquée de l'autre. Ethan ignorait totalement comment les filles pouvaient être si douées pour ce genre de choses, mais il savait que sa sœur pouvait faire un chignon en cinq minutes et donner l'impression d'avoir passé des heures dans un salon de coiffure. Bien sûr, son ex-petite amie lui avait tout enseigné et, désormais, Bristol voulait s'assurer que tout le monde dans la famille sache le faire également.

Ethan était médiocre, donc même avec des cheveux aussi longs que ceux de Lincoln, il ne pouvait rien faire avec, à part peut-être se rappeler de les brosser. Il était vraiment nul pour les choses du quotidien. Demandez-lui de travailler et il était parfaitement capable de le faire. Demandez-lui d'organiser ce qu'il devait faire pour la journée ? Il en était peut-être aussi capable. Rappelez-lui quelque chose d'important alors qu'il a autre chose en tête ?

Non, il n'était pas doué pour ça.

C'était la raison pour laquelle il devait s'arrêter sur une véritable date afin de pouvoir la noter sur son agenda et espérer que cela suffise pour qu'il s'en souvienne.

Mais, sérieusement, tout ça disparut de son esprit dès qu'il jeta un coup d'œil à Holland.

Elle portait une robe noire qui finissait en une petite vague mignonne au-dessus de ses genoux et moulait parfaitement sa poitrine. Elle avait un manteau, mais la robe avait déjà des manches qui couvraient ses épaules — du moins, d'après ce qu'il voyait. Appelait-on ça des manches ? Bristol ou Lincoln le sauraient. Ethan ? Pas vraiment.

Il avait conduit jusqu'ici, mais c'était Lincoln qui se déplaçait le plus vite. Il atteignit donc Holland en premier, lui prit les mains et embrassa ses articulations.

Eh bien, n'était-ce pas charmant ? Il n'avait pas embrassé les doigts d'Ethan. Celui-ci allait peut-être essayer sur Lincoln, un jour, rien que pour le faire rougir.

Holland rougit effectivement. Elle gloussa ensuite, ce qu'il ne l'avait jamais vraiment entendue faire par le passé.

— Regarde-toi, tu agis comme un chevalier blanc, dit-elle avant de se tourner vers Ethan et de sourire. Salut, toi.

Ethan ne put s'empêcher de lui sourire en retour. Il se pencha ensuite et l'embrassa sur la joue. Il regarda Lincoln, qui leva les yeux au ciel.

— Ce n'est carrément pas une compétition, mon gars, dit Lincoln.

Ethan se contenta de sourire.

— Pas le moins du monde. Je n'ai pas envie de faire constamment la même chose que toi et d'avoir l'impression que je me plante. En plus, je ne pense pas pouvoir faire toute cette mascarade de baisers sur les doigts.

— Eh bien, les deux me conviennent. Même si c'est super bizarre.

Holland grimaça.

— Non pas que ce soit étrange d'être avec vous, les garçons. Simplement, avoir rencard avec deux personnes est bizarre. Je n'aurais jamais cru faire ça de ma vie. Et quand ce sera terminé, j'en garderai un souvenir affectueux, j'en suis convaincue. Et c'est toujours amusant d'essayer quelque chose de nouveau.

Ethan haussa les sourcils.

— Eh bien, si tu veux essayer quelque chose de nouveau...

Sa voix se brisa quand Lincoln lui donna un coup dans le bras.

— Hé, arrête avec tes pensées salaces. On va avoir un adorable rencard, on va manger des pâtes et ce sera tout pour ce soir. Compris ?

Holland et Ethan le regardèrent et il haussa les épaules.

— D'accord, on va simplement manger des pâtes et on verra ce qu'il se passe ensuite. Mais pas de pression. Ce n'est qu'une soirée sympa. On va découvrir exactement ce que c'est de sortir avec deux personnes à la fois.

— Oh, bien. Alors, je ne suis pas la seule qui n'a aucune idée de ce qu'elle fait ? s'enquit Holland.

Ethan se retourna et l'aida à monter sur le siège passager tandis que Lincoln se glissait sur la banquette arrière.

— Non, tu as raison, nous n'en savons rien non plus. On sait simplement qu'on doit toujours demander à l'autre si ça va.

Holland le regarda et sourit.

— Ça ne va pas être agaçant ?

— Oh, ça va carrément l'être si on n'arrête pas de poser la question, mais ce sera probablement pire si on essaie de lire dans les pensées de l'autre.

Il referma rapidement la portière et contourna la voiture afin de s'installer sur le siège conducteur.

Lincoln et Holland discutaient de ce qu'ils avaient prévu de manger au dîner, et Ethan démarra la voiture avant de quitter l'allée.

— Vous savez, je n'ai jamais vraiment aimé les gnocchis, dit-il en s'arrêtant au stop.

— Je ne les aime que dans de la soupe, mais ce n'est pas ce que je préfère. C'est probablement parce que je n'ai jamais mangé de *bons* gnocchis, dit Holland.

— Je crois que les seuls qu'Ethan a mangés étaient ceux d'Olive Garden, répliqua Lincoln en souriant.

— Hé, ne dénigre pas Olive Garden. Leurs petits pains étaient merveilleux.

Holland fronça les sourcils.

— Ils ne le sont plus, maintenant ?

— Non, ils les ont changés il y a dix ans, environ. Je leur en veux encore un peu.

— Intéressant.

Elle regarda Lincoln par-dessus son épaule tandis qu'Ethan tournait pour s'engager sur l'autoroute.

— Bon sang, il est encore rancunier pour bon nombre de changements. Ne le lance même pas sur le McRib.

— Le McRib est dégueu et j'ignore pourquoi les gens font la queue pour l'acheter.

— Parce que c'est marrant de dire qu'ils aiment quelque chose de nouveau et de limité.

Lincoln se pencha en avant en parlant et Ethan sentit sa chaleur à ses côtés. La soirée serait sacrément longue.

— En plus, certaines personnes aiment ça. Comme moi, j'aime les gnocchis.

— Tu ne les aimes que parce que tu étais en Italie et que des petites grands-mères italiennes les ont préparés devant toi.

Holland se décala sur son siège. Ses yeux pétillaient.

— Tu es allé en Italie ?

Lincoln hocha la tête. Du moins, c'était ce qu'Ethan pouvait voir dans le rétroviseur. C'était assez difficile de conduire et de faire la conversation avec eux deux. Il les laissa donc faire.

— J'y ai étudié un moment. J'ai fait le tour de l'Europe juste après la fac et j'étais heureux de trouver quelques amis de l'école d'art qui m'accueillaient sur leur canapé pour que je ne m'endette pas totalement.

— Ça a l'air super, répondit Holland d'une voix légèrement essoufflée. Je ne suis jamais allée en Europe. Mais j'ai toujours voulu y aller. Les grandes villes et celles par lesquelles les touristes ne passent plus... j'ai envie de les visiter. Enfin, je veux également quitter Boulder et me rendre dans d'autres coins des États-Unis. Voyager, tout simplement, vous voyez ?

— On a fait quelques road trips en Amérique, mais je ne suis jamais sorti des États-Unis, moi non plus, déclara Ethan en quittant l'autoroute.

— J'ai de la chance, avec mon boulot. Parfois, je vais rendre visite à d'autres artistes, où j'expose dans tout le pays voire tout le monde. Mais je suis plus casanier qu'Ethan.

— Vraiment ? s'enquit Holland.

— Oui, répondit Ethan en se garant sur le parking du restaurant. Même si je donne l'impression d'être casanier, parfois, j'ai le vent en poupe et j'ai envie de faire un road trip, alors que Lincoln veut simplement traîner chez lui et être à son aise. Mais, à d'autres moments, c'est l'inverse, et ça fonctionne bien.

— C'est sympa que vous partagiez une telle histoire. Et maintenant, vous passez à la vitesse supérieure. Je suis ravie d'être là pour le voir.

Ethan croisa le regard de Lincoln dans le rétroviseur et il sut qu'il était également inquiet.

Pensait-elle que c'était temporaire ? Que ce n'était qu'une aventure avant qu'ils passent à autre chose ? Il espérait bien que non. Il allait donc s'assurer qu'elle comprenait qu'ils étaient tous les trois impliqués. Pas simplement eux deux. Eux *trois*. Et même s'il ignorait ce qu'il faisait, il devait découvrir comment lui assurer qu'elle était désirée.

Il savait que Lincoln était doué pour ça. Parce qu'au cours de leur amitié, il avait toujours su que Lincoln voulait de lui comme ami.

Il avait peut-être été incapable de voir que son meilleur ami en désirait plus, par le passé, mais il avait probablement été aveugle parce qu'il était effrayé. Il le comprenait, à présent, et il n'avait plus peur.

Non, il était terrifié. Mais c'était une tout autre histoire.

Lincoln sortit de la voiture en premier pour aider Holland à quitter son siège. Ethan s'assura que les portières étaient fermées derrière lui. Tous les trois avaient réservé une table dans un petit restaurant italien que Lincoln et lui aimaient.

Ethan savait que les propriétaires étaient gays et qu'ils avaient des amis de toute orientation sexuelle. C'était un endroit sûr pour leur premier rencard. Du moins, il l'espérait. Pour ce qu'il en savait, il allait peut-être finir par merder et ce serait sacrément gênant.

Mais ils allaient essayer de faire en sorte que ça fonctionne. Après tout, si sa cousine arrivait à entretenir ce type de relation à Denver, ils pouvaient tenter le coup ici, à Boulder. C'était une ville étrange. Tout le monde était cool et faisait des choses bizarres. Du moins, c'était ce qu'on disait. Avoir des plans à trois et vivre en ménage polyamoureux permanent ne devrait pas être bizarre.

Mais si qui que ce soit leur faisait la réflexion, il était prêt à se battre.

Non pas qu'il en avait envie, mais il le ferait.

Et il savait que Lincoln l'imiterait. Tant qu'il ne se faisait pas mal aux mains.

Ethan n'avait pas envie que Lincoln se blesse. Il ne voulait pas que quiconque soit blessé. Avec un peu de chance, tout irait bien et il était simplement en train de réagir excessivement.

— Montgomery, pour trois personnes, dit Ethan alors qu'ils avançaient vers le comptoir d'accueil.

L'homme sourit et les observa tous les trois avant de hocher la tête et de les accompagner à leur table.

— Par ici.

— Vous savez, je ne suis jamais venue dans ce restaurant, dit Holland. Je suis souvent passée en voiture, mais Dustin ne mangeait pas de glucides.

— Certaines personnes sont sensibles au gluten et d'autres n'aiment pas manger beaucoup de glucides à cause de leur régime.

Ethan tentait de ne pas détester ce gars. De plus, il ne pouvait pas lui en vouloir s'il ne voulait pas manger trop de glucides.

— Non, il refusait simplement. Il n'aimait même pas manger de fruits. Et ce n'était pas comme s'il faisait un régime, ni rien. Il avait juste lu un jour quelque part que les glucides étaient diaboliques. Donc, tous ceux qui en mangeaient étaient nécessairement maléfiques. J'aurais dû comprendre à ce moment-là. Je lui cachais mon amour des cupcakes. Non pas que j'avais besoin de sucre, parce que... allô, trop de sucre industriel n'est pas bon pour la santé. Mais ce n'est pas grave de manger un cupcake une fois de temps en temps. Ou toute une assiette de pâtes si vous le souhaitez.

— Tu peux manger ce que tu veux. On te promet qu'on ne jugera pas.

Il marqua une pause.

— D'accord. On va peut-être te juger si tu ne manges qu'une salade d'accompagnement ou quelque chose dans ce genre, et que tu pioches ensuite dans nos assiettes. Parce que ça ne se fait pas. Si tu veux des pâtes, tu les commandes toi-même.

Lincoln gloussa alors qu'ils s'asseyaient dans un box dans le coin. Holland se retrouva entre eux et c'était agréable. Ces sièges en U signifiaient qu'ils étaient tous les trois plus ou moins ensemble, et restaient pourtant séparés.

Ils ne comptaient pas faire quoi que ce soit dans ce restaurant, mais un tas de fantasmes lui venaient en tête.

Pas le premier soir. Et pas dans un restaurant où il souhaitait revenir.

— Voilà que je meurs de faim, maintenant, dit Ethan en regardant le menu.

— Vous voulez partager une bouteille de vin ? demanda Lincoln en scrutant le menu des boissons. Il y a une bonne bouteille de pinot noir que j'adore.

— Oh, c'est mon préféré, répondit Holland en lisant le menu avec lui.

Ethan aimait les voir tous les deux, côte à côte. Et il ne put s'empêcher de vouloir se rapprocher ou de prendre ses distances, afin qu'ils ne soient plus que tous les deux. C'était bon signe non ? Cela indiquait qu'il s'y prenait bien, n'est-ce pas ?

Il y avait tant de points à éclaircir sur leur chemin et il savait que s'ils n'étaient pas prudents, il allait merder. Mais il allait essayer. Voilà tout ce qu'il pouvait faire.

— Ça ne me dérange pas de partager. À vrai dire, je ne vais boire qu'un demi-verre puisque je prends le volant.

— Tu en es sûr ? Je peux conduire.

Ethan secoua la tête.

— Non, tu peux conduire la prochaine fois.

— Ou moi, intervint Holland.

Ethan sourit.

— Tu veux avoir un autre rencard avec nous ?

— Peut-être. Ou peut-être juste avec toi. Ou Lincoln. On va trouver nos marques, n'est-ce pas ?

— Oui, répondit Lincoln en la regardant avec tant d'intensité que même Ethan eut du mal à déglutir.

Ils commandèrent leur boisson, puis leurs plats — des antipasti pour commencer, puis des pâtes avec une salade pour chacun. Au moment du dessert, ils se goinfrèrent de tiramisu, mais cela valait la peine. Ethan était rassasié, heureux et avait probablement vécu le meilleur rendez-vous de sa vie. Il n'aurait jamais cru qu'il aurait lieu avec deux personnes.

Oui, parfois, c'était un peu gênant. Ils ne savaient pas exactement quoi dire et n'étaient pas certains que tout le monde était satisfait. Mais ils trouveraient une solution. Ce n'était pas différent d'un rencard entre deux personnes. Ils devaient découvrir ce dont l'autre avait besoin, ce qu'il ou elle voulait, ce qu'il ou elle pensait et c'était une véritable exploration. Ajouter une autre personne ne faisait que compliquer les choses. Mais ils pourraient trouver un plan et ils le feraient.

Ethan travaillait avec des maths et des équations compliquées contenant bien plus de trois inconnues. Il était clairement capable de trouver une solution.

Lincoln également. Ethan n'aurait qu'à suivre le pas. Ce pari était probablement plus sûr.

— On va où, ensuite ? demanda nonchalamment Lincoln au fond de la banquette arrière.

Ils n'avaient partagé qu'une bouteille de vin. Ils avaient donc bu moins de deux verres chacun. Ethan savait que ce n'était pas l'alcool qui faisait rougir les joues de Lincoln. Non, c'était probablement l'adrénaline à l'idée d'être tous ensemble. Tous les trois. Et cela faisait bander Ethan.

Bon sang. Il ignorait s'ils étaient prêts pour cette prochaine étape, même s'ils l'avaient déjà bien entamée.

— Eh bien... dit Holland avant que sa voix se brise.

— Eh bien ? répéta Ethan en tapotant le volant.

Il n'avait pas démarré la voiture. Il avait peur de le faire. Cela ferait-il exploser leur bulle parfaite et gâcherait ce moment ? Ou réfléchissait-il encore trop ?

— Je passe encore un bon moment. Pourquoi n'irait-on pas chez moi pour boire un café ?

Ethan scruta Holland et il sut qu'il n'y aurait pas de café. Pas quand elle les fixait ainsi, Lincoln et lui. Pas quand ses yeux s'embrumaient et que ses lèvres s'entrouvraient.

— Tu vas devoir être un peu plus spécifique. Parce que je ne veux pas me faire une mauvaise idée, dit Ethan en déglutissant difficilement.

— Je crois que je veux ta bouche sur moi. Et tes mains. Et si c'est trop direct, alors, j'en suis désolée.

Lincoln se faufila légèrement entre les sièges, prit son visage dans ses mains et l'embrassa ardemment sur la bouche, ce qui la fit gémir tant elle était surprise. Ethan gémit également.

Lincoln tourna ensuite la tête et l'embrassa, leurs langues s'emmêlant. Le goût de tiramisu et de vin était encore perceptible sur les papilles de son meilleur ami.

— Salut, toi, dit Ethan en s'éclaircissant la gorge. Eh bien, je crois que nous connaissons ta réponse.

Il rit légèrement.

— Ma réponse dépend de ce que vous souhaitez. Mais, oui, allons chez Holland. Voyons voir ce qu'il se passe.

— Tu dis « voyons voir ce qu'il se passe », mais j'ai le sentiment qu'on va finir tout nus et en sueur. Je veux simplement être certain que c'est ce que tout le monde souhaite.

Holland rit et se pencha ensuite.

— Si ça ne se reproduit plus jamais, je sais que je mourrai heureuse.

Lincoln glissa légèrement la main sous Ethan alors que celui-ci reculait et embrassait tendrement Holland, dans une douce caresse de lèvres qui était aussi torride que le baiser puissant et ferme dont l'avait gratifiée Lincoln plus tôt.

— D'accord, on va chez toi, Holland, dit Ethan en s'éclaircissant la voix. Ensuite, on verra ce qu'il se passe.

Elle les observa tous les deux et déglutit péniblement avant de tendre la main et de s'agripper à celle d'Ethan. Lincoln glissa les doigts sur les leurs et les serra.

— J'ai l'impression de devoir dire «un pour tous et tous pour un», quelque chose de ce genre, mais voyons voir ce qu'il se passe, déclara Holland.

Ils s'esclaffèrent tous les trois avant qu'Ethan démarre rapidement la voiture et fasse de son mieux pour respecter les limites de vitesse en se rendant chez la jeune femme.

Parce qu'il savait, il *savait* qu'il n'y aurait pas de café. Pas de discussion.

Il n'y aurait qu'eux.

Et il avait sérieusement hâte — son sexe aussi.

CHAPITRE ONZE

Chapitre 11

Holland arrivait à peine à reprendre son souffle, mais c'était peut-être le but de tout cela.

Elle était dans sa chambre, encore habillée, et se tenait entre deux des hommes les plus beaux, les plus généreux et merveilleux qu'elle avait rencontrés. Elle craignait de se réveiller et de mettre fin à ce rêve si elle se pinçait. Elle devrait ensuite découvrir exactement ce qu'elle ferait de sa vie. Mais, à cet instant, elle pouvait se délecter de son fantasme. Elle pouvait faire comme si ce n'était pas réel, que c'était la meilleure chose que pouvait conjurer son imagination. Car si elle croyait que c'était réel, alors cela s'effondrerait probablement.

Comme Ethan l'avait prédit, ils n'avaient pas bu de café. Elle n'avait même pas lancé la cafetière. Ils s'étaient plutôt embrassés légèrement, rien qu'un peu pour commencer, puis ils étaient allés dans sa chambre.

Désormais, elle était entre eux et Ethan glissait lentement les doigts sur son bras tandis que Lincoln en faisait de même avec sa joue. Elle inspira, fébrile. Elle avait peur — tellement peur — que tout cela prenne fin.

Elle n'avait franchement pas envie que cela se termine.

— Tu es si belle, chuchota Ethan avant d'embrasser sa gorge.

Elle se pencha vers Lincoln tandis qu'Ethan était derrière elle et gardait les mains sur ses bras tout en la massant. Elle arrivait à peine à reprendre son souffle, elle ne pouvait même pas faire semblant de le vouloir. Elle n'avait pas envie de perdre cela, pas une seule miette. Elle ne voulait pas se réveiller et se rendre compte que ce n'était qu'un rêve, même si elle n'était pas certaine de vouloir que ce soit vrai, non plus.

— Dis-nous d'arrêter si tu le veux, chuchota Ethan en lui mordant l'oreille.

Holland restait là, prise en sandwich entre eux, alors qu'Ethan l'embrassait dans le cou et lui mordait une nouvelle fois l'oreille, tandis que Lincoln retirait lentement ses vêtements jusqu'à ce qu'elle soit nue entre eux. Ses tétons étaient durs contre le torse de Lincoln et son entrejambe était crispé et déjà mouillé.

Si elle était imprudente, elle allait jouir sans même qu'ils touchent son point douloureux.

Elle s'apprêtait à s'embraser rien qu'avec le son de leurs voix. Et même si elle savait que ça ne pouvait pas réellement arriver, son fantasme lui indiquait qu'il y aurait des surprises.

— Je ne me suis jamais retrouvée avec deux hommes, avant, donc même si j'ai envie de vous dire de continuer, je vais devoir vous demander ce que ça implique, exactement.

— On peut faire tout ce que tu veux, répondit Lincoln en saisissant délicatement sa poitrine.

Il tira légèrement sur ses tétons, les serra et les caressa. Elle cambra le dos tant elle en voulait plus.

Il lui sourit, reportant son attention sur sa poitrine alors même qu'il la regardait dans les yeux.

Ethan glissa lentement les doigts sur son ventre et son pubis, avant de poser la paume contre son point chaud, ce qui la fit haleter.

Il passa ensuite son autre bras autour d'elle et colla le dos de sa main contre le membre de Lincoln encore emprisonné dans le jean.

Ils haletèrent tous les deux et elle s'appuya contre les caresses d'Ethan, frottant les fesses contre son érection.

Ils grognèrent tous les trois et elle sourit, appréciant les sensations explosant en elle. Sérieusement, comment cela pouvait-il être réel ?

— Qu'est-ce que tu as fait, avant ? s'enquit Lincoln.

Elle tenta de se concentrer sur ce qu'il demandait, mais ses cellules cérébrales s'effaçaient à chaque caresse, à chaque contact avec eux.

— Je n'ai jamais été avec deux hommes. Je n'ai jamais fait ça.

Lincoln haussa un sourcil et elle déglutit difficilement.

— L'anal. Je... Je n'ai jamais fait ça non plus. Je ne sais pas si je serai prête un jour.

Les deux hommes gloussèrent avant de l'embrasser — d'abord Lincoln, puis elle inclina la tête pour qu'Ethan puisse aussi le faire.

— Pas de pression. On peut faire plein de choses sans aller jusque-là.

— Vous en êtes sûrs ?

— J'en suis sûr. Il y a beaucoup d'endroits à toucher, à lécher. Et j'ai ce gars, aussi, dit Lincoln en passant la main derrière la nuque d'Ethan puis en l'embrassant ardemment par-dessus la tête de Holland.

Elle frissonna entre eux et glissa les mains dans le dos de Lincoln. Elle plongea les ongles dans sa chair.

— J'ai le droit de regarder, chuchota-t-elle.

— Oh, j'ai la sensation que tu feras plus que regarder. Je crois que tu vas te retrouver en dessous, dit Ethan en lui faisant un clin d'œil.

— Mais c'est mon tour, dit Lincoln.

Ethan ricana.

Elle haussa les sourcils.

— Vous, euh... le faites tour à tour ?

— Apparemment, grogna Lincoln sans aucune animosité.

— Pour que je visualise bien, dit-elle en fermant les yeux.

Elle sourit un moment avant de rouvrir les paupières puis de les scruter chacun à leur tour.

— Lincoln, tu as déjà baisé Ethan avant. Donc il a le droit de te prendre ?

— Oui, il semblerait. Mais ça signifie que je serai en toi quand il le fera, dit Lincoln en l'embrassant ardemment.

Elle fut alors perdue.

Elle arrivait à peine à reprendre sa respiration, elle ne pouvait se concentrer avec sa bouche sur la sienne, avec les mains d'Ethan sur son corps. Il glissa lentement les doigts entre ses plis afin qu'ils dansent sur son clitoris et contre son entrejambe.

Elle se cambra. Elle voulait qu'il aille plus loin et qu'il arrête de jouer. La bouche de Lincoln se retrouva sur sa poitrine et elle frissonna. Elle en avait besoin, elle le désirait.

Ethan continua de s'affairer sur elle, taquinant lentement son entrée, puis glissant un doigt en elle. Elle s'exclama et se crispa autour de cet index tandis qu'il grognait contre sa gorge.

Il embrassa Lincoln au-dessus d'elle. Ils lui prêtaient tous les deux attention alors même qu'ils se touchaient entre eux. Ils la caressèrent ensuite et elle jouit sur les doigts d'Ethan. Elle n'arrivait même pas à haleter puisque la bouche de Lincoln était sur la sienne. Ils la menèrent soudain sur le lit et se déshabillèrent si rapidement qu'elle craignait qu'ils trébuchent dans leur hâte.

— Mon Dieu, chuchota-t-elle. Je jure que je savais à quel point vous étiez beaux.

Ethan sourit.

— On était tous un peu trop ivres pour apprendre à se connaître, la dernière fois, répondit Lincoln en glissant lentement une main sur son ventre pour aller saisir son membre.

Elle riva immédiatement son regard sur ce mouvement, puis se tourna vers Ethan en déglutissant difficilement.

— C'est un tatouage de Kraken sur ton ventre ? s'enquit-elle en souriant.

Ethan rougit jusqu'au torse et sur les bras. C'était sérieusement la chose la plus mignonne et la plus torride qu'elle avait jamais vue.

— J'ai trop bu et le tatoueur l'a quand même fait. Il n'aurait pas dû. J'ai saigné abondamment puisque mon sang était plus fluide à cause de tout l'alcool dans mon organisme, mais maintenant je peux dire « libérez le Kraken » quand je regarde ma queue.

Nue et curieusement blottie au bout du lit, elle posa une main sur sa bouche et commença à rire.

— Ça me rend tellement heureuse, dit Holland en essuyant une larme.

— Ma queue te rend heureuse ? s'enquit Ethan en souriant.

— Elle aussi. Mais surtout l'histoire. Et tu n'étais pas là pour l'aider ? demanda-t-elle en regardant Lincoln et en se léchant les lèvres.

Elle avait l'impression que sa peau était rougie et pourtant elle avait la chair de poule, comme si son corps ne comprenait pas ce qu'il se passait, mais qu'il voulait tout de même être de la partie.

— Non, j'étais hors du pays.

— Tu aurais probablement fini avec un tatouage assorti, parce qu'une fois qu'on commence à boire, ce genre de choses arrivent, répondit Ethan en souriant.

Elle rougit et les observa tour à tour.

— Des choses arrivent.

Ils la scrutèrent alors et firent un pas en avant. Elle couina, puis Lincoln se retrouva sur elle dans la seconde, couvrant son corps et l'embrassant dans le cou, sur la poitrine et entre ses cuisses. Elle s'agrippa aux draps, ses articulations blêmissant tandis qu'elle se cambra contre lui quand il lui fit un cunnilingus.

Il y eut du mouvement sur le lit et Ethan se retrouva agenouillé devant elle, son membre à la main.

Elle se lécha les lèvres et ouvrit la bouche en grand. Sans un mot de plus, il glissa son gland entre ses lèvres. Elle lécha, suça ardemment et aima la façon dont il grogna, comme Lincoln.

Tout était presque trop difficile à supporter. Il y avait tant de sensations, tant de contacts. Et elle adorait ça. Elle en voulait plus.

Ethan faisait lentement entrer et sortir son membre de sa bouche et elle libéra une main afin de pouvoir saisir sa cuisse et de les stabiliser tous les deux. Lincoln continuait de la dévorer, de lécher, de sucer et d'écarter largement ses jambes afin de plonger plus profondément et d'utiliser ses mains et sa langue comme elle ne l'aurait jamais cru possible. Quand elle jouit à nouveau, elle cria et trembla. Ethan se retira en grognant.

— Je ne veux pas jouir trop tôt, dit-il.

Il s'allongea sur le ventre afin de pouvoir l'embrasser ardemment et de jouer avec ses tétons.

Elle gémit. Elle en voulait plus, mais les hommes la déplacèrent ensuite sur le lit pour que sa tête soit sur les oreillers. Lincoln se positionna au-dessus d'elle, un préservatif sur son membre. Il se replaça entre ses cuisses.

— Prête, mon amour ? s'enquit-il.

Son cœur se pinça quand elle entendit ce mot, mais elle repoussa cette sensation. Ce n'était que pour un temps. Ce n'était que pour s'amuser avant que tout s'achève et que les mecs se rendent compte de ce qu'ils ressentaient et qu'ils n'avaient besoin *que* l'un de l'autre. Pas d'elle. Mais elle pouvait au moins partager ce moment magique. Elle pouvait faire partie d'eux pendant un petit moment.

Et tout irait bien. Parce que tout allait bien.

Elle hocha la tête et tendit les mains afin de pouvoir rapprocher Lincoln. Il fut alors en elle — avec un unique coup de reins profond qui l'étira au maximum. Ils gémirent tous les deux.

Cela faisait bien trop longtemps qu'elle n'avait eu personne en elle, et Lincoln était plus épais que l'homme moyen. Après tout, Ethan l'était également.

Lincoln grogna en effectuant un nouveau va-et-vient, puis un autre. Il alla lentement au début, pour la pousser à l'orgasme. Mais elle ne jouit pas. C'était comme s'ils faisaient l'amour. Elle savait pourtant que ce n'était pas le cas. Ça ne pouvait pas l'être.

Lincoln grogna, toujours en elle. Elle savait qu'Ethan était en train de l'ouvrir. Elle s'inclina afin de pouvoir regarder et Ethan lui fit un clin d'œil, son regard sombre alors qu'il glissait lentement en Lincoln.

Il grogna et celui-ci se cambra pour lui, ce qui le poussa plus profondément en elle. Elle écarta largement les jambes. Elle en enroula une autour d'Ethan et l'autre autour de Lincoln. Ses pieds touchaient à peine le premier, puisqu'elle n'était pas assez grande, mais elle voulait curieusement les toucher tous les deux. Elle avait besoin d'être avec les deux. Et Ethan était penché au-dessus du dos de Lincoln. Ils étaient reliés tous les trois et ne formaient qu'un. Elle ne respirait plus.

Chaque fois qu'Ethan bougeait, Lincoln effectuait le même mouvement. Elle avait le sentiment d'être avec eux deux et c'était ce qu'elle souhaitait.

Elle se cambra, embrassa Lincoln puis glissa les mains sur Ethan afin de pouvoir être avec lui, également.

Elle jouit à nouveau. Lincoln l'imita en grognant.

Elle s'agrippa fermement à lui et le sentit pulser en elle. Elle entendit qu'on ouvrait un autre emballage de préservatif et Ethan se retrouva en elle dans l'instant.

Elle ne savait même pas comment cela s'était produit. C'était comme s'ils l'avaient orchestré. Il n'y avait que des langues, des contacts, de la peau et du désir. Il jouit, mais elle était trop épuisée pour faire autre chose que crier son nom, même si elle ne réussit qu'à le chuchoter. D'une manière ou d'une autre, ils avaient tous joui et ils haletaient, en sueur. Ils avaient besoin de toucher les autres. Elle grognait encore quand les deux hommes la tournèrent sur le côté. Ethan resta en elle en la déplaçant. Lincoln se retrouva derrière elle, son membre en pleine érection entre ses fesses, mais il ne bougeait pas. Malgré son excitation renouvelée, elle savait qu'ils étaient tous épuisés et elle n'était pas sûre de le vouloir, mais elle se rendit compte que si elle le pouvait, elle recommencerait. Encore. Et encore. Et encore.

Alors que la nuit se poursuivait, ils ne cessèrent de se toucher et de s'embrasser. Ils la décalèrent ensuite afin de pouvoir se regarder. Ils se tournèrent encore vers elle. Quand ils recommencèrent, elle ne savait plus qui était qui, mais elle reconnaissait leurs caresses et leur goût. Elle n'avait pas besoin de demander ce qu'elle voulait, parce qu'ils le savaient, tout simplement. Ils s'assuraient qu'elle obtienne tout ce dont elle avait besoin.

Elle n'arrivait pas à se concentrer ni à respirer. Mais ce n'était pas grave. Parce qu'elle avait Lincoln et Ethan, même pour un moment seulement.

Le lendemain matin, quand elle se réveillerait, s'ils étaient encore là, elle saurait que ce n'était pas un rêve. Mais elle comprenait que ce n'était pas non plus la réalité. Pas vraiment. Et ce n'était pas grave.

Parce qu'elle n'avait jamais ressenti ça de sa vie. Et elle savait que ce ne serait plus jamais le cas. Mais elle se rappela qu'elle avait ce moment. Et c'était tout ce qui comptait. Du moins, pour l'instant.

Le lendemain matin, elle était courbaturée et pensait encore à la veille. À vrai dire, chaque fois qu'elle le faisait, elle rougissait de la tête aux pieds et savait que ses collègues la trouvaient probablement folle.

Mais ça ne la dérangeait pas. Ils ne posaient pas de questions et elle ne leur raconterait jamais. Parce qu'elle avait vécu ce moment et c'était tout ce qui comptait.

Elle se souviendrait de ce qu'il s'était passé entre eux jusqu'à la fin de sa vie, même si ça ne se reproduisait jamais.

Elle avait vu leur manière de se regarder. Peut-être qu'un jour, ils la regarderaient ainsi également, mais elle n'y croyait pas. Ils l'avaient sans doute fait, au passage, quand elle s'était retrouvée au milieu des tirs croisés. Elle s'était embrasée.

D'une manière ou d'une autre, elle avait réussi à aller travailler et avait tenté d'être fonctionnelle après une heure de sommeil seulement. Elle n'était même pas certaine d'avoir eu cette heure complète. Les deux hommes étaient partis tôt dans la matinée, car ils avaient également des boulots. Et ça ne la dérangeait pas, parce qu'ils avaient donc évité la conversation. Bien sûr, elle savait ce qu'ils faisaient dans la vie et avait appris à les connaître en tant que personnes. Mais ils n'avaient pas discuté de ce qu'ils faisaient ensemble. Et, honnêtement, ce n'était pas dérangeant. Parce qu'elle n'avait pas de réponse à apporter. Elle n'était pas certaine d'avoir envie de savoir ce que serait la *leur*.

Ils étaient partis et elle était allée travailler. Elle effectua ses missions et réussit même de très bonnes ventes dans la journée. En réalité, la semaine entière avait été merveilleuse et cela signifiait qu'elle pourrait mettre plus d'argent de côté que lors d'un mois habituel. Bien sûr, elle touchait du bois chaque fois qu'elle disait ça puisque quelque chose pouvait se casser, être inondé ou... autre chose. C'était ce qui arrivait aux petites boutiques.

Heureusement, elle ne faisait pas la fermeture, aujourd'hui. Elle pourrait donc faire une sieste après avoir fini quelques papiers. Ou bien elle pouvait ne rien faire et tenter de profiter de son après-midi à la maison. Non pas qu'elle soit douée pour ça. Mais les mecs l'avaient aidée, récemment. Elle savait ce que cela signifiait de prendre une journée de congé et de s'amuser un peu à cette occasion.

Bien sûr, dès qu'elle y songea, elle se souvint exactement de ce qu'ils avaient fait pour s'amuser et elle rougit à nouveau.

Une part d'elle avait envie de les appeler ou de leur envoyer un message, rien que pour voir ce qu'ils faisaient et pour savoir s'ils pensaient à elle. Mais elle se sortit cela de la tête parce qu'il était impossible qu'elle le fasse. Elle s'était déjà suffisamment exposée. S'ils désiraient plus, elle serait là. Mais elle ne ferait pas le prochain pas. Elle n'avait pas envie d'être blessée, pas encore. Et si cela faisait d'elle une lâche, ainsi soit-il. Honnêtement, elle y était habituée.

Maintenant qu'elle était chez elle, elle voulait essayer de se détendre.

Seulement, elle n'y arrivait pas. Pas vraiment.

Elle n'arrêtait pas de penser à sa chambre et au fait que c'était la dernière fois qu'elle y avait vu les deux hommes. Elle songea ensuite qu'à un moment, après leur première fois, elle avait tenu la base du sexe de Lincoln quand il s'était lentement glissé en Ethan. Elle gémit à ce souvenir.

Mon Dieu, elle irait en enfer — et elle en adorerait chaque seconde.

Avant qu'elle se laisse aspirer dans les profondeurs, la sonnette retentit. Elle fronça les sourcils.

Son portable vibra. Elle baissa les yeux en direction de l'écran. C'était un SMS d'Ethan.

Ethan : *Je suis tellement désolé. Elle a réussi à me soutirer l'info.*

Holland ignorait totalement ce que cela signifiait, mais la sonnette retentit à nouveau. Elle avança vers la porte pour regarder par le judas et ne vit que trois femmes, les mains chargées et le sourire aux lèvres.

Étrange.

Holland ouvrit la porte, prenant soin de garder la chaîne accrochée, et elle sourit.

— Salut, je peux vous aider ?

— Ethan vous a envoyé un message ? s'enquit une des femmes avec un sourire encore plus large sur le visage.

Holland fronça les sourcils, un peu plus inquiète, mainte-nant, à l'idée que trois femmes viennent chez elle et parlent d'Ethan.

Elle baissa les yeux vers son portable et hocha la tête.

— Il s'est excusé. Mais je n'ai pas compris pourquoi avant d'ouvrir la porte.

— Oui, je suis navrée. Je suis maléfique à ma façon.

— Et vous êtes ? s'enquit Holland qui était désormais un peu inquiète.

Devrait-elle appeler le 911 ?

La femme derrière celle qui parlait articula silencieusement *je suis désolée*. Holland était réellement prête à appeler le 911.

— Je suis la sœur d'Ethan, Bristol.

Holland se détendit légèrement. Mais rien qu'un peu.

— Et voici ma future belle-sœur, Arden. Elle sort avec Liam. Et là, c'est la cousine de Lincoln, Madison.

Holland se contenta de cligner des yeux, se souvenant des cernes sous ses yeux parce qu'elle n'avait pas dormi. Elle avait également une tache de café sur son haut. Elle déglutit difficilement.

Il s'agissait de la famille des garçons. Du moins, d'une partie. Elles étaient ici. Chez elle.

Sans prévenir.

Oh, Ethan allait au-devant de sérieux ennuis.

La femme du nom d'Arden répéta qu'elle était désolée et Madison rougit avant de grimacer légèrement. Bristol donnait l'impression qu'elle ne faisait rien de mal. Et ce n'était peut-être pas le cas. Mais c'était déjà très étrange.

— Nous sommes passées vous saluer. Ethan a mentionné que vous n'aviez pas beaucoup d'amis, en ce moment, parce que votre ex est un salaud et votre sœur ne vaut pas mieux.

— Mon Dieu, Bristol, grogna Arden avant de fermer les yeux. Tu m'as fait exactement le même coup. Je ne sais toujours pas comment on a pu devenir amies.

— Je ne sais pas trop comment je me suis laissé entraîner dans tout ça, grommela Madison.

— Et c'est quoi, *ça*, exactement ? demanda Holland.

— C'est nous et on passe vous saluer. On voulait apprendre à vous connaître, dit Bristol en souriant.

Holland était toujours à deux doigts d'appeler la police.

— Vous n'êtes pas obligée de nous laisser entrer, ajouta rapidement la frangine d'Ethan.

Holland en était ravie. Dans tous les cas, son téléphone était toujours prêt dans sa main.

— D'accord.

Elle ne bougea plus.

Bristol poursuivit.

— On parlait de vous aux garçons, surtout parce qu'on est des Montgomery, ou du moins j'en suis une. Arden en sera bientôt une et Lincoln est un membre honoraire de la famille, ce qui signifie que Madison est également l'une d'entre nous et, dans tous les cas, les Montgomery sont le genre de personnes qui veulent s'assurer que les gens sont invités aux événements, qu'ils savent qu'on a besoin d'eux, qu'on les aime et qu'ils font partie de la famille, même si ce n'est que par amitié.

— Je n'ai pas signé pour ça, dit Madison alors que son regard pétillait de rire — et trahissait aussi une certaine horreur.

Holland l'aimait bien.

— Tu ne signes jamais pour rien, mais ça arrive. Et c'est généralement à cause de Bristol, marmonna Arden dans sa barbe.

Holland ravala un sourire.

— Je ne suis pas si horrible, grommela l'intéressée.

— Si, mais on t'aime quand même.

Arden avança avec un sac rempli de tequila et de triple sec dans une main, ainsi qu'un sachet de citrons verts dans l'autre.

— Bref, les mecs ont mentionné votre nom. Quand ils ont dit que vous sortiez ensemble, tout le monde s'est emballé.

Holland déglutit.

Ils sortaient ensemble ? Seigneur.

— Vous savez que tous les trois, on euh...

Elle n'arrivait même pas à finir sa phrase et son visage devint si chaud qu'elle sut qu'elle était en train de rougir.

— Oui, on est tout excitées. Les mecs sont géniaux et s'ils vous ont choisie pour faire partie de ce qu'ils partagent, alors ça veut dire que vous devez être géniale aussi, répondit Madison.

Holland se contenta de lui sourire.

— Bref, on est là parce qu'on voulait apprendre à vous connaître avant que ma mère vous trouve.

Holland se figea.

— Votre mère ?

— Elle adore ses enfants et veut s'assurer que tous ceux qui sont dans leur vie savent qu'ils sont aimés. Et elle veut savoir quand vous aurez des enfants.

— Seigneur, répondit Holland en même temps qu'Arden.

— Mais ne vous inquiétez pas. Pas de pression. Elle plaisante simplement à propos des petites choses comme ça.

— On ne plaisante pas sur de tels sujets

— Je sais, je sais. Elle ne le fait que devant les membres de la famille qui se rendent compte que ce n'est pas réel, et quand elle sait que ça ne fera de mal à personne. Mais c'est une longue manière de dire... salut, nous sommes des proches d'Ethan et de Lincoln, et nous savons que vous avez traversé des épreuves difficiles. On aimerait simplement apprendre à vous connaître. Si vous voulez qu'on s'en aille, on le fera. Mais on voulait vous accueillir dans cette folie qu'est la famille Montgomery. Du moins, vous montrer ce que c'est d'être avec un Montgomery ou proche de l'un d'eux.

— Une seconde, dit rapidement Holland.

Elle baissa les yeux vers son portable.

Holland : *Ta sœur, Arden et Madison sont là. Avec de la tequila.*

Ethan : *Bon sang. Elles sont gentilles, mais je tuerai Bristol pour toi, si nécessaire.*

Holland : *Ne fais pas couler le sang par ma faute... mais je devrais les laisser entrer ?*

Ethan : *Elles font partie des meilleures personnes que je connaisse et si tu veux qu'elles fassent partie de ta vie, elles te soutiendront toujours. Elles sont merveilleuses. Je dois y aller, mais tu n'es pas obligée de les laisser entrer si tu n'en as pas envie. Si tu veux avoir une chance de te faire de nouvelles amies, laisse-les entrer.*

Holland : *Je te fais confiance, mais tu m'en dois une.*

Ethan : *Toujours, chérie.*

Holland se contenta de secouer la tête et de glisser son portable dans sa poche. Elle répondit ensuite la seule chose possible. Après tout, elle essayait de profiter du moment.

— Margaritas ? s'enquit-elle.

Les trois autres femmes lui lancèrent de larges sourires.

— Je savais qu'on allait t'apprécier.

Elle ouvrit la porte et les laissa entrer. Elle envoya rapidement un autre SMS à Ethan pour indiquer qu'ils en discuteraient plus tard.

Elle ne s'était pas rendu compte qu'elle était dans le groupe jusqu'à ce que Lincoln réponde.

Lincoln : *Qu'est-ce que tu as foutu, Montgomery ?*

Ethan : *Les filles l'ont trouvée. Mais ce n'est pas grave, n'est-ce pas ?*

Holland observa les femmes dans son salon. Elles avaient toutes l'air légèrement nerveuses, mais après tout, elle l'était aussi.

Holland : *Ça ira. Mais vous devrez vous rattraper auprès de moi.*

Elle sourit en tapant sa réponse et les filles s'esclaffèrent.

Holland leva les yeux et sourit à nouveau.

— Quoi ?

— Tu parles aux garçons ? s'enquit Arden en posant le sac sur la table basse.

— Désolée.

— Ne le sois pas. Tu as l'air heureuse.

Holland continua de sourire. Elle était heureuse. Mais elle ignorait combien de temps cela durerait.

— Bref, répondit promptement Bristol dans le silence qui suivit cette déclaration. Finis ton SMS et on va préparer les margaritas. J'ai aussi apporté des chips et du guacamole.

Bristol secoua l'autre sac et l'estomac de Holland gronda.

— J'ai zappé le déjeuner, donc ça m'a l'air génial. Tant que vous ne m'empoisonnez pas.

Madison laissa échapper un gloussement nerveux et Holland écarquilla les yeux.

— Non, non. Pas de poison. C'est juste que, j'ignore comment je finis toujours embarquée dans ce genre de scénario avec Bristol.

— Tu n'étais pas là quand elle s'est pointée chez moi, la première fois, intervint Arden.

— Elle t'a vraiment fait ça ?

— Elle voulait être certaine que j'avais une fille à qui parler puisque, apparemment, sortir avec un Montgomery, ce n'est pas rien.

Arden leva les yeux au ciel et Holland ne put s'empêcher de sourire.

— Mais sortir avec un Montgomery *et* un McClard c'est encore plus énorme.

— Eh bien, les McClard ne sont pas aussi répandus que les Montgomery, mais nous avons nos propres problèmes. Et je connais toutes les histoires d'enfance de Lincoln, déclara Madison en souriant.

— Oh ? s'étonna Holland.

— Et je connais toutes les histoires d'enfance d'Ethan, ajouta Bristol.

— Je n'ai rien de tout ça, mais je peux te dire comme ils sont géniaux, maintenant. Ou je peux simplement t'écouter si tu ne les aimes pas vraiment et que tu veux une porte de sortie. Si c'est le cas, on trouvera une solution.

Arden lui sourit.

Holland éclata de rire tandis que Bristol blêmissait en secouant la tête.

— On ne va pas faire ça.

Elle marqua une pause.

— D'accord, si nécessaire, on le fera. Mais j'ai l'impression que tout se passe merveilleusement bien et que tu es avec deux des personnes les plus incroyables que je connaisse. Et puisque, apparemment, tu n'as plus d'amies à cause de ta sœur maléfique et de ton ex, on est là pour toi.

Les larmes montèrent aux yeux de Holland et elle secoua rapidement la tête pour les chasser.

— Je ne voulais pas te faire pleurer !

— Tu ne m'as pas fait pleurer. Pas vraiment. Simplement... Merci. Ces derniers mois ont été bizarres. J'adorerais apprendre à vous connaître, les filles. Même si j'ai l'impression d'ignorer totalement ce que je suis en train de faire.

— Eh bien, je ne crois pas que tu sois censée savoir ce que tu fais, dans ce genre de situation. Mais ce n'est rien. Bon, buvons des margaritas et tu peux nous raconter comment tu as rencontré Ethan et Lincoln.

— Vous ne connaissez pas l'histoire ?

— On sait ce que les mecs nous ont dit, mais on veut tout savoir et on veut entendre ta version.

Arden tendit la main et Holland la regarda avant de la saisir.

— D'accord, allons-y.

Les filles sourirent et Holland sut que, oui, c'était probablement une erreur, mais elle n'arrêtait manifestement pas d'en commettre, ces derniers temps. Pourquoi ne pas continuer ? Elle avait besoin de quelqu'un à qui parler et même si ces trois femmes étaient probablement les pires auxquelles elle pouvait s'adresser, étant donné leur lien de parenté avec les garçons, elle n'avait personne d'autre à qui se confier et elle voyait qu'elle allait les apprécier. Elle essaya de faire confiance à son jugement plus qu'elle ne l'avait fait par le passé. Il était peut-être temps de croire en son instinct. Et peut-être qu'elle pouvait s'en sortir. Quelque peu.

CHAPITRE DOUZE

Chapitre 12

Lincoln se pencha au-dessus de son carnet à croquis et tourna page après page. Il travaillait sur un angle, puis le suivant. Les idées fusaient. Elles traversaient son corps et sortaient par ses doigts comme si son don avait sa propre volonté. Ce n'était pas ce sur quoi il devait travailler. Ça ne faisait pas partie de son plan pour cette commande. Mais c'était quelque chose. Et étant donné qu'il n'avait pas fait de croquis et n'avait rien peint depuis deux semaines, il allait prendre les choses comme elles venaient.

Il ferma les yeux et décontracta son cou avant de s'y remettre. Son dos était douloureux et il commençait à avoir des crampes à la main, mais il n'avait pas envie d'arrêter.

Il continuait à esquisser, à esquisser.

La mâchoire taillée d'Ethan. La longue ligne du cou de Holland. Ses courbes. L'allure qu'elle avait quand elle se penchait au-dessus d'Ethan, son regard obscurci. La manière dont Ethan entrouvrait les lèvres quand il jouissait. La façon de haleter de

Holland, sa bouche s'entrouvrant comme celle d'Ethan alors qu'il lui suçotait les tétons.

Lincoln commença à bander et grogna tout en continuant de dessiner, sachant que personne ne verrait ses tableaux.

Ils ne se vendraient jamais, il n'en avait pas envie. Et il les brûlerait si nécessaire. Mais il ne pouvait se sortir ces images de la tête. Surtout parce qu'il ne pouvait se sortir Ethan et Holland de la tête. Et il allait les revoir ce soir.

Cela faisait quatre jours qu'il ne les avait pas vus. Et presque une semaine qu'il ne les avait pas touchés. Mais ils avaient tous des choses à faire et il avait du boulot. Enfin, il n'était pas en train de s'en occuper. Mais il dessinait à nouveau, Et s'il passait outre son syndrome de la toile blanche, il pourrait peut-être faire ce qui devait être fait.

Il détestait ne pas travailler. Il n'était pas du genre à avoir un planning de 9 à 17 heures.

Il travaillerait sur ce qu'on lui avait commandé plus tard. Mais, tout d'abord, il devait se sortir cela de la tête. Lincoln travaillait quand il le pouvait, parfois vingt-quatre heures d'affilée, même s'il ne le faisait plus autant maintenant que lorsqu'il était plus jeune. Son corps ne le supportait plus. Mais, quelquefois, c'était tout ce que son cerveau désirait. C'était ce qu'il faisait.

Pour l'instant, cependant, il ne cessait de dessiner. Il chercha ensuite aveuglément un crayon coloré, quelque chose qui n'était ni noir ni gris. Il baissa les yeux et choisit la teinte parfaite pour le roux des cheveux de Holland.

Un sourire recourba ses lèvres et il ajouta cette couleur à l'un des croquis. Celui où elle était penchée sur Ethan et lui souriait.

Lincoln avait conscience qu'il n'apparaissait sur aucune de ces images. Il était plutôt le voyeur, celui qui regardait, qui restait à l'écart pour que Holland et Ethan puissent être ensemble.

Il ne savait pas si c'était ce qui allait se produire dans la vraie vie, mais il le visualisait. Lincoln avait beau imaginer que leur relation pouvait être permanente, qu'elle pouvait fonctionner, il savait qu'il ne s'agissait que d'un château de cartes. Il s'effondrerait avec un coup de vent ou une mauvaise décision.

Et il était vraiment doué pour en prendre.

Il ne savait pas ce qu'il se passerait entre eux, mais il n'avait pas envie d'y penser, pour l'instant. Car si ce qu'ils avaient en ce moment s'effondrait, il perdrait Ethan, il perdrait son lien avec les Montgomery. Il perdrait Holland. Il perdrait cette étincelle qu'ils avaient trouvée ensemble. Tous ensemble.

Et il n'en avait pas envie.

Lincoln ajouta du rouge dans ses cheveux et un soupçon de brun, avant de tout nuancer avec un roux plus profond. Elle avait tant de facettes, tant de couleurs différentes dans ses cheveux, et des expressions variées sur son visage. Il ne savait jamais vraiment à quoi elle pensait. Il adorait devoir essayer de creuser plus loin pour le découvrir. Ethan était pareil, même si Lincoln le connaissait par cœur. Il avait été incapable de voir son meilleur ami tout entier et il adorait apprendre de nouvelles choses à propos de lui. Et il aimait travailler en équipe avec Ethan, parfois, pour découvrir ce que Holland souhaitait.

Lincoln avait hâte d'en découvrir davantage.

Il devait simplement se protéger. Parce qu'il ne savait pas ce qu'il ferait s'il les perdait. Même après si peu de temps ensemble, il ne savait pas ce qu'il ferait.

Il avait l'impression qu'Ethan était dans son cœur depuis toujours. Il savait qu'il se briserait s'il le perdait. Mais maintenant, avec Holland ? Ce serait trop. Et il le savait.

Il souffla et posa son carnet de croquis avant de se frotter les tempes. Il devait peindre, il devait faire quelque chose. C'était agréable de créer. Il avait le sentiment que cela faisait bien trop longtemps qu'il n'avait rien fait de tel.

Il baissa ensuite les yeux vers son portable et jura.

Il vibra à nouveau. Il l'avait loupé la première fois, mais il vit enfin le SMS.

Damien : *C'est ce soir, l'exposition. Je t'ai dégoté un ticket* *supplémentaire, tu ferais mieux de venir avec quelqu'un de bien. Mais je suis sûr que tu veux amener ton petit copain.*

Lincoln grogna et eut envie de lancer son portable contre le mur, mais ce serait du gâchis.

Il avait vraiment besoin d'un nouvel agent, ou, du moins, d'avoir une autre conversation révélatrice avec cet homme. Parce qu'il détestait sincèrement l'attitude de Damien. Mais il avait été là quand Lincoln n'avait rien. Quand il n'avait qu'une idée du talent et n'en voyait même pas l'entièreté.

Lincoln avait été l'artiste affamé typique, qui avait deux boulots à temps plein tout en peignant pour exposer son art ici et là. Puis, comme Damien aimait le formuler, il avait été *découvert*.

Lincoln détestait y penser parce que cela mettait bien trop de pouvoirs dans les mains de Damien, même si tout cela restait métaphorique. Néanmoins, il devait se souvenir d'où il venait, et du fait que son agent ait été présent depuis le premier jour. Mais, après tout, Ethan également et il n'avait jamais menacé Lincoln avec ça, comme Damien le faisait.

Lincoln : *Je serai là. Ethan et Holland aussi.*

Merde. Il n'avait pas voulu la mentionner. Il avait simplement demandé un ticket supplémentaire pour une invitée, sans noter son nom parce qu'il n'avait pas eu envie d'affronter les questions de Damien.

Damien : *C'est qui, Holland ?*

Lincoln : *Une connaissance.*

Il était évident qu'ils ne dissimulaient plus leur relation, puisque les filles étaient passées chez Holland quelques jours plus tôt et que la famille d'Ethan ainsi que celle de Lincoln — en grande partie — connaissait l'existence de la jeune femme.

Cependant, il ne souhaitait pas se lancer là-dedans avec Damien. En parler à cet homme lui donnait l'impression que c'était sans valeur. Lincoln ignorait pourquoi. Peut-être parce que Damien lui donnait l'impression de n'avoir aucune valeur. Et... ce n'était pas le moment de se lancer là-dedans.

Lincoln baissa à nouveau les yeux vers son écran.

Damien : *Quel genre d'ami ? Tu oublies enfin ton petit copain.*

Ce fut la goutte d'eau.

Lincoln : *Appelle-le encore une fois comme ça et on devra avoir une sérieuse discussion. Encore une. Merci pour les billets. Mais c'est la dernière exposition que je fais pour toi. J'ai du boulot.*

Damien : *Alors tu travailles vraiment ? Tu auras fini à temps ? Je devrais alerter les médias.*

Quel salaud.

Lincoln ne répondit pas. Il ferma plutôt les yeux et posa son portable. Il devait se préparer pour retrouver Holland et Ethan et il n'avait pas envie d'être en retard. Toutefois, il ne se sentait plus très heureux. Il avait une migraine, à cause de son agent, et c'était le coup de grâce pour sa relation.

Il fit de son mieux pour se sortir Damien de la tête, puis il regarda l'heure.

— Merde.

Il avait promis à Holland de passer la prendre. Ethan les retrouverait à l'exposition.

Il aurait préféré avoir son meilleur ami avec lui pendant tout ce temps, mais il travaillait tard sur un projet. Lincoln n'en savait pas beaucoup plus. Ethan ne pouvait pas franchement parler de certaines parties du logiciel, puisque c'était confidentiel et que ça ne concernait que certaines personnes. Il était donc assez vague sur les détails.

Ça ne dérangeait pas Lincoln, tant qu'Ethan venait ce soir. Il n'avait pas encore envie que son meilleur ami se défile à nouveau.

Lincoln se pinça l'arête du nez, se disant que tout irait bien. Ethan ne s'était pas encore soustrait à l'un de leurs rencards. Il avait été en retard, mais il avait toujours fini par venir. Ce n'était pas parce que son meilleur ami était doué pour se défiler à d'autres occasions que cela se produirait avec eux.

Ethan faisait de son mieux et s'en sortait bien depuis... quoi ? Une semaine ? Ce n'était pas négligeable. C'était peut-être même un record.

Et à présent, Lincoln agissait comme un salaud à cause de son agent et très probablement à cause de son art.

Il devait passer au-delà de ses luttes internes quant à ce qui le bloquait, et tenter de profiter du moment.

Apparemment, c'était plus facile à dire qu'à faire.

Il se doucha rapidement, essaya de se coiffer même s'il devrait probablement tout raser. Cependant, il ne pouvait s'empêcher de se souvenir de la manière dont Holland avait regardé ses cheveux. La manière dont elle avait passé les doigts dedans. Ainsi, il avait décidé de les garder longs. Peut-être les ferait-il couper, au moins. Ou peut-être qu'il comprendrait, un jour, comment les coiffer.

Ce n'était pas si horrible. Après tout, ce n'était pas la première ni la dernière fois qu'il allait à une exposition d'autres peintres et il n'avait même pas besoin d'avoir l'air beau. Il serait toujours ce gars qui avait de la peinture dans les cheveux et sous les ongles, et celui qui donnait l'impression d'être pris de court au saut du lit.

C'était le mec qu'il connaissait et appréciait. Celui qu'Ethan aimait, il le savait.

Il sourit en y songeant, se souvenant de la première fois qu'Ethan l'avait accompagné à une exposition. Il avait été si perdu. Mais il avait essayé. Il ne s'était pas moqué, il n'avait pas fait comme s'il savait ce qu'il faisait, mais il paraissait sincèrement intéressé.

Seulement, ce n'était pas son truc. Tout comme certaines des choses qu'Ethan aimait n'étaient pas les passions de Lincoln. Mais ce n'était pas grave. Ils avaient le droit d'avoir des hobbies et des intérêts différents, puisque tant d'autres parties de leurs vies s'entrecroisaient.

C'était ce qui faisait d'eux qui ils étaient. Leur relation évoluait d'ailleurs avec l'addition de Holland et parce qu'ils devaient découvrir ce qu'ils aimaient, tous les trois.

Aller à cet événement qui faisait partie du monde de Lincoln avec eux ? C'était énorme.

Sa bouche s'assécha quand il y songea et son pouls accéléra. Il déglutit difficilement, et tenta de faire venir plus de salive.

Il ne devait probablement pas penser au fait que cette occasion était si capitale. Pas quand il devait songer au présent, plutôt qu'à l'avenir.

Parce qu'il n'était pas certain qu'ils auraient un avenir.

Avec cette idée en tête, il récupéra rapidement ses affaires et s'assura d'avoir une allure correcte. Il avait opté pour un costume bleu marine, sans cravate, puisqu'il n'avait pas besoin de se démarquer. Il aimait porter un costume et il appréciait la manière dont le regard d'Ethan glissait parfois sur lui quand il en avait un. Maintenant qu'il percevait leurs interactions sous un nouvel œil, il se rendait compte que, peut-être, il était passé à côté de certains indices. Il avait toujours mis cela sur le fait qu'Ethan aimait les hommes et appréciait les silhouettes masculines, mais c'était sans doute davantage. Oui... il avait été aveugle.

Il se souvint ensuite que Holland l'avait également vu en pantalon de costume par le passé et que son regard s'était tout autant réchauffé.

Il était ravi de porter celui qui lui faisait de belles fesses, ce soir. Ajoutez à cela le fait qu'il ressemblait au costume que Chris Evans portait quand il avait accompagné Betty White sur scène, un jour. Oui, c'était réellement la raison pour laquelle il l'avait acheté. Non pas que Lincoln avait un faible pour Chris Evans. D'accord, il avait un énorme coup de cœur pour Chris Evans. Qui n'en avait pas ? Il était le cul de l'Amérique.

Songeant à *Captain*, il se gara dans l'allée de Holland et reçut un message.

Ethan : *Le boss nous a convoqués pour une autre réunion. Je suis vraiment désolé. Je veux venir. Je ne veux pas rester ici. Mais je ne peux pas. Apparemment, on est à deux doigts de faire une découverte capitale et on n'arrête pas de merder. Je suis tellement désolé.*

Lincoln baissa les yeux vers son portable et secoua la tête, une rage irrationnelle inondant ses veines. Curieusement, il avait su que cela se produirait. Le travail était important et il comprenait. Mais il détestait qu'Ethan ne puisse pas venir pour lui. Pour

Holland. Il détestait l'idée qu'une fois encore, son meilleur ami le laissait tomber.

Lincoln : *Pas de problème. Je comprends.*

Ethan : *C'est un problème. Tu peux le dire à Holland ? Je dois filer.*

Lincoln se contenta de ricaner en secouant la tête.

Lincoln : *D'accord.*

Il mit ensuite son portable sur silencieux et le rangea dans sa poche. Il vibra à nouveau, mais il s'en moquait.

Ethan ne l'avait pas dit à Holland. Il ne s'était même pas connecté sur leur groupe de discussion. Il voulait que Lincoln gère les choses à sa place.

Et ce dernier le comprenait. Parce qu'il pourrait expliquer à Holland que le boulot d'Ethan craignait parfois, et il lui présenterait Ethan comme un accro au travail. Elle était sans doute déjà au courant, mais il pourrait tout mettre à plat. Et Lincoln s'assurerait que tout allait bien. Holland et lui pouvaient avoir un rencard sympa, rien que tous les deux.

Il ne voulait pas que la jeune femme ressente la même douleur que lui, actuellement. Ça n'avait pas d'importance. Parce qu'il avait su qu'une telle chose arriverait. Et au-delà de cette soirée, il avait le sentiment qu'ils allaient merder.

Enfin, peut-être pas Holland. Elle pourrait s'enfuir en premier. Après tout, il savait qu'elle faisait de son mieux pour garder ses distances avec eux. Il le voyait dans ses yeux et dans sa manière de ne jamais prévoir quoi que ce soit. Et elle paraissait toujours surprise qu'Ethan ou Lincoln l'invite à sortir. Et ce soir ? Ce qui allait arriver ce soir n'allait rien arranger.

Non, n'importe quoi. Il allait régler ça. Ils devaient tous les deux trouver une solution pour Ethan, mais pour l'instant, Lincoln allait s'assurer que son rencard avec Holland soit agréable. Rien qu'eux deux. Parce qu'ils étaient un duo dans le trio. Il travaillerait là-dessus et s'assurerait que ce qu'ils avaient soit suffisamment solide pour qu'elle ne s'enfuie pas. Et ils s'occuperaient ensuite ensemble d'Ethan. Parce qu'il était clair qu'il ne savait pas comment gérer ça tout seul.

Au lieu de se concentrer sur ce qui était douloureux, sur ce qu'il ne pouvait régler pour le moment, il sortit de son véhicule et chassa ses pensées en s'approchant de la porte de Holland. Il ne frappa qu'une fois avant qu'elle ouvre. Il colla sa langue à son palais quand il la vit pour la première fois et son souffle fut coupé.

Elle portait une robe portefeuille noire qui moulait parfaitement sa taille et sa poitrine, au point qu'il était difficile pour lui de rester concentré.

Elle avait des talons rouges d'allumeuse assortis à ses cheveux. C'était la couleur qu'il avait utilisée plus tôt avec ses crayons. Lincoln sut alors qu'il devait la dessiner. Même si ce n'était que pour lui. Il voulait la peindre.

Ses mains le démangeaient tant il avait envie de saisir un pinceau, mais cette sensation disparut ensuite et il ne resta que du vide. Car la réalité s'immisça entre eux. Il n'était pas censé venir seul. Il était censé être avec Ethan. Mais avec son meilleur ami, le boulot passait en priorité.

Et il savait que c'était une échappatoire, que ce n'était pas toujours le cas. Mais parfois, il était difficile de penser à ce qu'Ethan *pouvait* faire, en opposition à ce qu'*il faisait*.

— Tu es merveilleuse, dit Lincoln à Holland après s'être éclairci la gorge. En fait, *merveilleuse* n'est pas suffisant. Tu es spectaculaire. Éblouissante. Belle. Si bonne que je n'ai plus du tout envie d'aller à cette exposition. Je n'ai qu'une envie : te prendre contre ce mur.

Il parla si rapidement qu'elle écarquilla les yeux. Elle rejeta ensuite la tête en arrière et s'esclaffa. Son rire était si intéressant et cristallin. Il commençait dans les aigus avant de devenir plus grave et rocailleux. Lincoln banda alors encore davantage pour elle.

— J'ignorais quelle serait la couleur de vos costumes et, parfois, c'est franchement difficile de trouver des tenues qui ne jurent pas avec ça, ajouta-t-elle en tirant sur ses cheveux.

Il fit un pas en avant et glissa une main derrière sa nuque avant de l'attirer contre lui pour l'embrasser.

Elle gémit et il sourit.

— Tes cheveux ? Ils sont carrément géniaux. Ta robe ? C'est la cerise sur le gâteau. Ne fais rien avec ces cheveux. D'accord ? J'ai déjà rêvé d'eux.

Elle se contenta de secouer la tête et de glisser les mains le long de son costume.

— Toi aussi, tu es bien beau. J'aime ce bleu, sur toi. Il fait ressortir tes yeux.

— Tu vas me faire rougir.

Il l'embrassa sur la joue, prenant soin de ne pas toucher ses lèvres au cas où son maquillage s'étalerait.

— Je porte un rouge à lèvres mat longue durée, déclara-t-elle en battant des cils. Tu as le droit de m'embrasser férocement, il ne s'étalera pas.

Elle marqua une pause.

— Du moins, je l'espère.

Il haussa un sourcil avant de sourire.

— Ça ressemble à un défi.

Il s'approcha pour l'embrasser, mais elle posa les doigts sur ses lèvres afin qu'il les embrasse à la place.

— On s'apprête à se montrer en public. Inutile de relever ce défi dans l'immédiat.

— Ça ressemble à un plan.

Elle regarda derrière lui et fronça les sourcils, cette petite ride sur son front se creusant. Il avait redouté cette partie-là.

— Il a dû rester au boulot, expliqua Lincoln d'une voix bourrue.

Holland haussa les épaules et attrapa son sac.

— Il a dit que ça pourrait arriver. Ça va ?

— Je suis juste un peu agacé. J'ai essayé de lui faire croire que je ne l'étais pas, et que tout allait bien, mais je déteste quand il fait ça.

— C'est souvent le cas ? s'enquit-elle lorsqu'il l'aida avec son châle.

Ils rejoignirent alors sa voiture.

— Assez régulièrement. Mais bon, il m'arrive aussi de rester focalisé sur le travail. Enfin, il annule plus souvent que moi.

— Eh bien, tu es là, donc profitons-en au maximum. On devra simplement raconter à Ethan ce qu'il a manqué.

Lincoln se pencha et l'embrassa tendrement afin de ne pas étaler son maquillage, même s'il avait accepté ce défi, plus tôt. Il l'aida à monter dans la voiture et tenta de sourire, de laisser les mauvaises choses derrière lui.

— Toi et moi. C'est un rencard.

Il l'embrassa avant de fermer la portière et de contourner sa voiture pour se glisser sur le siège conducteur.

Ils allaient faire en sorte que ça fonctionne. Même s'ils ne restaient que tous les deux, ce soir. Mais hors de question qu'ils ne restent que tous les deux, pour toujours. Car Ethan faisait partie de cette histoire. Ils étaient trois. Et même si le moment présent paraissait important, il savait qu'ils comprenaient tous les deux qu'il leur manquait quelqu'un, ce soir-là.

Ni l'un ni l'autre n'allait remplacer Ethan. Ils seraient ce qu'ils devraient être, l'un pour l'autre, en sachant qu'Ethan était un autre rouage de leur machine.

Lorsqu'ils arrivèrent à l'exposition, elle était déjà bien entamée et Lincoln en était ravi.

— Je déteste arriver trop tôt à ce genre d'événements, déclarat-il en guidant Holland vers la porte et en lui trouvant un verre de champagne.

— Alors, tu aimes être en retard et te faire remarquer ? remarqua-t-elle.

Il haussa les épaules.

— Non, je n'aime pas être en avance, puisque les gens me posent des questions et font comme si j'étais leur meilleur ami, parce qu'ils veulent mes œuvres ou que je fasse quelque chose pour eux.

Il n'avait pas voulu être aussi honnête, mais personne n'était là pour les écouter discrètement, donc ce n'était pas grave.

— J'en suis désolée. Enfin, je ne vais pas te demander de me peindre quoi que ce soit pour la boutique.

— Je le ferai.

Elle l'observa, les yeux écarquillés.

— Je vends des œuvres merveilleuses et uniques dans ma boutique. Mais c'est loin d'être de ton niveau.

— Et comme tu as dit ça, je vais peindre quelque chose pour toi.

S'il pouvait peindre un jour. Après tout, ce n'était pas comme s'il avait beaucoup de chance de ce côté-là, ces derniers temps.

— Lincoln.

— Quoi ?

— Je ne peux me permettre de payer ce que valent tes œuvres.

— Alors, on ne les vendra pas aussi cher.

Il lui fit un clin d'œil et elle fronça simplement les sourcils.

— Ne fais pas ça. Ne rends pas les choses bizarres.

— Ce n'est pas bizarre.

— Eh bien, j'ai l'impression de me servir de ce que je suis pour obtenir des œuvres d'art à moindre coût.

Il jura dans sa barbe quand un homme passa près d'eux en lui adressant un signe de la tête et de la main. Il ignorait de qui il s'agissait, mais cette personne le connaissait clairement. En réalité, la plupart des invités qui passaient à côté de lui hochaient la tête et se chuchotaient à l'oreille.

Il était un artiste.

Lincoln McClard : un artiste prometteur. Ils avaient hâte de mettre la main sur ses œuvres. Ils avaient hâte d'avoir un morceau de lui. Et il n'eut pas l'occasion d'en dire quoi que ce soit à Holland, puisque les admirateurs se succédèrent pour lui parler. Ils le reconnaissaient, connaissaient son art, et voulaient parler de l'artiste.

— Qui est-ce ? demanda Damien en se faufilant jusqu'à eux.

Ses yeux étaient plissés et rivés sur Holland.

Lincoln se figea et resserra son bras autour des hanches de la jeune femme.

— Damien. J'ignorais que tu serais là. Tu ne me l'avais pas précisé.

— Je suis ton agent. Je suis toujours à tes côtés.

Il se pencha et tendit une main.

— Et vous êtes ?

Holland leva les yeux vers Lincoln, qui s'éclaircit la voix.

— Voici Holland.

Inutile de donner plus d'explications puisque Damien agissait étrangement ce soir — encore plus que d'habitude. Holland sembla le comprendre et ne dit rien. Elle se contenta de lui serrer la main et de sourire.

— Ah, déclara Damien en les regardant tour à tour avec les yeux plissés. C'est bon de vous voir. Ethan s'est encore débiné ?

Lincoln ignora cette pique.

— Il était occupé, mais ne t'inquiète pas. Si tu veux bien nous excuser, Holland et moi, nous devons aller rencontrer certaines personnes.

Damien se contenta de sourire et de hocher la tête quand Lincoln attira la jeune femme à l'écart.

— Désolé, chuchota-t-il.

— Pas de problème. Mais merci de m'avoir éloignée de lui.

Il se pencha et l'embrassa sur le sommet du crâne, espérant sauver une partie de leur soirée. Simplement, il n'était pas certain qu'ils puissent le faire en restant là. Lorsqu'ils s'en allèrent, Lincoln était épuisé et heureux de ne pas avoir mis de cravate, puisqu'il l'aurait probablement déjà arrachée.

Dans la voiture, Holland glissa une main dans la sienne et la serra une fois qu'il eut changé de vitesse.

— Tu as passé une soirée horrible, constata-t-elle quand il se gara devant chez elle.

— Qu'est-ce que tu veux dire ? Tu étais là.

— Oui. Tu as souri et tu as été génial avec moi. Tu m'as présentée à tant de monde que je ne pourrai jamais retenir leurs noms. Et on a vu de merveilleuses œuvres. Des pièces incroyables que je n'aurais jamais pu voir sans toi.

— J'adore cette peintre. Elle sait exactement quelle émotion elle veut transmettre et se fiche de savoir si tu ne vois ou ne ressens pas la même chose qu'elle.

— Tu es pareil.

— J'essaie. Parfois, j'ai envie que les autres voient comme moi.

— Et c'est une bonne chose. C'est toi, l'artiste. C'est ce que tu fais. Néanmoins, tout le monde rivalisait pour avoir ton attention, ce soir, y compris ton agent. Mais je comprends. Je suis simplement ravie d'avoir participé tant que c'était possible.

Lincoln grinça des dents en aidant Holland à sortir de la voiture.

— J'ignorais que Damien serait là. Et franchement, je ne savais pas qu'il agirait comme ça.

— Heureusement, on était trop occupés et on ne s'est pas souciés de lui. C'est un salaud. En plus, il n'arrêtait pas de regarder mes seins.

— Si je te dis que tes seins sont jolis et que je peux le comprendre, tu me frapperas ?

Elle le poussa au niveau du torse et il sourit en lui prenant la main.

— Je n'aurais pas dû dire ça.

Il fronça les sourcils après la déclaration de Holland.

— Qu'est-ce que tu veux dire ?

— Quand j'ai affirmé que je me servais de ce que j'étais pour obtenir des œuvres. Tu essayais de faire quelque chose de sympa et je me suis montrée toute bizarre.

— Je ne voulais pas que tu te sentes bizarre à ce propos et je ne savais pas comment arranger ça. Mais avec tous ces invités autour de nous, je n'ai pas su quoi dire.

— Je comprends. Et ne t'inquiète pas. Sincèrement. C'est juste une idée que j'avais en tête. Mais je suis en train de tout analyser.

— Holland ?

— Depuis Dustin — ce n'est pas si lointain que ça, quand j'y repense — il a été difficile pour moi de prendre les choses pour argent comptant. Même quand on sortait encore ensemble. Parce que personne ne comprenait réellement ce que je voulais. Et je ne m'en suis pas rendu compte avant qu'il soit trop tard. Je ne suis pas très douée pour accepter les cadeaux et pire, je ne suis plus très à l'aise à l'idée que les gens soient sympas. J'y travaille, mais ce n'est pas facile.

— Je le comprends. Mais tu peux ressentir tout ce que tu veux. Je ne vais pas te juger pour ça.

— Je sais que tu ne le feras pas. Et je me sens si bien grâce à ça. Si tu veux peindre un petit truc — remarque bien que j'ai dit *petit*, pas extravagant — pour ma boutique, je l'accepterai volontiers. Mais seulement quand et si tu le veux, et tant que ça n'interfère pas avec le reste de ton boulot. Et si Damien ne touche pas de droits dessus.

Elle releva le menton et il sourit.

— Je savais que je t'appréciais.

Il l'embrassa alors qu'ils se tenaient dans son entrée. Mais il ne s'arrêta pas après ce premier baiser. Ni même après le second.

Il la laissa plutôt abandonner son sac par terre, ainsi que son châle, et il s'agrippa à ses cheveux d'une main. Elle gémit et il lui lécha la bouche, la langue, la mordant légèrement.

— J'imagine que ce rouge à lèvres est vraiment longue tenue.

— Je ne pense pas qu'il ait été fait pour ça, haleta-t-elle contre sa bouche.

Il l'embrassa à nouveau. Puis encore et encore.

— Qu'est-ce que tu en dis, si je te prends contre cette porte comme je l'ai déjà évoqué ? s'enquit-il dans un grognement.

— Je dis que je suis ravie que cette robe s'enlève si facilement.

Il se lécha les lèvres en reculant et en tirant sur les deux côtés du nœud.

La robe tomba quand Holland roula ses épaules en arrière. Elle n'était donc plus qu'en talons aiguilles rouges. Sa culotte en dentelle et son soutien-gorge rouges étaient assortis et ne couvraient quasiment rien.

Lincoln grogna et saisit son membre à travers son pantalon. Il faisait de son mieux pour ne pas jouir immédiatement dans ses vêtements.

— Seigneur.

— Je ne savais pas s'il fallait opter pour le rouge, à cause de mes cheveux, donc je voulais que tu le voies. C'est toi, l'artiste. Qu'est-ce que tu en penses ? demanda-t-elle en massant sa poitrine.

— Je crois que tu vas me tuer. Et j'ai hâte de voir à quoi tu ressembles, toute rougie et pudique sous ces sous-vêtements.

Elle rougit effectivement pour lui, et un joli rose monta sur sa peau comme une vague.

Quand elle gémit après un léger contact, une douce caresse, il sentit presque sa douleur. Il souffrait tout autant.

Elle tira sur la veste de son costume et la laissa tomber sur le sol, avec sa chemise, puis ses chaussures et son pantalon.

Bientôt, il se retrouva nu tandis qu'elle restait en soutien-gorge, culotte et talons. Il voulait la prendre ici et maintenant. Mais d'abord, il avait besoin de goûter, de toucher.

— Quand tu portes ces talons, tu es tout juste assez grande pour que je puisse faire ça, grogna-t-il avant de s'agenouiller.

Son flanc était collé à la console de l'entrée et elle s'écria en s'y agrippant. Il se mit à genoux et souffla chaudement entre ses cuisses, au niveau de sa culotte.

— Tu es si jolie, si rose, si rouge sous ce tissu.

— Lincoln, haleta-t-elle.

Il baissa la tête, l'embrassa et décala la dentelle. Lorsqu'il tordit ensuite ses lèvres pour la sucer ardemment, elle gémit et ses jambes tremblèrent.

— Seigneur, grogna-t-il.

Il se releva alors et la souleva par les fesses.

Elle enroula les jambes autour de sa taille et l'embrassa, se balançant contre son entrejambe, avec sa culotte toujours décalée.

— Je pourrais faire ça toute la soirée, mais je sais que je ne vais pas tenir.

— Il y a un préservatif dans mon sac, grogna-t-elle.

— J'aime les femmes préparées. Et, heureusement, j'ai un préservatif dans mon portefeuille aussi.

— Ce n'est pas grave si on le fait sans Ethan ? s'enquit-elle sérieusement.

Il hocha la tête.

— Ethan et toi pouvez le faire. Ethan et moi, on peut le faire aussi. On doit simplement se parler. Tous les trois. Ça te va ?

— Je t'aime bien, Lincoln. Et j'aime bien Ethan, mais de manière différente. J'aime quand on est tous les trois ou quand on n'est que tous les deux. Mais je te veux en moi, tout de suite. Et je veux en parler à Ethan, plus tard, pour qu'il sache ce qu'il a manqué.

Elle fit un clin d'œil et il grogna avant de se diriger rapidement vers le sac de la jeune femme, puisqu'il était plus proche que son pantalon. Il se protégea et défit rapidement l'attache du soutien-gorge de Holland.

— J'ai besoin de poser la bouche sur tes seins.

— D'accord.

Il la lécha et suça, appréciant la manière dont elle se cambrait contre lui.

Lorsqu'il la retourna pour que sa poitrine soit collée à la porte d'entrée, il sourit.

— Accroche-toi, chérie, je te tiens.

— Je sais, Lincoln. Je sais.

Le sérieux de ce ton le heurta promptement et il déglutit difficilement avant de saisir la base de son sexe et les hanches de la jeune femme pour se glisser en elle.

Puisqu'elle portait des talons, ils purent rester dans cette position. Elle était si serrée sous cet angle qu'il pouvait même aller plus profondément que les dernières fois. Elle s'appuya contre la porte et poussa contre son membre. Il la prit alors.

Il avait une main sur sa hanche, l'autre sur sa poitrine, et allait d'avant en arrière afin de pouvoir la serrer dans ses bras et de la toucher.

Quand elle jouit, il l'imita et cria son nom en lui mordant délicatement l'épaule. Elle rejeta la tête en arrière et tendit le bras pour le serrer contre elle alors que son corps tremblait.

Ils finirent par terre, riant dans les bras l'un de l'autre, la force dans leurs jambes s'étant évaporée.

Lincoln adorait s'envoyer en l'air avec Holland. Il adorait la toucher. Être avec elle. Sa manière de sourire comme si elle ne se souciait de rien, même si, parfois, il savait qu'elle portait le poids du monde sur ses épaules.

Il en voulait plus. Même s'il n'avait pas l'impression de le mériter.

Même s'il savait qu'elle allait sans doute fuir.

Même si Ethan n'était pas là parce qu'il avait choisi le travail plutôt qu'eux.

Lincoln serra Holland contre lui et chassa ces idées de son esprit. Tout allait bien.

C'était ce qu'il voulait. Ce dont ils avaient tous les deux besoin.

Ils firent une nouvelle fois l'amour par terre, tendrement, face à face et ils n'avaient d'yeux que l'un pour l'autre.

Voilà ce qui lui avait manqué.

Et il avait peur de se briser quand elle partirait.

Il se dit alors instantanément qu'il ne la laisserait pas partir.

Il devait lui montrer à côté de quoi elle passerait.

Mais tout d'abord, ils devaient s'assurer qu'Ethan serait également présent.

Car cela ne fonctionnerait pas sans eux trois. Lincoln le savait. Holland et lui n'étaient que deux tiers d'un tout. Et, un jour, ils devraient découvrir comment tout fonctionnait ensemble. Sous tous les aspects qui comptaient.

CHAPITRE TREIZE

Chapitre 13

— Ethan, tu as déjà travaillé sur celui-là ? demanda Maximilian en entrant dans son bureau.

Ethan se frotta les tempes et baissa les yeux vers les tablettes que Maximilian lui tendait.

Et, oui, le nom de son patron était Maximilian. Pas Max, pas Ian, mais toujours Maximilian.

Il aimait son nom complet et même si c'était un nom à coucher dehors, Ethan s'en accommodait.

Néanmoins, il n'avait pas envie d'être là. Il aurait préféré être chez lui ou, mieux, à son foutu rencard avec Holland et Lincoln.

Cela faisait plus d'un mois qu'ils sortaient ensemble, plus d'un mois qu'ils apprenaient à se connaître individuellement et à découvrir comment ils pouvaient faire fonctionner cette relation.

Et c'était le troisième rencard qu'il manquait ce mois-ci.

Il savait que Lincoln et Holland étaient sortis tous les deux et ça ne le dérangeait aucunement. Il le souhaitait même. Il aimait qu'ils ne soient pas simplement tous les trois, qu'ils se mêlent et découvrent qui ils étaient en tant que couple dans leur trouple.

Mais il ne s'était jamais retrouvé seul avec Holland. Et pas simplement pour s'envoyer en l'air. Il ne s'était littéralement pas retrouvé dans une pièce, seul avec elle, depuis si longtemps que c'en devenait ridicule.

Sans parler de son meilleur ami, qu'il voyait rarement ces derniers temps puisque Lincoln travaillait aussi — à part quand ils avaient des rencards. Et Lincoln s'y pointait réellement.

Quant à Ethan ? Non, il était coincé là.

Il aimait son foutu boulot et il était doué. Mais, parfois, il l'épuisait.

Et, apparemment, il ne savait pas dire non.

Il devrait cependant apprendre à le faire, puisqu'il craignait réellement de perdre les deux personnes les plus importantes de sa vie s'il ne le faisait pas.

Seulement, il ne savait pas comment quitter cet endroit.

Lorsque Julia entra dans la pièce derrière Maximilian et observa Ethan, il sut qu'il n'était pas le seul à penser cela.

Il pensait que Julia était en couple, mais il n'en était pas certain. Parce qu'ils ne discutaient pas réellement de leur vie personnelle, ici. Qui avait le temps pour ça ?

Même leurs pauses-déjeuner étaient passées devant l'ordinateur, à essayer de faire fonctionner un quelconque programme, à écrire du code et à faire des recherches sur la science sur laquelle ils travaillaient.

Il n'était pas simplement un codeur, il apprenait également la science et le contexte autour de tout ça. Il lisait et écrivait constamment des articles.

Dans ce domaine, soit on publiait, soit on se faisait jeter, et il avait l'impression d'être le seul à faire naufrage.

— Je l'ai noté pour plus tard, dit Ethan en regardant enfin ce que Maximilian voulait.

— Eh bien, c'était censé être fait il y a trois jours.

Ethan secoua la tête. Il ne regarda pas Julia, parce qu'il savait qu'elle levait les yeux au ciel et il n'avait pas envie de sourire.

— Non, vous l'avez *mentionné* il y a trois jours et vous avez dit de le mettre sur la liste. Il doit y avoir une centaine d'autres choses à faire avant. Nous n'avons qu'un espace mémoire limité.

— Tu dois le faire. Nous devons terminer cet article et tu n'es pas le seul à devoir répondre à tes supérieurs. Moi aussi.

Maximilian souffla, hocha la tête en direction de Julia et repartit ensuite dans son bureau en claquant la porte derrière lui.

Il était 19 heures, ce vendredi soir, et ils étaient toujours là.

Parce que l'un de leurs serveurs avait grillé et qu'ils essayaient de rattraper les dégâts.

Ce n'était pas toujours ainsi et Ethan n'arrêtait pas de se le répéter, de se le rappeler. Mais il était terrifié à l'idée que cela reste ainsi bien trop longtemps.

— Pourquoi sommes-nous encore là ? s'enquit Julia en s'asseyant à côté d'Ethan.

Elle avait sorti sa tablette ainsi qu'un carnet et un stylo. Elle prenait des notes qui n'avaient rien à voir avec ce qu'elle disait. Il ignorait totalement comment elle pouvait faire ça, mais elle était brillante.

— Parce que nous devons le faire pour... hier ?

— Je ne crois pas que ce soit une assez bonne raison. On a déjà travaillé plus de quarante heures, cette semaine. On devrait y aller.

— Et perdre nos boulots ? s'enquit Ethan.

Il croisa son regard et elle soupira.

— Je crains que nous perdions quelque chose de plus important si nous restons constamment ici.

— Tu veux en discuter ? demanda Ethan.

Julia se contenta de secouer la tête.

— Non, mais j'ai la sensation que mon mec va commencer à croire que j'ai une liaison.

Ethan haussa les sourcils et fit rouler sa chaise plus loin d'elle.

Elle remarqua ce geste et ricana.

— Je voulais parler de mon travail, pas de toi. Mais merci

d'avoir une si haute estime de toi.

— Je ne peux m'en empêcher. Je m'inquiète.

— Allons-y. On lui dira quelle heure il est puisque tu sais qu'il ne l'a pas remarqué. Ensuite, on rentrera chez nous. On ne peut rien faire pour l'instant, de toute manière. On attend plus d'espace sur le disque dur.

— On a besoin d'un autre serveur.

— Et il ne va pas dépenser plus d'argent parce qu'il ne doit jamais gérer ce problème.

— Je sais, grommela Ethan.

Il se remit ensuite au travail pendant une heure.

Le fait que Julia soit de son côté lui indiquait à quel point elle s'inquiétait pour son travail, également. Peu importait qu'ils aient tous les deux des doctorats et qu'ils travaillent comme des forcenés chaque semaine. La situation économique était tendue et tout le monde souhaitait garder son travail. Cela signifiait aussi que s'ils ne travaillaient pas dur, s'ils ne produisaient pas les résultats escomptés quand les évaluations trimestrielles tombaient, ils pouvaient aisément perdre leur boulot. Il n'y avait pas de titularisation, ici, et ils devaient donc bosser dur tous les jours.

Mais Ethan craignait de travailler au point où il ne resterait rien d'autre de lui qu'une coquille vide.

Il baissa les yeux vers son portable et remarqua qu'il n'y avait pas de nouveau SMS.

Il n'avait reçu qu'un simple « *OK* » de Lincoln après avoir annulé un nouveau rencard. Holland et Lincoln n'avaient plus rien dit depuis.

C'était uniquement sa faute.

Il aurait aimé pouvoir tout régler, mais il ignorait comment faire. Il ne pouvait perdre son emploi. Il y avait peu d'endroits à Boulder où il pouvait faire ce qu'il connaissait le mieux. Il devrait changer de domaine d'étude et il le ferait, s'il n'avait d'autre choix, mais il faisait du bon boulot, ici.

En même temps, c'était la *seule* chose qu'il faisait.

Il se gara enfin dans son allée et remarqua que la voiture de

Lincoln était là.

— Génial, marmonna-t-il dans sa barbe.

Non, ça pouvait effectivement être génial. Il pouvait arranger ça. Il pouvait s'excuser. Il pouvait y arriver.

Toutefois, il ignorait quoi dire et c'était assez effrayant.

Il sortit de sa voiture d'un pas traînant puisque ses articulations étaient douloureuses. Il n'avait pas non plus couru depuis un mois et sentait son corps ralentir, comme s'il avait besoin de meilleure nourriture, de plus d'exercices, et de quitter les quatre murs de son bureau. Il brûlait la chandelle par les deux bouts, mais il ignorait comment arranger ça.

Du moins, tant qu'ils n'avaient pas fini ce projet.

Il entra et vit Lincoln sur le canapé, en train de boire une bouteille d'eau pétillante. Il regardait une télé qui n'était pas allumée.

Il n'y avait que quelques lumières dans la maison et Ethan constata que Lincoln était seul. Holland n'était pas là.

— Salut, dit Ethan en posant ses affaires sur la table.

— Salut, répondit Lincoln d'une voix rauque.

— Je suis désolé. Dès qu'on en aura fini avec ce projet...

— Non, non, l'interrompit Lincoln en secouant la tête.

Il se leva et se dirigea vers la cuisine, avant de remettre la bouteille d'eau dans le frigo. C'était la bouteille de Lincoln, celle qu'il réutilisait tout le temps. Elle avait toujours sa place, ici.

Le cœur d'Ethan se réchauffa quand il la vit, mais il avait si peur que cette bouteille ne soit plus là. Que Lincoln la prenne, s'en aille et ne revienne jamais. Et tout cela serait sa faute.

Ethan ne savait pas quoi faire. Son boulot craignait, actuellement, mais ce n'était pas toujours le cas. Il avait simplement besoin de trouver un moyen d'arranger les choses.

— Je suis désolé.

— Non, tu fais toujours ça.

Lincoln se retourna et passa une main dans ses cheveux.

Ce fut à ce moment-là qu'Ethan remarqua que son meilleur ami portait un costume, avec la chemise déboutonnée au niveau du col. Il était sacrément sexy. Ethan eut envie de tendre la main, de le toucher. Il voulait l'embrasser et glisser les lèvres sur celles de Lincoln afin d'arranger les choses. Il avait envie de le tenir dans ses bras et de dire qu'il arrangerait effectivement les choses.

Il voulait qu'on l'étreigne et qu'on lui dise que même si ce mois n'était pas terrible, ce ne serait pas toujours ainsi.

Mais il ne bougea pas d'un pouce. Il avait peur. Et si Lincoln n'en avait pas envie ? Et s'il s'en allait, s'il rejetait le contact d'Ethan ?

Avant qu'ils s'embrassent, avant qu'ils deviennent ce qu'ils étaient maintenant, Ethan n'aurait pas eu à y réfléchir à deux fois. Il serait allé vers son meilleur ami et l'aurait fermement enlacé en se plaignant de son travail. Et tout irait bien pour eux.

Mais les choses étaient différentes, à présent.

Il aurait dû s'en rendre compte. Il avait su que les choses seraient différentes dès qu'ils avaient couché ensemble, mais il n'aurait pas cru que cela se passerait ainsi. Il avait été incapable de faire le rapprochement et de se rendre compte que s'ils merdaient complètement, il n'y avait aucun retour en arrière possible. S'il n'arrangeait pas ça, il allait perdre Lincoln pour toujours. Il allait perdre Holland et il venait tout juste de la rencontrer.

Il ne savait pas quoi dire.

Il se contenta de déglutir laborieusement et de mettre les mains dans ses poches, sans un mot. Il savait que ce n'était proba-blement pas la chose à faire.

Il en eut la confirmation quand Lincoln se contenta de le fixer et de secouer la tête.

— Tu fais toujours ça, répéta Lincoln. Je sais que ton boulot est merveilleux et important. Je le comprends. Je fais aussi de longues heures. Et je me perds parfois dans mon art.

Il y avait quelque chose dans le regard de son meilleur ami, mais il n'en dit rien. Ethan voulait lui demander si ses tableaux avançaient bien. Demander à Lincoln s'il produisait quoi que ce soit. Mais il en était incapable. Il avait l'impression de ne pas en avoir le droit.

Mais quand était-ce arrivé ?

Il était un véritable idiot et ne pensait pas pouvoir arranger ça.

Il n'y avait pas de mots pour régler ça. Il devait agir. Mais que pouvait-il faire d'autre à part changer entièrement sa vie ? Et c'était sans doute la solution. Mais il ne pouvait pas le faire tout de suite, surtout qu'il n'avait pas dormi et qu'il n'avait pas de caféine dans l'organisme.

Il avait besoin de parler, mais il ne savait pas quoi dire. Et pour un homme assez loquace en général, il avait l'impression de vivre emprisonné dans son esprit et d'être incapable d'aligner deux mots.

— Holland et moi, on s'en sort bien, mais je n'ai même plus l'impression que tu fais partie de nous.

Ethan cligna des yeux.

— Si. Nous sommes tous les trois. Nous l'avons toujours été. Je suis là. Je n'ai loupé que quelques rencards.

— Trois. Tu en as loupé trois. Et étant donné qu'il est assez difficile de nous réunir tous les trois, ce n'est pas rien. Et tu dois encore avoir un rencard en tête à tête avec Holland. Toi et moi, on doit aussi passer du temps *ensemble*. Étant donné que toi et moi, on passait constamment du temps ensemble quand on était meilleurs amis, ça m'inquiète un peu. Je n'ai pas l'impression que tu fais partie de nous. Holland ne dit pas grand-chose et ça m'inquiète aussi. Parce que tu sais qu'elle se cache. Tu le vois autant que moi.

Ethan comprenait. Elle paraissait toujours sur le point de décamper, même si elle souriait et qu'elle adoptait une telle attitude, comme si elle était prête à essayer n'importe quoi. Pourtant, il savait qu'elle était prête à s'enfuir. Enfin, il se préparait à ce que n'importe lequel des trois le fasse.

— C'est comme si elle attendait que ça nous tombe dessus et qu'on la quitte comme son ex l'a fait. Oh, c'est peut-être elle qui s'en est allée, ce jour-là, mais il l'a trompée. Émotionnellement, il avait quitté cette relation bien avant elle. Mais ce n'est pas elle, Ethan. Ce n'est pas moi. C'est toi qui t'éloignes. Tu es si brillant, mais tu ne restes jamais *là*. Tu te perds toujours dans tes pensées et tu oublies ce qui t'attend. Ne gâche pas tout.

Ethan déglutit difficilement et se contenta de le fixer. Il ne savait pas quoi dire.

— Parce que je ne peux pas te perdre. Mais je vais te laisser partir. Si nous n'arrangeons pas ça, si *tu* n'arranges pas ça, je vais te perdre. Et Holland te perdra aussi. Ce n'était pas censé se passer ainsi. Tu étais supposé être ici. Pour moi. Pour nous. On était censés découvrir ensemble comment aider Holland. Mais tu n'es pas là. J'ai l'impression que tu n'es jamais là. Je ne sais plus quoi faire.

Lincoln passa ensuite à côté de lui, les mains tendues, comme s'il voulait toucher Ethan, mais il n'en fit rien. Et c'était peut-être plus douloureux que tout. Ethan observa son meilleur ami, son amant, franchir la porte et l'abandonner dans la cuisine. Il avait la bouche sèche et se demandait ce qu'il allait bien faire.

Au lieu de courir après Lincoln, il baissa simplement les yeux vers ses mains et sortit rapidement son portable.

Il envoya un e-mail à Maximilian pour dire qu'il ne viendrait pas travailler le lendemain, qu'il avait déjà cumulé suffisamment d'heures dans la semaine et qu'il n'avait pas besoin de venir en plus le week-end.

Il devait arranger ça, mais il ne savait pas comment. Peut-être pouvait-il le découvrir pas à pas. Le premier changement était qu'il ne travaillerait plus le week-end. Il ne le pouvait pas.

Il attrapa ses clés et sortit vers sa voiture.

Lincoln avait besoin d'un peu d'espace, Ethan le comprenait. Il connaissait suffisamment son meilleur ami pour le comprendre.

Mais si c'était le cas de Lincoln, Ethan n'était pas certain qu'il en était de même pour Holland.

Il devait régler ça. Ça ne pouvait pas se passer ainsi. Tout d'abord, Ethan irait chez Holland et lui parlerait.

Il espérait simplement ne pas merder plus qu'il ne l'avait déjà fait.

Chapitre Quatorze

Chapitre 14

H olland s'était déjà lavé le visage et avait retiré la tenue qu'elle avait portée pour son rencard, ce soir. Elle venait tout juste d'enfiler son short de pyjama ainsi qu'un débardeur quand sa sonnette retentit. Elle regarda l'heure qu'il était sur son horloge. Elle haussa les sourcils.

— Eh bien, c'est soit un tueur en série, soit l'un de mes hommes.

Elle marqua une pause et un sourire faussement pudique se dessina sur son visage. *Mes hommes.* Elle aimait cette idée.

Bien sûr, elle devait se rappeler que c'était temporaire. C'était amusant, voilà tout. Car si elle s'autorisait à s'attacher... ouais, ce ne serait bénéfique pour personne.

Elle regarda par le judas et son cœur se comprima légèrement. Il lui avait manqué. Elle était un peu agacée, mais il lui avait manqué. Elle ouvrit la porte et s'appuya contre le chambranle.

— Salut, inconnu, dit-elle en regardant Ethan mettre les mains dans ses poches.

— Salut.

Il portait une chemise froissée, avec les manches remontées jusqu'aux coudes. Ses avant-bras étaient donc dévoilés et elle déglutit difficilement. Elle aimait ses bras.

Tout comme elle aimait sa personnalité.

Il était brillant et pensait constamment à de petites façons de simplifier les routines agaçantes.

Il était doué dans ce qu'il faisait, mais elle était triste de ne pas le voir autant qu'elle le souhaitait.

Somme toute, c'était peut-être une bonne chose. Cela lui permettait sans doute de se concentrer sur ce qu'ils étaient, plutôt que sur ce que son cœur maudit et traître *voulait* qu'ils soient.

Il portait un pantalon gris qui, elle le savait, moulait ses fesses parce qu'elle l'avait déjà vu avec. Elle aimait ce pantalon sur lui. Sauf erreur de sa part, il s'agissait d'une coupe européenne que Lincoln lui avait donnée. Ethan avait affirmé qu'il ne savait même pas qu'il y avait une différence entre ce pantalon-ci et les autres qu'il possédait.

Mais elle, elle l'avait remarqué. Elle avait observé la manière dont il s'effilait au niveau de la taille, dévoilant à quel point il était fin. Elle avait vu comme il moulait parfaitement ses fesses et ses cuisses musclées. Il le rendait plus sexy qu'il n'avait le droit de l'être. Surtout qu'elle était censée être en colère contre lui.

Mais comment pouvait-elle l'être quand il était l'un de ceux qui l'aidaient à maîtriser ses émotions.

Son cœur avait déjà été brisé par quelqu'un dont elle n'avait jamais été réellement amoureuse, comme elle s'en était rendu compte plus tard. Il avait été brisé par quelqu'un qui ne l'avait pas comprise.

Honnêtement, elle ne voulait pas penser à ce qu'il se passerait si elle tombait amoureuse de l'un de ces hommes. Ou pire, des deux. Parce qu'elle s'imaginait bien tomber amoureuse d'eux. Au point où elle serait incapable de ressortir de ce fossé.

Voir son fiancé la tromper avec sa sœur — le jour de leur mariage, rien de moins — lui avait brisé le cœur. Elle ne pourrait cacher suffisamment de bouteilles de vin dans des sachets en papier, et il n'y aurait pas suffisamment de bancs dans les parcs publics pour qu'elle s'en remette si elle tombait amoureuse d'Ethan ou de Lincoln et qu'il se passait quelque chose.

Elle n'allait pas y penser. Elle allait plutôt laisser entrer Ethan.

Dans sa maison, mais pas dans son cœur. Elle ne pouvait se le permettre.

Jamais.

— Salut, chuchota-t-elle.

Ethan leva des yeux maussades vers elle.

— Je peux entrer ?

Elle hocha la tête et recula. Il l'effleura en passant.

L'espace d'un instant, elle fut déçue qu'il ne la touche pas, mais elle ferma ensuite la porte et il se pencha en avant pour poser la bouche sur la sienne.

Elle s'appuya contre lui et gémit, mais il s'écarta ensuite en se léchant les lèvres.

— Salut.

— Salut, répéta-t-elle.

— Je suis désolé. Je suis nul.

Elle haussa les sourcils.

— Vraiment, je le suis. Je suis navré d'avoir encore annulé. Je dois dire que ce n'est qu'un projet au travail et que je dois trouver un moyen de tout régler afin que tout redevienne normal. Mais je commence à me rendre compte que c'est peut-être ma normalité, et c'est moi, le salaud.

— D'accord... Il va falloir que tu reviennes un peu en arrière. Ça vient d'où, ça ?

— J'ai annulé notre rencard, ce soir.

— Je sais. À cause du travail. Et je sais que ce n'est pas la première fois que tu le fais. Et étant donné la réaction de Lincoln, j'imagine que ce n'est pas la première fois que tu le fais juste avec lui, non plus.

— Non.

Il commença à faire les cent pas dans la pièce et glissa les mains dans ses cheveux.

Elle n'allait pas commenter le fait que le voir mécontent et grognon le rendait encore plus sexy.

Non, ce ne serait pas bon ni pour elle ni pour lui.

— Ce boulot m'épuise tellement. Je l'adore, mais je n'aime pas que ça affecte tout le reste.

— D'accord, c'est logique. Parfois, nos boulots ont cet effet-là. J'ai de très longues journées, parce que je suis propriétaire de ma boutique. Et Lincoln a le même problème avec son art.

Quand il travaillait, cela dit, mais elle n'allait pas le mentionner. Ethan devait savoir que Lincoln ne peignait pas autant qu'avant. Ils en avaient même parlé à demi-mot, mais ils ne voulaient pas en faire toute une histoire. Lincoln était déjà assez stressé.

— Je... c'est juste que... je...

Ethan recommença à faire les cent pas. Elle secoua la tête et avança. Quand elle posa les mains sur ses avant-bras, il marqua une pause et la regarda.

— Quoi ?

— J'ai merdé. C'est moi qui ai tant insisté pour qu'on se lance et je gâche tout.

Elle déglutit difficilement.

— Gâcher quoi ?

— Nous.

Son pouls accéléra, mais elle tenta de donner l'impression qu'elle ne ressentait rien. Que tout allait bien et qu'elle ne paniquait pas.

— Je ne vois pas de quoi tu parles. Tu ne peux pas tout gâcher avec nous quand on commence seulement à comprendre comment ça fonctionne. On va trouver un équilibre.

Il secoua la tête avant de la regarder droit dans les yeux. Elle avait le sentiment qu'il essayait de creuser au plus profond de son âme, de plonger sous les différentes couches jusqu'à lui couper la respiration.

Elle n'en avait pas envie. Car s'il le faisait, il verrait. Il verrait qu'elle voulait cette relation. Qu'elle voulait vivre tout ça avec lui et Lincoln. Tous les trois, ensemble. Et elle ne pouvait l'autoriser à le voir. Elle ne pouvait se permettre de le vouloir. Parce qu'elle n'avait pas envie de finir brisée, sur le sol, à désirer une chose qu'elle ne pouvait avoir.

Parce qu'elle remarquait la manière dont ils se regardaient tous les deux. Ils étaient si parfaits l'un pour l'autre. Ils avaient toute cette histoire et cette beauté entre eux.

Elle ne voulait pas s'immiscer entre eux. Mais elle pouvait admettre qu'elle voulait en faire partie, ne serait-ce que pour un moment. Mais tout ça signifiait qu'il ne pouvait voir clair en elle. Elle ne pouvait le laisser faire. Même si cela la brisait en mille morceaux quand elle y songeait.

— Tu dois le savoir. Tu ne dois pas avoir l'impression que tu ne fais pas partie de tout ça. C'est moi qui dois faire mieux.

Elle marqua une pause et se demanda s'il avait lu dans ses pensées, mais c'était impossible.

Elle secoua la tête.

— D'accord, rembobine. Quoi ?

— Lincoln a dit...

Elle l'interrompit.

— Tu as vu Lincoln, ce soir ?

— Il était chez moi quand je suis rentré. Et il m'a passé un savon. Ce que je méritais totalement.

Elle inspira profondément.

— D'accord. Mais je n'étais pas là. Alors, j'ignore de quoi vous avez discuté. Nous sommes peut-être trois dans cette relation, mais tu dois communiquer avec nous *deux*. Je ne peux pas lire dans tes pensées.

Puisqu'elle avait retourné la situation, ils ne discuteraient pas du fait que, selon lui, elle n'avait pas l'impression de faire partie de cette relation. Parce que c'était le cas... au point où cela devenait douloureux. Elle ne pouvait se le permettre. Elle devait maintenir ces frontières, même si cela devenait de plus en plus difficile de comprendre où elles se trouvaient.

— Je ne suis vraiment pas doué pour ça.

Elle avança pour se placer entre ses bras et il appuya son front contre le sien. Lorsqu'elle inspira son odeur, les orteils de Holland se recourbèrent, mais elle avait également l'impression d'être à sa place.

Alerte. Danger. C'était tout ce qu'il ne fallait pas.

Mais elle ne se décala pas. Elle se blottit contre lui. Elle savait que ce n'était qu'une erreur de plus sur une longue liste. Mais elle s'en moquait. Elle ne pouvait s'en préoccuper à cet instant.

— Je vais essayer de faire mieux.

— J'espère bien. Tu as loupé une exposition excellente et ensuite, de délicieux amuse-bouche chinois. Et, ce soir, tu as raté des sushis et des ramens.

— J'avais oublié que c'était soirée sushis, grommela-t-il.

Elle sourit.

— Lincoln me disait lesquels étaient tes préférés pendant qu'on mangeait.

Il grommela.

— J'ai bien aimé en apprendre plus sur toi grâce à lui. Mais, Ethan ?

— Oui ?

— Je veux en apprendre plus sur toi grâce à *toi*, aussi. Et peut-être en apprendre plus sur Lincoln grâce à toi, aussi. J'aime que vous ayez autant d'antécédents. Je devine que Lincoln sait sans doute que tu travailles trop. Ou que le travail passe en priorité par rapport à lui.

— Je sais. Ça signifie aussi que le travail passe en priorité par rapport à toi.

Elle ignora une nouvelle fois ce pincement dans son estomac. Parce qu'elle n'avait pas le droit d'imaginer qu'ils étaient dans une véritable relation. Si elle le faisait, elle allait se briser.

— Je sais comment tu peux te rattraper auprès de moi, murmura-t-elle.

Elle utiliserait le sexe pour aller mieux. Car ce n'était qu'une question de sexe. N'est-ce pas ?

Elle utiliserait son corps, pas son âme.

Mais seulement avec eux.

Car, honnêtement, elle ne pensait pas rester la même personne quand tout cela serait fini. Quand ils se trouveraient, tous les deux, et qu'elle n'aurait qu'à s'en aller. Parce qu'elle le ferait. Pour eux.

Mais elle craignait de tomber amoureuse d'eux. Ou pire, d'être *déjà* tombée amoureuse.

Ethan baissa la tête et effleura ses lèvres une fois, puis deux. Il glissa les mains dans son dos et attrapa ses fesses.

Elle se frotta contre lui en souriant.

— Arrête de me rendre les choses si faciles.

Elle leva les yeux et lui mordit ensuite le menton.

— Arrête de te faire du mal parce que tu commets des erreurs.

Elle ignora qu'elle venait tout juste de dire ça parce qu'elle n'allait pas écouter ses propres conseils.

— Je ne sais pas ce que j'ai fait pour te mériter. Ou pour mériter Lincoln. Mais je vais essayer de faire en sorte que ça vaille la peine.

— Tu n'as qu'une chose à faire : être toi-même, Ethan.

Holland leva la main et glissa les doigts sous les cernes entourant ses yeux.

— Tu as l'air si fatigué. Comme si tu ne dormais pas assez et que tu te mettais trop de pression. Tu ne fais pas seulement du mal à Lincoln.

— Je sais. Je t'en fais à toi, aussi.

Elle secoua la tête.

— Non, je parle de toi. Tu as besoin d'un peu de temps pour toi.

— Je préférerais le passer avec toi.

— Eh bien, tu es venu au bon endroit, alors. Je m'apprêtais à mettre un masque et à prendre un bain avec des bougies. Qu'est-ce que tu en dis ? Tu veux te joindre à moi ?

Il haussa un sourcil.

— Je ne sais pas pour le masque. Ce ne sera probablement pas très digeste si je t'embrasse partout.

Elle sut qu'elle rougissait de la tête aux pieds et elle s'en moquait.

— D'accord. Eh bien, ma maison est assez petite, mais la salle de bains a été rénovée.

— J'aime ce que j'ai vu de chez toi.

— Moi aussi. Mais ce n'est pas encore la maison de mes rêves. Enfin, comme je l'ai dit, ma salle de bains a été totalement rénovée et ça veut donc dire que j'ai une baignoire qui peut aisément accueillir deux personnes.

Il haussa les sourcils et une fois encore, les orteils de Holland se recourbèrent.

— Oh, vraiment ?

— Oh, oui. Laisse-moi te mettre à l'aise. On dirait que tu mérites de te détendre un peu.

Elle s'éloigna légèrement de lui, mais lui prit la main en le menant dans la salle de bains.

Il contempla sa maison alors qu'ils avançaient et elle se souvint qu'il n'en avait pas vu grand-chose. Mais il n'y avait presque rien à lui montrer. C'était l'endroit qu'elle essayait de s'approprier depuis qu'elle avait quitté la maison qu'elle avait achetée avec Dustin. Il y avait des photos sur les murs et les meubles lui appartenaient, mais il manquait plusieurs éléments. Elle n'aimait pas encore l'atmosphère de la maison. Cet endroit n'était pas encore à *elle*. Pas entièrement. Un jour, ce serait peut-être le cas, mais pour l'instant, elle voulait simplement aller dans sa baignoire.

C'était son oasis. Le précédent propriétaire avait installé une immense baignoire encastrée. Elle était horriblement grande et s'ils tentaient le coup, ils pouvaient probablement entrer tous les trois. Ce ne serait peut-être pas confortable et ce serait trop étroit pour qu'ils s'envoient en l'air, mais elle pouvait aisément chevaucher Ethan.

Enfin, elle n'y pensait pas. Pas souvent, en tout cas.

— Waouh, dit Ethan avant de siffler. J'avais oublié à quel point elle était immense.

— Oh, tu parles de ta queue ? s'enquit-elle.

Elle rit quand il se retourna et lui donna une fessée.

— Hé, s'écria-t-elle en souriant.

— Quoi ? Je n'ai pas pu m'en empêcher. Et oui, je parle aussi de ma queue.

— Bon, déshabille-toi. Je vais te faire couler un bain parfait.

— Vraiment ? Tu ne vas pas me déshabiller ?

Elle tapa du pied sur le carrelage avant de croiser les bras sur sa poitrine.

— Ne sois pas grossier. Déshabille-toi et peut-être qu'ensuite je toucherai ta queue.

— Tu en dis, des choses adorables.

Il lui fit un clin d'œil avant de défaire lentement les boutons de sa chemise et de la glisser sur ses épaules avant de défaire sa boucle de ceinture. Elle déglutit difficilement et observa ses avant-bras et ses poignets s'activer quand il retira son pantalon et ses chaussures. Il enleva ensuite son maillot de corps et son boxer. Il était donc nu, dans sa salle de bains, et elle n'avait pas encore commencé à faire couler l'eau.

Ce satané type le savait. Il l'avait observée pendant tout ce temps.

— Je croyais que tu comptais faire couler l'eau, dit Ethan avant d'appuyer sa langue contre l'intérieur de sa joue.

Elle reprit ses esprits avant de lui faire un doigt d'honneur et de se pencher pour tourner les robinets. Elle ajouta quelques billes parfumées à la lavande, ainsi qu'un soupçon de sels effervescents afin d'apaiser ses muscles douloureux — mais elle n'exagéra pas au point de tout faire déborder.

Alors qu'elle était penchée, Ethan arriva derrière elle et

s'agrippa à ses hanches, frottant lentement son membre en érection contre ses fesses.

Elle gémit et se pencha en arrière, se frottant contre lui avant de se relever. Son dos était collé contre le torse de l'homme et elle lui sourit par-dessus son épaule.

— Trempe-toi d'abord, le sexe ce sera peut-être pour plus tard, murmura-t-elle.

— Tu viens avec moi ?

— Seulement si tu es gentil.

— Tu sais que je ne le suis jamais.

— Ethan ? Tu es l'un des garçons les plus sympas et les plus adorables que je connais. Pareil pour Lincoln. Tu es très gentil.

Elle sourit quand elle eut l'impression qu'il était sur le point de bouder.

— Mais j'aime quand tu es mauvais.

Elle l'embrassa ensuite ardemment sur les lèvres, mais s'éloigna quand il essaya d'aller plus loin.

— Va dans cette baignoire. J'arrive dans une minute.

Elle partit ensuite d'un pas sautillant, sachant que le regard d'Ethan était rivé sur ses fesses.

Oh, oui, elle savait exactement ce qu'elle lui faisait. Mais il lui faisait le même effet.

Quand elle l'entendit entrer dans l'eau, elle scruta le miroir et croisa son regard. Elle retira ensuite son haut et sa poitrine fut alors libérée. Elle se pencha, appréciant la manière dont Ethan siffla une nouvelle fois quand elle enleva son short.

Lorsqu'elle se retourna, elle l'observa glisser lentement une main sur son membre et décrire un va-et-vient, puis un autre.

Elle gémit, saisissant sa poitrine quand il continua de se masturber.

Tandis qu'il restait dans la baignoire, elle s'approcha de lui afin de fermer les robinets.

— Seigneur, grogna-t-il.

— Plus ou moins.

Elle se retourna rapidement et s'approcha de l'armoire quand il grommela derrière elle. Elle sortit un préservatif et le montra.

— Pardon, j'avais oublié.

Il se lécha les lèvres et elle le lui tendit. Quand il fut parfaitement protégé — et hors de l'eau, heureusement, puisqu'elle n'avait pas rempli la baignoire —, il s'agrippa à ses mains et l'aida à rentrer. Elle le chevaucha avant de se baisser lentement au-dessus de lui. Il garda une main sur la sienne et l'autre sur sa hanche tandis qu'il la guidait au-dessus de lui.

Elle aurait probablement apprécié davantage de préliminaires, mais une fois encore, elle mouillait rien qu'en le regardant. Et elle ne pouvait s'en empêcher, elle le désirait. Quand il glissa délicatement une main sur son clitoris, elle gémit et sut qu'elle était suffisamment mouillée. Elle descendit encore davantage et se laissa pénétrer aisément par l'extrémité de son membre. Elle se baissa alors totalement. Ils gémirent tous les deux et l'eau les éclaboussa. Elle se balança ensuite. Elle se sentit entière quand il fut totalement en lui et qu'elle essaya de reprendre sa respiration. Comme si ça pouvait être *tout*. Même si elle avait peur de le vouloir.

— Tu es si belle, murmura-t-il.

Il glissa la main dans ses cheveux et l'attira contre lui pour un baiser profond. Elle ondula une nouvelle fois.

Ils bougèrent en même temps et elle se balança tandis qu'il décrivait de doux va-et-vient en elle.

Il était déjà si profondément en elle qu'elle savait qu'elle pourrait jouir facilement. Quand elle crispa ses muscles, il grogna et continua de l'embrasser. Ils s'affairaient, à l'unisson, lentement, sensuellement. Le bruit de l'eau éclaboussant les alentours résonnait autour d'eux. Quand il lui pinça les tétons et lui mordit les lèvres, elle gémit et jouit.

Il l'imita et s'enfonça en elle une dernière fois dans un mouvement si brusque qu'il fit déborder l'eau par-dessus le rebord de la baignoire. Elle frissonna et cria son nom tandis qu'il l'embrassait ardemment.

Elle se pencha et le serra contre lui, tandis qu'il lui caressait le dos de ses mains mouillées et glissantes et la tenait comme si elle était la chose la plus précieuse du monde.

Elle avait si peur qu'il le pense réellement.

Elle n'avait pas envie de le relâcher. Elle n'avait pas envie d'arrêter. Jamais. Mais elle craignait terriblement de devoir le faire, une fois qu'ils trouveraient quelque chose de mieux — comme Dustin l'avait fait.

Elle le voulait. Elle le voulait plus que tout. Et alors qu'Ethan la serrait contre lui, alors qu'il lui chuchotait des mots doux à l'oreille et lui disait qu'elle était importante, elle sut qu'elle ne pouvait l'avoir. Parce qu'il n'était pas à elle.

Mais pour l'instant, elle pouvait vivre avec ce mensonge. Elle pouvait faire semblant. Elle pouvait s'accrocher.

LINCOLN ÉTAIT ALLONGÉ SUR SON LIT, SE DEMANDANT quand il devrait se lever ou *s'il* devait se lever, d'ailleurs. Aujourd'hui serait peut-être le jour où il resterait assis, paresseusement, et tenterait de reprendre ses esprits ou travaillerait un peu sur ses peintures. Toutefois, il était encore si agacé par la nuit dernière qu'il avait simplement envie de rester au lit et d'essayer de songer à ce qu'il allait faire.

Parce qu'il n'était pas simplement furieux contre Ethan. Il l'était contre lui-même. Il s'était emporté contre Ethan alors qu'il n'avait rien fait de plus que d'habitude. Il se rattrapait toujours, Lincoln le savait. Mais il avait pété les plombs parce qu'il craignait de perdre Holland. Il savait qu'elle faisait toujours de minuscules pas en arrière. Comme si elle attendait qu'ils s'enfuient tous les deux, main dans la main, plutôt que de rester avec elle. Il ne savait pas comment arranger ça. C'était la raison pour laquelle il avait besoin d'Ethan. Mais celui-ci ne l'aidait aucunement. Et, putain, Lincoln ne s'en sortait pas nécessairement bien. C'était peut-être sa faute. S'il n'était pas aussi focalisé sur ce qu'il n'arrivait pas à faire dans le cadre de son boulot, il serait sans doute capable de régler ce qu'il y avait d'important entre eux.

Il devait peut-être simplement sortir du lit et aller retrouver Ethan pour s'excuser. Il irait ensuite voir Holland et l'enchaînerait à eux, ou quelque chose de ce genre.

Lincoln faisait autant d'heures qu'Ethan dernièrement, mais ils bossaient bien trop, tous les deux. Lincoln avait remarqué les cernes sous ses yeux. Il avait remarqué que son meilleur ami et amant paraissait épuisé.

Et il avait besoin d'Ethan pour s'assurer que Holland ne s'enfuie pas.

Après tout, il l'avait rencontrée quand elle avait pris ses jambes à son cou, bien que cette fuite n'ait pas été de son fait. Il serait sans doute toujours inquiet. Jusqu'à ce qu'elle dise qu'elle voulait rester. Jusqu'à ce que ça ne soit plus une petite période pendant laquelle ils s'amusaient ensemble. Il s'inquiéterait.

C'était peut-être sa faute, et non celle de Holland. Il s'inquiétait, c'était son truc.

Son portable sonna et il fronça les sourcils. Il vaudrait mieux que ce ne soit pas Damien. Lincoln n'avait vraiment pas envie de se confronter à ce salaud maintenant.

Il avait besoin d'un nouvel agent. Peut-être même d'un nouveau studio. Quelque chose qui le pousserait à dessiner. Il n'avait rien crayonné depuis cette fois avec les visages de Holland et Ethan. Il ne cessait de vouloir peindre, il songeait aux courbes de Holland et à son sourire, à la manière dont Ethan la regardait, mais chaque fois qu'il essayait de le mettre sur papier, il n'y arrivait pas. Ou bien Damien se pointait et Lincoln perdait l'inspiration.

Il en avait assez. Tellement assez.

Il baissa les yeux et soupira.

Il fit glisser son doigt sur l'écran pour accepter le coup de fil et le visage d'Ethan apparut sur l'écran. Mais il n'était pas seul.

— Salut, vous deux, dit Lincoln en s'éclaircissant la gorge.

Ethan était torse nu — probablement nu — sur le lit de

Holland, le dos contre la tête de lit tandis que la jeune femme était allongée sur son torse. Ses cheveux roux étaient éparpillés sur la peau d'Ethan.

C'était torride et Lincoln eut envie de le dessiner.

Il faillit tendre la main vers un crayon, mais il ne pouvait l'attraper sans dévoiler le fait qu'il dormait nu.

Il ne pensait pas qu'ils étaient du genre à faire des FaceTime quand ils étaient nus. N'est-ce pas ?

— On voulait simplement voir ce que tu faisais, déclara Ethan.

— Salut, toi, dit Holland.

Lincoln sourit.

— Eh bien, je dormais, mais je me suis ensuite réveillé et je suis resté allongé là.

— On ne t'a pas réveillé ? s'enquit Holland.

— Non, chérie. Tu ne m'as pas réveillé.

Elle lui sourit et son sexe durcit. Seigneur, ce sourire lui faisait de l'effet. Tout comme celui d'Ethan. Qu'ils soient tous les trois paraissait si normal. Mais il craignait de merder, d'une manière ou d'une autre. Ils devaient impérativement découvrir ce qu'ils avaient à faire, parce qu'il n'avait pas envie de perdre ça.

— Je suis venu ici après t'avoir parlé, hier soir, commença Ethan.

— Je vois ça, répondit Lincoln en hochant la tête.

— Je voulais m'excuser, dit-il avant de marquer une pause. M'excuser grandement. Et une chose en menant à une autre...

Lincoln rit.

— J'avais compris. Comment va notre chérie ?

— Elle est allongée juste là et elle va très bien.

Holland s'étira, cambrant le dos afin que le drap glisse jusqu'à sa taille. Lincoln grogna.

Ses beaux tétons roses étaient rebondis et durcis sur sa poitrine voluptueuse. Il avait envie de pencher la tête à travers le téléphone et de la lécher, mais c'était impossible. Cependant,

Ethan grogna également et tendit la main pour saisir un de ses seins et faire rouler le téton entre ses doigts.

— Seigneur. C'est ainsi que vous allez me réveiller le matin, maintenant ? s'enquit Lincoln.

— Ça ne me dérange pas, souffla Holland.

— Eh bien, avant qu'on en arrive à la partie amusante, dit Ethan avec un clin d'œil. Je voulais m'excuser à nouveau.

Lincoln secoua la tête, posant la paume de sa main contre son sexe, sous le drap. Ils ne le voyaient pas, mais étant donné la manière dont son biceps se gonfla, il savait qu'ils le remarqueraient.

— Inutile de t'excuser. Tu as dit que tu allais essayer d'arranger ça. *Nous* allons arranger ça.

— C'est pour ça que je ne travaille pas.

C'était samedi. Ethan ne devrait donc pas travailler du tout. Mais étant donné que son patron l'y avait poussé, dernièrement, Lincoln considérait cela comme une victoire. Ethan essayait. Il avait essayé. Lincoln ferait également des efforts.

— D'accord, on va tous faire mieux, dit Holland.

Elle se cambra contre Ethan qui jouait avec sa poitrine.

— Mais c'est vraiment difficile de me concentrer avec ta main.

Ethan baissa les yeux vers elle, puis se tourna vers l'écran.

La caméra trembla légèrement et Lincoln déglutit difficilement.

— Qu'est-ce qu'on fait, exactement ? demanda-t-il.

Ethan se lécha les lèvres. Lincoln voulait cette langue sur sa bouche, sur son sexe, partout.

Mais elle était sur Holland et lui, il était là. Mais il allait tout de même en profiter au maximum.

— J'ai une idée. Tu es nu, là-dessous ?

— Oui, répondit Lincoln d'un air un peu méfiant.

Il voulait tout ce qu'ils étaient prêts à lui donner, mais c'était nouveau pour lui.

— Eh bien, puisqu'il n'y a que nous trois... Et si on s'amusait un peu, ce matin ?

— Je suis partante. Mais il n'y a que nous, n'est-ce pas ? Vous ne le diffusez nulle part ? s'enquit Holland.

— Je te le promets. Il n'y a que nous.

Ethan l'embrassa ardemment et Lincoln augmenta la vitesse de sa main sur son membre.

— On peut arrêter tout de suite, grogna-t-il.

— Tout ce que vous voulez. Je suis à vous, dit Holland.

Lincoln croisa le regard d'Ethan. Celui-ci hocha fermement la tête et Lincoln sut qu'il pensait à la même chose que lui. Ils n'allaient pas la perdre. Ils allaient se battre pour elle. Mais, pour l'instant, ils s'amuseraient un peu.

Ethan déplaça la caméra et Lincoln ne vit qu'un peu de chair. Il entendit ensuite un gloussement et les draps bruissant. Il ne put que secouer la tête. Toutefois, Ethan finit par poser son téléphone près d'eux — sur la table de nuit, probablement, appuyé contre la lampe — et Lincoln put voir Holland étendue sur le lit, les mains sur sa poitrine, tandis qu'elle regardait directement dans la caméra. Sous cet angle, il voyait également la tête d'Ethan entre les jambes de Holland, un sourire ironique sur son visage et son regard sombre.

— Incline la caméra pour qu'on puisse voir avec quoi tu travailles, mon grand, dit Ethan.

Lincoln s'esclaffa avant de s'exécuter. *Eh bien, quelle manière amusante de commencer la journée.*

Il glissa la main de haut en bas sur sa longueur, puis saisit ses bourses avant que Holland joue avec ses tétons en rivant son regard sur le sien. Ses yeux s'assombrirent et elle entrouvrit la bouche quand Ethan commença à la lécher. Cela provoqua des spasmes de plaisir à travers lui, comme s'il était en train de le sucer, lui.

Il tenta de garder les yeux ouverts, fit de son mieux pour ne pas jouir ici et maintenant, mais il ne put s'en empêcher. Il ne pouvait qu'imaginer la bouche de Holland sur son sexe, la verge d'Ethan dans sa bouche. Il essaya de ne pas exploser dans l'instant.

Holland haleta et cambra le dos tandis qu'Ethan bougeait et grognait contre son entrejambe. Les mains de Lincoln augmentèrent la friction et ses bourses se comprimèrent. La base de sa colonne vertébrale le picota. Il jouit ensuite sur son ventre, grognant les prénoms des deux autres tandis que Holland cambrait une nouvelle fois le dos, les yeux fermés et la bouche entrouverte dans un O alors qu'elle jouissait. Toutefois, Ethan ne releva pas la tête. Ses mains s'enfoncèrent plutôt dans les hanches de la jeune femme tandis qu'il léchait et suçait. Tous ces bruits bouleversaient terriblement Lincoln. Il manqua de jouir à nouveau, son membre presque aussi dur que précédemment. Il continua de se toucher et retint son orgasme afin de voir Ethan se déplacer à nouveau. Quand celui-ci leva la tête de l'entrejambe de Holland, sa bouche mouillée et sa langue léchant son menton, Lincoln relâcha tout ce qu'il avait retenu en regardant. Le désir rendait toute retenue impossible. Holland se retrouva soudain à genoux et elle avala Ethan tout entier. Ses fesses et son sexe mouillé étaient juste devant la caméra.

Lincoln sourit et leva les yeux vers Ethan tandis que celui-ci grognait et tirait sur les cheveux de la jeune femme en baisant ardemment sa bouche.

Lincoln voulait être présent, il voulait faire partie de cet appel matinal, mais il ne le pouvait pas.

En réalité, il faisait partie de tout ça. Ils avaient fait en sorte qu'il participe.

Cela devait fonctionner.

Quand Ethan jouit enfin, Lincoln resta assis là à tenir son portable et à attendre que ses amants arrêtent de haleter afin qu'ils puissent le regarder.

— Café ? demanda-t-il.

Ils hochèrent tous les deux la tête.

— Je dois travailler, aujourd'hui, mais je veux un café.

— Eh bien, assure-toi d'arriver au boulot à l'heure, dit Lincoln avant de marquer une pause. Merci de m'avoir réveillé.

— Quand tu veux, mon grand, répliqua Holland.

Son rire fut la dernière chose qu'il entendit avant qu'Ethan lui fasse un signe de la main et raccroche.

Lincoln se contenta de secouer la tête et de poser son portable sur la table de nuit. Il avait du boulot et il allait s'en occuper. Mais, tout d'abord, il se souviendrait de ce qui était important. Peut-être que dans ce cas-là, il trouverait l'inspiration dont il aurait besoin de façon à pouvoir dessiner à nouveau. Parce que ses mains le démangeaient tant il avait envie de prendre un crayon, mais il savait également que rien ne lui viendrait sur le plan artistique.

Il se concentrerait sur ce qu'il pouvait, sur ce qui pourrait fonctionner pour lui. Sur ceux qui comptaient. Le reste finirait par venir. Du moins, il l'espérait.

Chapitre Quinze

Chapitre 15

Ethan fit rouler ses épaules en arrière et regarda l'horloge en souriant. Il lui restait vingt minutes, puis il rentrerait chez lui. Enfin.

Il avait prévu de travailler pendant ses heures officielles et, étant donné qu'il avait déjà terminé ce qu'il avait noté sur sa liste, il en était heureux.

Maximilian ne serait probablement pas enthousiaste à l'idée qu'il parte, mais il s'en moquait. Son patron devait comprendre que, oui, il assurerait ses heures et ferait son boulot, mais il avait également besoin d'une pause.

Ou, du moins, il *espérait* que son patron le comprenne. Sinon, Ethan chercherait un nouveau boulot. Et cela l'effrayait grandement. Mais il allait clarifier sa vie. Et il rentrerait chez lui. Il allait retrouver Lincoln, qui avait dit qu'il préparerait le dîner pour eux trois, ce soir, après avoir fini le boulot.

Ethan avait proposé de cuisiner, mais Lincoln avait ricané en disant que c'était son tour.

C'était peut-être le cas. Mais Ethan voulait être capable de s'occuper de Lincoln, tout comme celui-ci prenait constamment soin de lui. Oui, on pouvait le qualifier de sentimental.

On frappa à la porte de son bureau et il se raidit, craignant que ce soit son patron qui veuille un autre projet de sa part. Il avait presque fini pour la journée, même s'il avait encore quelques petites choses à faire afin de se préparer au lendemain. Malheureusement, il ne pouvait pas réellement se cacher. Il se retourna et fronça les sourcils.

— Liam ? Qu'est-ce que tu fais là ?

Son grand frère entra, regarda autour de lui et sourit.

— Cet endroit est génial.

Ethan fronça les sourcils et observa aussi le bureau. Quatre murs, une fenêtre avec des stores et un grand bureau qui occupait deux murs. Il avait un meuble de rangement et une autre table avec des documents empilés, ainsi que deux tableaux blancs sur un mur. Pas grand-chose, donc.

Ethan observa son frère.

— Tu t'en sors très bien. Tu as ta propre maison, ton propre petit bureau.

— Tu es venu pour quelque chose en particulier ?

L'inquiétude submergea Ethan et il se leva rapidement, sa chaise se renversant et tombant par terre.

— Qu'y a-t-il ? C'est maman ?

Liam tendit les mains et secoua la tête.

— Non, tout va bien. Je voulais simplement prendre de tes nouvelles. Et je sais que tu as quelque chose de prévu avec Lincoln et Holland ce soir, alors je ne voudrais pas te retarder.

Ethan acquiesça et son pouls s'apaisa enfin.

— J'ai presque fini. Tu veux qu'on aille faire un tour ?

Liam secoua la tête et s'appuya contre le cadre de la porte avant de regarder par-dessus son épaule.

— Je peux fermer ?

Ethan acquiesça et s'inquiéta de nouveau.

— Qu'y a-t-il ?

— Rien. Je veux simplement être sûr d'une chose : tu sais qu'on t'aime et qu'on est là pour toi.

— Eh bien, je n'ai pas l'impression qu'il se passe quelque chose de mal.

Il déglutit difficilement et la peur le submergea.

— Quelle est la véritable raison de ta présence ?

Liam se renfrogna et passa une main dans ses cheveux avant de recommencer à faire les cent pas dans la petite zone devant la porte.

— Je ne suis pas doué pour ça. Je ne sais pas pourquoi Aaron et Bristol m'ont fait venir ici.

— Ils voulaient que tu viennes ?

— On s'inquiète pour toi.

— Vous vous inquiétez. Pour moi. Mais enfin, pourquoi vous inquiétez-vous ? Je vais bien.

— Oui. On veut simplement que ça reste comme ça. On adore Lincoln. Il est comme un frère pour nous, tu le sais. Et je suis *ravi* qu'il n'ait jamais été un frère pour toi, conclut Liam avant de rire légèrement.

— Oui, vous ne vous lasserez jamais de cette blague, répliqua Ethan d'un air impassible.

— Bon, je ne sais pas comment dire ça sans avoir l'air d'un salaud.

— Pourquoi ne le dirais-tu pas simplement ? Et je ferai avec.

Liam était un frère particulièrement protecteur, quant à Aaron, il était toujours là et vous divertissait. Bristol vous menait à la baguette. Et Ethan ? Eh bien, Ethan organisait tout derrière le dos des autres. Sauf qu'il n'était pas réellement cette personne, en ce moment, puisqu'il se concentrait sur le travail. C'était un autre domaine dans lequel il merdait. Il devait s'améliorer, mais il faisait de son mieux. Et alors qu'il regardait l'horloge, il se rendit compte qu'il n'avait que quelques minutes avant de sortir et de rejoindre Lincoln et Holland.

— D'accord, bref, on adore Lincoln. Et on aime beaucoup Holland.

— Oh ? s'étonna Ethan alors que le nœud de son estomac se détendait légèrement.

— Oui. Elle est merveilleuse pour vous deux. Elle est excentrique, amusante et elle te fait rire.

— Vous ne la connaissez pas vraiment, déclara-t-il ironiquement.

— Non, mais Arden l'a rencontrée. Et Bristol et Madison. Elles l'adorent. Et comme tu ne l'as pas encore amenée à un dîner Montgomery, tu essaies de la protéger.

— Oh ça pourrait ne pas être si sérieux, ajouta-t-il.

— Non, tu ne prendrais pas de risques avec Lincoln pour quelque chose qui n'est pas sérieux.

— C'est vrai, répondit Ethan avant de marquer une pause. Nous sommes heureux. Je ne sais pas ce qui va arriver, mais on est finalement heureux.

— Est-ce que ça signifie que tu vas arrêter de travailler autant ?

Ethan recula et frotta sa poitrine au niveau de son cœur.

— Creuse encore un peu plus la prochaine fois.

— Quoi ? Tu travailles toujours dur. Et tu loupes toujours les trucs en famille à cause de ça.

— Je comprends, je suis un accro du boulot. Enfin, le fait que tu sois venu sur mon lieu de travail est une preuve suffisante.

— Je veux simplement m'assurer que tu saches qu'on t'aime. Et aussi pour te dire que tu dois ramener Holland à la maison.

— Je sais. Mais nous devons être certains qu'elle ne veut pas s'enfuir, d'abord.

— Je l'avais deviné, puisque vous la couvez autant. Vous ne voulez pas que les Montgomery l'effraient.

Liam s'esclaffa.

— Si elle peut supporter la venue de Bristol chez elle, à l'improviste, puisqu'elle m'avait extorqué l'adresse... je suis presque certain qu'elle peut supporter n'importe quoi.

— Oh ? Bien. Alors, fais en sorte qu'elle nous supporte. Parce qu'on veut le meilleur pour toi. Et si même avec ces cernes noirs sous tes yeux, tu as l'air heureux ? J'ai l'impression que ces deux-là sont exactement ce dont tu as besoin.

— Merci, mais je pourrais me passer de la mention des cernes sous mes yeux. Je devrais peut-être commencer à utiliser des patchs.

— Arden m'en fait utiliser, parfois. Et un exfoliant qui aide avec la barbe et le reste.

— Tu es une célébrité, maintenant, avec ton visage sur la couverture des livres et sur des sites Internet, tout le toutim. Tu dois rester chic.

— Et sur ce, va te faire foutre. Bref, vous venez dîner à la maison samedi. Maman l'a déjà planifié et je vais appeler Holland moi-même si tu n'es pas d'accord.

Ethan se frotta le visage.

— D'accord.

— Et offre-lui des fleurs. Tu ne l'as pas vue depuis un moment.

— Holland ? Je l'ai vue hier.

— Haha. Allez. Sérieusement, offre des fleurs à maman.

— Je le ferai. Mais Lincoln y pensera sans doute. Holland aussi.

— Tu vois ? C'est pour ça que tu as deux amours dans ta vie. Ils te feront garder la tête froide. Parce que tu es toujours si occupé à faire en sorte que les autres soient à leur place que parfois, tu t'oublies.

Bien que ce soit vrai, Ethan s'accrocha à un seul mot.

— Nous n'avons pas encore dit le mot en *A*, marmonna-t-il.

— Ce n'est pas grave. Vous avez le temps. Allez-y lentement, vous devez gérer beaucoup de sentiments. Et beaucoup de corps.

Ethan ricana tandis que Liam se frottait les yeux.

— Peu importe. Je ne veux plus jamais répéter cette phrase. Ou même y songer.

— Je suis sûr que Lincoln pourrait te dessiner un schéma pour que tu comprennes.

— Je te déteste. Je te déteste réellement. Non, désolé d'avoir interrompu la fin de ta journée de travail. Je vais récupérer Jasper chez le vétérinaire et je rentre chez moi pour retrouver ma chérie.

— Jasper va bien ?

Il s'agissait du husky sibérien d'Arden et Liam et il n'était pas malade, aux dernières nouvelles.

— Oui, il a mangé une fichue chaussette parce qu'il était nerveux. Il va bien. Apparemment, elle est ressortie quand il était là-bas. Arden et moi nous sommes relayés chez le vétérinaire pour être certains qu'il n'avait pas besoin d'être opéré.

— Pourquoi ne m'as-tu pas appelé ?

— Parce qu'on y arrivait, tous les deux. Mais si j'avais eu d'autres nouvelles que celles que j'ai eues tout à l'heure ? Alors je t'aurais appelé. Et, Ethan, je parie que Holland aurait aussi été là. Et Lincoln. Parce que ce sont des gens bien. Et tu aimes les gens bien.

— Liam.

— Pardon. Je vais arrêter de dire le mot en A. Mais on se voit samedi. Ne déçois pas maman.

— Je fais de mon mieux pour arrêter de décevoir tout le monde.

Liam sourit avant d'étreindre fermement son frère et de sortir.

Ethan leva les yeux vers l'horloge et vit qu'il aurait dû être parti depuis cinq minutes. Il récupéra ses affaires et s'assura que tout était fait sur sa liste. Quelques-uns de ses programmes allaient tourner pendant la nuit et il pourrait les consulter depuis son ordinateur professionnel, chez lui, si nécessaire. Personne ne lui en voudrait puisqu'il devait effectivement travailler sur les données qui tournaient pendant la nuit. Cependant, il n'avait pas besoin de rester assis dans son bureau pour le faire.

Son patron ne dit pas un mot quand il lui fit un signe de la main en sortant, Julia sur ses talons.

— Hé, tu prends la poudre d'escampette ?

— Non, je prends position, comme toi. Maximilian ne hurle jamais. Il ne fait que lancer des regards humiliants. Et je déteste ces regards. Néanmoins, si on commence à suivre les règles et à nous limiter dans notre travail, peut-être qu'il le fera aussi.

— Je t'aime bien, Julia.

Elle sourit.

— Moi aussi, je t'aime bien, Ethan. Salue Lincoln et Holland pour moi.

— Je le ferai.

Il lui fit un signe de la main quand elle monta dans sa voiture, et s'éloigna vers le fond du parking où il se garait habituellement. Il aimait se garer sous cet arbre, puisqu'il le protégeait, même s'il devait laver plus souvent qu'il ne le voulait les fientes d'oiseau.

Il était à quatre pas de sa voiture, environ, quand quelque chose s'écrasa à l'arrière de son crâne. Il laissa échapper un cri aigu et tendit la main pour déterminer ce qu'il venait de se passer, et il tourna la tête, mais on lui frappa alors la mâchoire. Il tomba par terre et cracha du sang, tout en clignant des yeux.

Le soleil brillait derrière l'homme devant lui, il ne pouvait donc pas voir son visage, seulement des ombres. Ses oreilles bourdonnaient et il avait l'impression qu'il était sur le point de vomir. Il n'arrivait pas à bouger, ne comprenait pas ce qu'il se passait.

Était-il racketté ? Agressé ?

Il n'avait même pas son ordinateur portable avec lui. Il l'avait laissé chez lui, dans son bureau. Il n'avait que son portefeuille, mais il ne pouvait même pas ouvrir la bouche pour le dire. Au lieu de ça, l'homme le chevaucha et le frappa à nouveau. Ethan leva une main, bloquant son visage, et il utilisa l'autre poing pour frapper l'homme. L'assaillant jura et dès qu'il le fit, Ethan sut exactement de qui il s'agissait.

— Damien ? cracha-t-il alors que le sang emplissait une nouvelle fois sa bouche.

— Ses câlins sont les meilleurs, n'est-ce pas ? Et je les avais. Avant... toi, cracha Damien en tentant de le frapper à nouveau.

Ethan essayait de bouger, mais ce avec quoi il avait été frappé l'avait presque assommé. La bile emplit sa bouche et il voyait flou. Il plissa les yeux tandis que le sol semblait s'incliner. Il était presque certain d'avoir un fichu traumatisme et il n'arrivait même pas à se concentrer. Il tenta plutôt de pousser Damien loin de lui, mais ce fut insuffisant.

L'homme récupéra sur le gravier un objet grinçant. Un tuyau en métal ? Un pied-de-biche ? Seigneur. Damien allait-il le tuer ?

— Il était à moi. Uniquement à moi. Et tu as tout gâché.

Damien tenta de le frapper à nouveau, mais Ethan roula sur le côté. Le morceau de métal fut écrasé contre son épaule et le coin lui ouvrit l'arcade. Il cria et repoussa Damien, tentant de s'éloigner, mais celui-ci se leva alors et lui donna un coup de pied dans le ventre.

Ethan tendit la main vers son portable et tenta d'appeler le 911, tout en essayant de s'éloigner, tout en sachant qu'avec ce qui venait d'arriver, il ne pouvait se battre comme il le devait. Il fallait qu'il s'enfuie. Pourquoi personne ne l'entendait ? Pourquoi personne n'était là ?

Il n'arrivait pas à se concentrer suffisamment pour appeler la police, il contacta donc la première personne possible — la dernière qu'il avait appelée dans la journée, rien que pour entendre sa voix. Mais lorsque Damien le frappa à nouveau, il n'y eut plus rien.

HOLLAND S'ÉTIRA LE DOS EN ENTRANT CHEZ ELLE, heureuse que Steven fasse la fermeture ce soir. Ils avaient passé une bonne journée, même si sa mère et sa sœur avaient appelé. Elle avait ignoré les coups de fil, même si elle savait qu'elles pourraient simplement se pointer. Ou bien, elles ne le feraient pas. Elle s'en moquait, dans tous les cas. Et honnêtement, elle ne savait pas quoi ressentir à cette idée. Que ses parents l'aient rayée de leur mémoire ? Que son père ne lui ait pas adressé la parole depuis le mariage ? Honnêtement, elle s'en fichait. Cela ne la concernait plus.

Son portable sonna et elle baissa les yeux, souriant. Ethan. Elle était censée le retrouver chez lui, plus tard, et elle espérait réellement qu'il n'allait pas annuler. Mais elle ne le pensait pas. Il essayait. Et elle ne devrait pas non plus être immédiatement négative.

— Allô ?

— *Il était à moi. Il n'était qu'à moi.*

Holland battit des paupières, baissa les yeux vers le portable, puis l'éloigna de son oreille quand elle entendit quelqu'un hurler. Il y eut alors plus de cris, de geignements et de grognements. Le bruit de la chair contre la chair, puis le son terrible d'un objet métallique s'écrasant sur quelque chose de plus mou.

Lorsqu'il n'y eut plus un seul bruit à l'autre bout du fil, les larmes lui montèrent aux yeux et ses mains commencèrent à trembler.

— Ethan ? Ethan ! hurla-t-elle dans le portable.

Elle ne reçut aucune réponse.

Il n'y avait qu'un silence de mort.

Tremblante, elle baissa les yeux vers l'écran, espérant qu'Ethan allait bien. Cela ne pouvait être que lui, n'est-ce pas ? C'était son numéro. Elle n'avait pas reconnu la voix à l'autre bout du fil. De qui s'agissait-il ? Ethan était-il blessé ?

Elle tenta de rappeler, mais la tonalité sonna encore et encore. À chaque répétition, son cœur tambourinait et ses paumes devenaient moites.

Elle ne savait pas quoi faire. Devait-elle appeler le 911 ? Mais où était Ethan ? Était-il au travail ou en route pour chez lui ? Il aurait dû être en chemin pour rentrer, à cette heure. Mais avec Ethan, on ne pouvait jamais le savoir. Elle ne savait pas qui appeler, mais elle avait dans son portable le numéro d'une personne qui aurait peut-être les réponses. Elle contacta Liam, espérant que le frère d'Ethan saurait quoi faire.

— Holland ? Qu'est-ce qui ne va pas ?

— Je viens de recevoir un coup de fil d'Ethan et j'ai l'impression qu'il est blessé. Mais je ne sais pas. Il ne répond plus. Ça sonne encore, donc je sais que son portable est allumé. Il a dit que vous aviez le même forfait famille, c'est ça ? Tu pourrais... retrouver son portable ? Je ne sais pas. Il n'a jamais fait ça. Je ne peux pas... Je ne peux pas.

Elle commença à hyperventiler et Liam jura dans le portable.

— D'accord, raconte-moi encore une fois ce qu'il s'est passé.

— Ethan a appelé, mais ce n'est pas sa voix que j'ai entendue. Il y avait un homme qui criait et j'ai entendu des bruits de lutte. Ça avait l'air vraiment horrible, Liam. Et ensuite, Ethan n'a pas décroché quand j'ai rappelé. Je ne sais pas quoi faire.

— Merde. Raccroche et appelle Lincoln. Dis-lui de te rejoindre. Je vais essayer de localiser le portable. On va y arriver, d'accord ? Tout ira bien pour lui. Il l'a probablement laissé tomber, c'est tout.

— Ce n'est pas l'impression que j'en ai eue.

— Appelle Lincoln. Et décroche tout de suite si je te rappelle, d'accord ?

— D'accord.

Elle raccrocha et ses mains tremblèrent quand elle appela Lincoln. Toutefois, il ne répondit pas immédiatement non plus. Oh mon Dieu, et s'il était avec Ethan ? Que se passait-il ?

Liam rappela avant même qu'elle puisse laisser un message à Lincoln, elle raccrocha donc.

— Qu'y a-t-il ?

— Il ne décroche pas, comme tu l'as dit. Mais je l'ai localisé. Je vais appeler le 911. On dirait qu'il est au travail. Je me dirige vers son immeuble. Je suis dans ma voiture, là. Je viens juste d'en partir, donc je ne suis pas loin. Seigneur, j'y étais.

— Oh mon Dieu. D'accord, où je vais ?

— Je n'en sais rien. Tu as réussi à contacter Lincoln ?

— Non. Je ne sais pas quoi faire.

— On va trouver une solution. D'accord ? Tu n'es pas seule. On va démêler tout ça.

Liam raccrocha, puis Lincoln l'appela et Holland manqua de vomir.

— Oh mon Dieu, tu vas bien. N'est-ce pas ? Tu vas bien ?

— Oui, pourquoi ça n'irait pas ? C'est quoi ce délire, Holland ? Qu'est-ce qui ne va pas ?

— Je ne sais pas. Tu peux passer me prendre ? Je crois qu'on va devoir aller à l'hôpital.

Il marqua une pause, puis elle entendit un bruissement.

— Je cours jusqu'à ma voiture. Qu'est-ce qu'il y a ? Tu vas bien ? Qu'est-ce qui ne va pas ?

— Je n'en sais rien.

Elle raconta ce qu'il venait de se passer avec Ethan et Liam, les larmes coulant sur ses joues tandis qu'elle essayait de comprendre ce qu'elle devait faire. Elle savait qu'elle ne pouvait pas conduire. Elle n'avait pas réalisé combien elle aimait Ethan jusqu'à maintenant. Jusqu'à ce qu'elle entende ce cri. Jusqu'à ce qu'elle ne puisse le contacter. Et l'idée que Lincoln accoure déjà jusqu'à sa voiture pour passer la prendre la heurtait en pleine face. C'était tout. *Ils* étaient tout. Et à présent, elle allait les perdre.

Mon Dieu, elle les aimait tellement. Elle ne pouvait les perdre.

Mais manifestement, elle n'aurait pas le choix.

— Je suis en route. D'accord ? Sois forte, chérie. Je suis presque là.

— Sois prudent sur la route. Ne te fais pas de mal.

— Attends-moi.

— Toujours.

Liam envoya un message groupé qui devait également être adressé au reste des Montgomery.

Liam : *Ethan est dans l'ambulance. Suis en route pour l'hôpital. Retrouvez-nous à Mercy.*

Ce fut tout. La main de Holland tremblait, mais elle savait que Lincoln serait bientôt là. Elle ne serait pas seule. Dès qu'il serait là, elle saurait quoi faire.

Oh mon Dieu, qu'était-il arrivé à Ethan ?

Sa famille serait là. Elle ne voulait pas que ce soit la première fois qu'elle les rencontre. Mais ça n'avait pas d'importance. Elle devait y aller.

Elle entendit des pneus crisser et attrapa son sac à main avant de courir jusqu'à sa porte d'entrée. Heureusement, elle n'oublia pas de fermer à clé en sortant.

Lincoln paraissait aussi pâle qu'un fantôme. Ses yeux étaient écarquillés alors qu'il sortait de la voiture et courait jusqu'à elle, l'écrasant contre son corps. Il l'embrassa ardemment et posa les mains sur ses épaules.

— J'ai reçu le SMS. Allons-y.

— Tu peux conduire ? s'enquit-elle.

Cette question était parfaitement sincère puisqu'il tremblait autant qu'elle.

— Oui. Je dois simplement respirer profondément et t'emmener là-bas en toute sécurité. Nous y emmener tous les deux. Tout ira bien, chérie, on le sait.

— Est-ce qu'ils savent ce qu'il s'est passé ?

— J'ai reçu le même message que toi, ma belle. Mais il t'a appelée. Il a réussi à te joindre. On va finir par comprendre, d'accord ? Tu as fait ce qu'il fallait, chérie.

Il l'embrassa à nouveau et elle s'appuya contre lui. Elle espérait que c'était vrai. Simplement, elle n'en était pas convaincue.

Ils s'éloignèrent l'un de l'autre et se ruèrent vers la voiture, sans prendre la peine de parler alors que Lincoln les amenait à l'hôpital, suivant toutes les règles du Code de la route — de peu.

Lorsqu'ils se garèrent sur le parking, elle vit que d'autres Montgomery sortaient de leurs véhicules et ils étaient tous aussi pâles que Lincoln — et probablement autant qu'elle.

Bristol la vit derrière les voitures et lui fit un rapide signe de la main avant d'attraper la main de Marcus. Mais Holland n'arrivait pas à parler, elle n'arrivait même pas à formuler ses mots. Elle s'agrippait simplement à la main de Lincoln alors qu'ils se rendaient aux urgences. Liam était déjà là. Sa coiffure laissait penser qu'il avait passé les mains dans ses cheveux à plusieurs reprises. Elle le reconnaissait uniquement grâce aux photos puisqu'elle ne l'avait pas encore rencontré.

Mais Arden était là également et elle se précipita dans sa direction pour l'enlacer, puis en faire de même avec Lincoln.

— On ne sait rien.

— C'était ma question, répliqua Lincoln.

Holland était incapable de parler.

Elle restait plantée là, alors que les autres rentraient.

Francine et Timothy Montgomery lui lancèrent de tristes sourires et l'étreignirent avant d'en faire de même avec Lincoln. Ils allèrent ensuite s'asseoir. Elle ne les avait pas rencontrés avant et elle ignorait ce qu'elle devait ressentir. Ils souffraient tellement à cause de ce qui était arrivé à leur fils et pourtant ils l'avaient accueillie à bras ouverts, comme si elle faisait partie de leur vie. Ils échangèrent ensuite un regard, puis observèrent leurs enfants avant de s'asseoir et de se tenir la main.

Aaron faisait les cent pas devant Liam et Arden tandis que Bristol et Marcus restaient dans un coin, marmonnant dans leur barbe. On avait l'impression qu'ils allaient se disputer.

Elle ignorait pourquoi, mais elle ne pouvait se concentrer là-dessus.

— Liam Montgomery ? demanda un policier en entrant. Nous sommes venus prendre votre déposition.

Tout le monde se leva, mais Liam acquiesça.

— On peut le faire maintenant.

— Est-ce que quelqu'un ici s'appelle Holland ?

Elle s'avança.

— Oui, c'est moi. Il m'a appelée.

— Très bien, nous aurons également besoin de votre déposition.

— Et pour les nouvelles ? Et si nous en apprenons plus sur l'état d'Ethan ?

— On viendra te le dire, chérie. Tu veux que je vienne avec toi ?

— Nous préférerions qu'elle soit seule, répliqua l'un des officiers.

Lincoln lui serra la main et secoua la tête.

— Je serai là pour la soutenir. Rien d'autre. L'autre frère ou la sœur d'Ethan pourront venir nous tenir informés. Ça ne vous dérange pas ?

Les policiers échangèrent un regard, puis hochèrent la tête, mais Holland se contenta de déglutir difficilement, se demandant ce qu'il se passait. Qu'était-il arrivé ?

— Nous avons commencé à prendre votre déposition sur place, monsieur Montgomery, mais nous devons en savoir un peu plus, déclara l'un des officiers.

— Tout ce que je sais, c'est que je suis arrivé au même moment que la voiture de patrouille. Ethan était par terre et crachait du sang. Il disait : « Damien l'a fait. Damien l'a fait. Trouve Lincoln et assure-toi qu'il va bien ». Il le répétait en boucle.

Lincoln se crispa aux côtés de Holland et celle-ci se contenta de battre des paupières alors que les mots s'écrasaient sur elle.

L'agent de Lincoln ?

Oh mon Dieu.

— Il a été agressé ? s'enquit Holland dont le corps tremblait.

Lincoln ne prononça pas un mot.

— Je devine que vous êtes Lincoln ? demanda le policier sans prendre la peine de répondre à la question de la jeune femme.

— Oui. Damien est mon agent. Je suis un artiste. Qu'avez-vous besoin de savoir ?

— Savez-vous pourquoi votre agent voudrait s'en prendre à monsieur Montgomery ?

Lincoln se contenta de secouer la tête, puis se figea. Holland voulait le serrer dans ses bras et lui dire que tout irait bien. Mais elle ignorait si c'était le cas. Comment cela pourrait-il être le cas ?

Ils répondirent aux questions des policiers, tentant d'aller au fond des choses pour savoir ce qu'il s'était passé.

Les officiers étaient gentils, mais elle n'avait pas envie de rester avec eux. Elle voulait être auprès d'Ethan. Pour s'assurer qu'il allait bien. Elle n'arrivait pas à réfléchir. Elle ne pouvait rien faire. Elle ne put passer à côté du regard que s'échangèrent les flics quand ils découvrirent qu'elle était en trouple avec Lincoln et Ethan. Elle ne put passer à côté du regard des infirmières quand elles entrèrent pour informer Liam qu'elles n'avaient pas de nouvelles.

Des heures plus tard — du moins, c'était l'impression qu'ils en avaient —, ils la laissèrent partir afin qu'elle aille en salle d'attente et patiente avec les autres.

Ils avaient lancé un avis de recherche pour Damien. Ils souhaitaient encore parler au reste de la famille de ce qu'il s'était passé, mais ils devaient d'abord retrouver l'agent de Lincoln. Et ils devaient savoir de quoi ils devaient l'inculper, exactement.

De quelles blessures souffrait Ethan ?

Quand les médecins firent enfin leur apparition, Holland se figea sur sa chaise, les doigts entrelacés avec ceux de Lincoln, tandis que le reste des Montgomery se rapprochait pour écouter.

Elle croisa le regard de Marcus qui resta également assis, laissant Bristol avec sa famille. Il secoua la tête et elle comprit.

C'était pour eux, la famille. Ils en apprendraient plus quand le temps serait venu. Enfin, ils pouvaient tout de même entendre le médecin. Ils offraient simplement un peu d'espace aux Montgomery.

— Tout ira bien pour lui, chuchota Francine Montgomery avant de fondre en larmes dans les bras de son mari.

Holland laissa également ses larmes couler.

Ethan avait un traumatisme crânien, des ecchymoses au niveau des côtes et des points de suture au-dessus d'un œil. Il avait également quelques contusions et probablement des entailles moins sévères sur tout le corps.

Mais tout irait bien. Il était réveillé, malgré son traumatisme crânien, et ils avaient mis le protocole de soins en place. Tout irait bien pour lui.

Et alors que Holland pleurait dans les bras de Lincoln, elle ne put s'empêcher de remarquer qu'il n'avait pas bougé. Il n'avait pas dit un mot. Il n'avait pas pleuré.

Elle savait qu'il s'en voulait probablement. Et elle devait arranger ça. D'une manière ou d'une autre. Car ce n'était pas sa faute. C'était celle de Damien.

Elle ne savait pas quoi faire. Car elle aimait ces deux hommes. Elle les aimait tant qu'elle se brisait de l'intérieur.

C'était douloureux. C'était si douloureux.

Parce qu'elle avait failli perdre Ethan. Et elle ignorait quoi faire. Elle ne savait pas s'il y avait quoi que ce soit à faire. Elle resta assise et attendit. Elle savait qu'elle finirait par voir Ethan. Elle le devait. Mais après ça ?

Elle n'en savait rien.

Chapitre Seize

Chapitre 16

E than était étendu, immobile, sur son lit d'hôpital. Lincoln ne pouvait que rester planté là, à se demander ce qu'il était censé faire. Que devrait-il dire ?

C'était sa faute. Tout était sa faute.

S'il avait fait sortir Damien de sa vie avant que ça arrive, l'attaque n'aurait probablement pas eu lieu. Il aurait peut-être dû prendre ses distances avec Ethan. Damien ne serait pas devenu jaloux et il n'aurait pas affirmé que Lincoln était à lui.

Il ne savait pas vraiment ce qu'il s'était passé, ce qui s'était brisé dans le cerveau de Damien, mais Lincoln savait que c'était *lui* le fautif.

Et ils n'arrivaient pas à trouver ce salaud.

Il n'était pas chez lui ni à son bureau. Les flics le cherchaient toujours.

Cependant, les officiers ne cessaient de les interroger. Ils voulaient des réponses et Lincoln n'en avait aucune à fournir.

Oui, il avait couché avec Damien. Des années plus tôt.

Non, il ne l'avait pas mené en bateau et ne lui avait donné aucune raison de croire qu'il voulait être avec lui.

Non, il n'avait pas couché avec Damien depuis.

Non, il ne savait pas où se trouvait Damien.

Non, il n'avait pas demandé à Damien de faire ça.

Oui, Ethan était avec lui, tout comme Holland.

Non, il n'était pas dans une relation sadomasochiste dans laquelle il abusait de Holland et Ethan.

Non, il ne fréquentait pas Damien tout en couchant avec Holland et Ethan.

Non, ce n'était pas une relation à quatre.

Oui, il était en trouple avec deux personnes.

Non, ça ne les regardait pas.

Les questions se succédaient. Il était resté là et y répondait du mieux possible. Il n'avait pas pris d'avocat, il n'en avait pas besoin. Même si la première chose qu'un ami avocat lui aurait dite, c'était qu'il aurait toujours besoin d'être accompagné quand il parlerait avec un policier.

Mais Lincoln voulait simplement que ça se termine.

Il voulait qu'Ethan aille mieux.

Il dormait enfin. Il ne s'était pas levé, il n'avait rien dit, mais il avait tendu la main et Lincoln l'avait attrapée un instant. Ethan s'était ensuite tourné vers Holland et elle lui avait pris son autre main. Quand Ethan s'était enfin endormi — les infirmières le laissaient faire puisque, même s'il avait un traumatisme crânien, il avait pris des médicaments —, Lincoln lui avait lâché la main car il avait besoin de faire les cent pas.

Holland n'avait rien dit et il savait qu'elle prenait ses distances. C'était peut-être une bonne chose. Parce que, manifestement, tout ce que touchait Lincoln était bouleversé, ces temps-ci. L'art, Damien et maintenant Ethan. Évidemment que Holland voulait rester à l'écart.

Il se détestait. Il détestait tout ça. Mais il ne savait pas quoi faire.

Il ne pouvait rien faire.

Très bien.

— Je dois y aller, grommela-t-il dans sa barbe alors que la jeune femme se tournait vers lui.

— Je sais que certains Montgomery sont rentrés, surtout parce que Liam les a obligés à partir. Mais Aaron est encore en salle d'attente. Tu veux échanger avec lui ?

Elle voulut se lever, mais Lincoln secoua la tête.

— Non, je rentre chez moi. J'ai besoin d'une pause.

— Oh. Tu veux de la compagnie ?

Il la regarda et sut qu'il allait craquer, qu'il allait sans doute dire quelque chose qu'il regretterait. Il ne dit donc rien. Il secoua plutôt la tête et quitta la pièce sans la toucher, sans lui dire au revoir, sans l'embrasser. Sans rien faire pour elle ou Ethan.

Il partit simplement. Il était incapable de dire quoi que ce soit.

Quand Lincoln sortit, Aaron était dans la salle d'attente, comme Holland l'avait dit, et il jouait sur son portable.

— Le reste de la famille va se relayer, mais on s'est dit que vous devriez rester avec lui, tous les deux. Ils vous laissent passer la nuit ici ?

— Tu peux rejoindre Holland. Je rentre chez moi.

— Vraiment ? s'enquit Aaron en haussant les sourcils. Tu vas te contenter de partir ?

— Oui. J'ai besoin de réfléchir.

— Ne fais rien de stupide, Lincoln.

Celui-ci secoua la tête et partit, sachant qu'il avait déjà fait quelque chose de stupide. Il avait espéré. Il avait espéré que, peut-être, cela pouvait fonctionner entre Ethan et lui. Entre Holland et lui. Entre eux trois. Que personne ne commenterait le fait qu'il était en trouple. Que ça n'aurait pas d'importance à ce jour, à cette époque. Mais il avait vu la façon dont certaines infirmières les observaient tous les trois. Il avait remarqué la manière dont les flics avaient agi comme s'il avait un rapport avec l'attaque... Et pourquoi pas ? Parce qu'il avait couché avec deux personnes différentes en même temps ? Et même s'ils étaient dans une relation aimante et engagée, ils étaient nécessairement détraqués.

Il avait vu la manière dont les clients les regardaient quand ils sortaient au restaurant. Ou le fait qu'ils ne se tenaient pas la main et ne se touchaient pas quand ils sortaient à trois, afin d'éviter les regards insistants.

Oui, il savait tout ça. Il l'avait découvert, au fil du temps, et pourtant il avait espéré que, peut-être, il pouvait y arriver.

Mais ça n'avait pas été le cas. Tout était gâché.

Et maintenant, Ethan était dans un lit d'hôpital à cause de lui. À cause de son passé et de son incapacité à abandonner Damien parce qu'il avait l'impression de lui devoir quelque chose pour son travail.

Il devait simplement rentrer chez lui. Il avait besoin de réfléchir à ce qu'il allait faire. Ce n'était pas la fin, mais il devait être certain de ne plus blesser personne.

Ethan faisait d'énormes efforts, ou du moins, il en avait fait précédemment. Il essayait de faire fonctionner leur relation. Et Holland n'avait pas encore fui. C'était une bonne chose, n'est-ce pas ?

Mais tout ce que Lincoln faisait semblait se briser. Il n'arrivait pas à peindre ni à dessiner, il ne pouvait que songer à le faire.

Et maintenant, il y avait Damien.

Il conduisit jusque chez lui comme s'il était sur pilotage automatique. Il aurait aimé avoir une voiture équipée d'une telle option afin de ne pas avoir besoin de réfléchir du tout.

Honnêtement, il ne savait même pas comment il était rentré chez lui. Son esprit tourbillonnait, sa tête tambourinait.

Il tituba jusqu'à son appartement, referma la porte, la verrouilla derrière lui et se rendit dans sa cuisine. Il se servit deux doses de whisky et le but cul sec, bien qu'il soit censé le siroter.

Il s'en servit ensuite deux autres doses et se dit qu'il pouvait le siroter, ce verre-là.

Seigneur. Il ignorait ce qu'il aurait fait si Ethan était mort. Il arrivait à peine à respirer quand il y songeait. Mais quand Ethan serait sur pied et qu'il se rendrait compte que c'était uniquement la faute de Lincoln ? Il le perdrait dans tous les cas.

Ethan était son meilleur ami et il l'aimait du plus profond de son âme. Et il avait failli le perdre. À cause de Damien.

Ce salopard jaloux.

Et il ne pouvait rien y faire. Il n'avait pas été là quand Ethan avait eu besoin de lui. Non, Ethan avait quitté son travail à l'heure parce que Lincoln lui avait intimé de travailler moins. Il s'était retrouvé sur ce parking à ce moment précis parce qu'il voulait faire plaisir à Lincoln.

La bile lui monta à la gorge quand il songea à tout ce qui s'était passé et il posa son verre avant de s'agripper au plan de travail pour se soutenir. Il prit une profonde inspiration et tenta de compter jusqu'à dix, mais il en était incapable.

Il n'arrivait ni à respirer ni à réfléchir. Tout ce qu'il voulait, c'était frapper quelque chose.

Il regarda à l'autre bout du studio où se trouvaient ses œuvres et les toiles bleues et grises sur lesquelles il était censé travailler. Il ne vit rien. Il n'y avait rien en lui. Pas d'étincelle, pas d'art.

Il ne restait que de la rage.

Et il avait conscience qu'il ne pouvait rien faire.

Il tituba jusqu'à la toile et se contenta de la fixer, se demandant si quelque chose allait lui venir. Il laissa ses doigts glisser sur les parties blanches de la toile, se demandant si, peut-être, il devrait simplement utiliser de la peinture au doigt. Cela l'aiderait peut-être. Il ouvrit l'un des tubes, versa de la peinture sur sa palette et glissa les doigts dedans. La sensation paralysa presque la pulpe de ses doigts. Ce n'était pas censé avoir cet effet, mais c'était peut-être le cas parce qu'*il* était paralysé.

Il passa la main sur une partie blanche de la toile. Il aurait aimé qu'il se passe quelque chose, mais ce n'était pas le cas. Il n'y avait rien. Ce n'était pas de l'art, il était simplement en train de découvrir comment redevenir celui qu'il avait été, un jour. Et il ne restait plus rien.

Une clé s'inséra dans la serrure et il se figea.

À présent, une seule personne possédait la clé et elle se trouvait sur un lit d'hôpital.

Holland l'avait peut-être prise. Ou Aaron. Peut-être un autre Montgomery. Toutefois, lorsqu'il se retourna, il se figea.

Damien se trouvait là, une clé à la main et un sourire narquois sur le visage. Ses cheveux trempés de sueur collaient à son front. Son costume était débraillé, comme s'il avait couru et s'était caché — ce qui était sans doute le cas. Lincoln sentait également des vagues d'alcool émaner de cet homme. Il s'essuya les mains sur son pantalon, se fichant des policiers.

— Damien.

Il tenta d'adopter une voix calme, comme si son pouls ne tambourinait pas à ses oreilles. Son portable était dans sa poche. Il pourrait probablement l'atteindre, mais il ignorait si Damien avait une arme. Il ne savait rien.

Nom de Dieu, ça ne pouvait être en train d'arriver.

— Lincoln.

Il n'y avait rien dans ce ton. Pas d'émotion, pas de folie, pas de dépression. Rien. C'était ce qui effrayait Lincoln plus que tout le reste.

— Je ne savais pas que tu avais encore une clé, déclara-t-il d'une voix aussi calme que possible.

— Tu croyais que je n'en aurais pas fait de copie ? Tu aurais vraiment dû changer tes serrures. Mais tu as toujours été si complaisant. Et c'est bien. C'est pour ça que j'ai toujours été là pour toi. Et je serai toujours là pour toi.

Lincoln déglutit difficilement et espérait vraiment qu'il savait quoi répondre. Parce qu'il avait le sentiment que s'il faisait un seul pas de travers, tout le monde n'aurait pas une fin heureuse.

— Comment vas-tu, Damien ?

— Comment je vais ?

Damien se contenta de rire. C'était un rire aigu et comique. Lincoln retint difficilement sa grimace.

— Comment je vais ? Eh bien, j'ai tenté de t'aider. J'ai tenté de t'aider et maintenant, il y a des flics chez moi. Comment as-tu pu me faire ça ? Comment as-tu pu les envoyer à ma poursuite quand tout ce que je veux faire, c'est aider ?

— Tu as fait du mal à Ethan.

— Et alors ? Il n'a jamais été bon pour toi. Il ne te comprend pas aussi bien que moi. Tout ce qui compte pour lui, c'est se moquer de ton art et ne jamais se pointer. Mais tu sais qui a toujours été présent ? Moi. J'ai toujours été présent. J'ai toujours été là pour toi.

— C'est vrai, répondit Lincoln en essayant de ne pas faire enrager Damien plus que nécessaire.

— Tu as raison, j'ai toujours été là pour toi.

Damien avança et se rapprocha tellement de Lincoln que celui-ci pouvait sentir les vapeurs d'alcool émanant de son agent. Il avait la nausée.

— Tu es à moi, tu as toujours été à moi. Il t'a simplement fallu un moment pour le voir. Mais maintenant qu'Ethan est hors course, je peux être là pour toi. Et cette pétasse ? Holland ? Non. Tu n'as pas besoin d'elle. Je ne sais pas pourquoi tu le crois. Tu n'as pas besoin d'elle. Tu n'as besoin que de moi. Je t'aiderai à te débarrasser d'elle, aussi.

La peur saisit l'estomac de Lincoln et il secoua la tête.

— Ne lui fais pas de mal.

Le feu embrasa les pupilles de Damien.

— Tu tiens à elle aussi ? C'est un obstacle sur mon chemin. Elle ne devrait pas l'être. Elle n'est rien. Elle est nouvelle, c'est tout. Tu t'es laissé charmer par ses tétons et son cul, mais c'est parce que je te manque. Je te manque et tu m'as repoussé pendant si longtemps. Je ne vais plus rester à l'écart. Parce que je suis à toi. Et tu es à moi.

La rage heurta Lincoln tel un coup de poing et il secoua la tête.

— Je ne t'ai jamais appartenu, Damien.

— Si. Je me souviens de cette soirée.

— Cette soirée, c'était il y a longtemps. On était ivres tous les deux. On n'a rien fait depuis.

— Tu mens. Tu tiens à moi. Tu penses constamment à moi. Tout comme je pense à toi. Nous avons toujours été impliqués, ensemble. Je t'ai aidé à te faire un nom. Tu ne serais rien sans moi. Et maintenant, tu essaies de me rejeter ? Non.

Damien bondit sur Lincoln et lui donna des coups de poing. Lincoln prit le premier coup debout, puis il se pencha et asséna un coup de coude dans le ventre de Damien. Celui-ci continuait de faire pleuvoir les coups de pied et de poing, de s'agripper à lui, de faire tout ce qu'il pouvait pour l'atteindre, mais Lincoln était plus grand et plus rapide. Et même s'il avait du whisky dans l'organisme, il n'avait clairement pas bu autant d'alcool que son adversaire.

Lincoln poussa Damien et lui asséna un violent coup de poing en plein visage. Damien cracha du sang et sourit, comme s'il n'avait rien senti. Lincoln ne cessait de le frapper et de donner des coups de pied, mais Damien n'allait pas s'arrêter. Il se déchaînait et finit par toucher Lincoln en pleine mâchoire. Cette fois-ci, ce fut Lincoln qui cracha du sang. Il coulait sur son visage à cause d'une coupure sur son front, mais il l'ignora. Il devait arrêter ça.

Il devait arrêter Damien.

Parce que c'était pour Ethan, pour Holland. Parce que personne n'avait le droit de blesser ceux qu'il aimait. Pas plus qu'il ne les avait déjà blessés, en tout cas.

Damien se retrouva ensuite assommé, sur le sol. Lincoln se pencha au-dessus de lui, son torse s'élevant difficilement tandis qu'il inspirait et tentait de respirer, de se calmer.

Mais c'était impossible. Il ne pouvait rien faire. Il se rua vers l'un des tiroirs à côté de son matériel et trouva de la corde qu'il avait utilisée pour l'un de ses projets aux matières mélangées. Il attacha Damien.

Il n'était pas doué pour les nœuds, mais, avec un peu de chance, ce serait suffisant. Il appela ensuite la police.

Parce qu'il ne lui restait plus personne à appeler. Il ne savait pas quoi faire. Mais il devait le découvrir. Il n'arrivait même pas à comprendre que cet homme qui avait été son ami, qui l'avait accompagné pendant toute sa période artistique était devenu... *ça.*

Parce que Damien n'était pas l'homme avec qui Lincoln avait

été ami pendant si longtemps. Il regarda ensuite la toile comman-
dée, la tache et le bazar qu'il avait mis avec ses doigts. Il laissa
échapper un rire étouffé.

Il ne pouvait rien faire. Rien de ce qu'il faisait n'allait. Parce
que tout ce qu'il touchait semblait se transformer en cendres. Des
gens étaient blessés. Et ce qu'il pensait être, ce qu'il imaginait
pouvoir offrir, ne représentait pas grand-chose.

Enfin, c'était peut-être *trop*. Voilà peut-être sa révélation.
Ethan et Holland seraient mieux sans lui. Il n'en savait rien. Il
n'avait pas les réponses.

Il était assis sur son tabouret, celui qu'il avait utilisé pendant si
longtemps pour découvrir ce qu'il devait faire, et il attendit.

Il attendit... sans résultat.

CHAPITRE DIX-SEPT

Chapitre 17

Quand les Montgomery venaient vous souhaiter bon rétablissement et tentaient de vous réconforter, ils avaient tendance à venir en force. Ethan s'allongea sur le coin de son canapé d'angle et eut envie de crier. Non pas parce qu'il ne leur en était pas reconnaissant. Parce que, mon Dieu, il était si reconnaissant.

Il n'avait pas besoin de lever le petit doigt dans sa maison et sa famille était là pour lui. Tout le monde s'assurait qu'il ait tout ce dont il avait besoin. En revanche, ce qu'il n'avait pas, c'était du temps pour réfléchir. Du temps à partager avec les deux personnes qu'il aimait le plus. Parce qu'ils l'évitaient.

Oh, ils pensaient peut-être s'en sortir facilement, mais il savait quand quelqu'un l'évitait. Et c'était exactement la raison pour laquelle Lincoln n'était venu que deux fois dans la semaine qui venait de s'écouler, depuis qu'Ethan était rentré chez lui. Il prétendait que c'était à cause du travail et d'autres éléments en relation avec ce qui était arrivé avec Damien. Et bien qu'Ethan ait envie de le croire, il n'y arrivait pas.

Mais il n'avait pas pu passer du temps en tête à tête avec Lincoln pour en parler. Pour lui dire qu'il ne lui en voulait pas.

Que c'était la faute de Damien, et celle de personne d'autre.

Mais, Seigneur, rien que l'idée que Lincoln aurait pu être blessé également, quand Damien s'était pointé dans son studio, horrifiait Ethan. Enfin, il aurait pu le blesser *encore plus*. Ethan avait envie d'arracher les couvertures qui étaient actuellement sur ses jambes, puisque personne ne le laissait se lever.

Mais il ne pouvait faire ça. Tout le monde le fixait, attendait qu'il recommence à saigner ou quelque chose de ce genre.

Les ecchymoses sur ses côtes étaient si sérieuses que son médecin avait dit qu'il s'en serait mieux sorti si elles avaient été franchement brisées.

Ce n'était pas quelque chose qu'il avait envie d'entendre.

Il était bandé, enveloppé, et chaque fois qu'il toussait ou riait, cela le faisait souffrir.

Mais il avait le droit de faire le tour de la maison, du moins, d'après son médecin. Sa mère ne le laissait pourtant pas faire.

Il n'était pas allé travailler depuis une semaine et, étonnamment, ça ne dérangeait pas Maximilian.

Le patron d'Ethan avait été si bouleversé par l'idée que quelqu'un ait été blessé sur son parking qu'il avait installé davantage d'équipements de sécurité afin de surveiller ce qu'il se passait. Et personne n'avait le droit de partir seul jusqu'à sa voiture, maintenant.

Le deuxième jour, Julia était passée voir Ethan pour le lui expliquer et elle avait ajouté que Maximilian était réellement stressé. Il envisageait même d'engager des vigiles au bureau.

Ethan ne savait pas vraiment en quoi cela pourrait aider, étant donné que ce n'était que l'histoire d'une fois, mais il accepterait tout ce que Maximilian devait faire pour que lui et ses employés soient en sécurité. Enfin, s'il avait un jour le droit de retourner au travail.

Oh, son médecin lui avait dit qu'il pouvait y retourner la semaine suivante, mais sa mère allait peut-être l'attacher — délicatement — pour qu'il ne parte pas.

Actuellement, toute la famille Montgomery se trouvait dans le salon et la cuisine d'Ethan. Ils discutaient et l'ignoraient. Holland était assise à côté de lui, les jambes croisées tandis qu'elle baissait les yeux vers sa tablette et travaillait sur son inventaire.

Elle ne le regardait et ne lui parlait même pas, mais sa présence le réchauffait.

Si seulement Lincoln pouvait arrêter de le fusiller du regard depuis le coin de la pièce et venait s'asseoir avec eux deux.

Tout le monde était là pour s'assurer qu'il allait bien lors de son dernier jour de confinement. Du moins, il l'appelait constamment ainsi.

Aaron avait évoqué ce mot, probablement grâce à l'un des nombreux romans historiques qu'il lisait et tout le monde l'avait finalement adopté.

— Tu es sûr qu'on ne peut rien t'apporter d'autre avant de partir ? s'enquit sa mère en gonflant les coussins derrière son dos.

Ethan se tourna vers Holland qui lui sourit. C'était l'un des premiers sourires qu'il voyait sur son visage depuis longtemps. Il déglutit difficilement.

Mon Dieu, ce sourire lui avait manqué. Et Lincoln lui manquait. Physiquement, ils étaient tous les deux présents, mais ce n'était pas suffisant. Il voulait également qu'ils soient ensemble, mentalement.

— Je vais bien. Le dîner était merveilleux. Tu sais à quel point j'aime le poulet et les raviolis.

— Elle t'a dit qu'elle avait aussi préparé du pain ? s'enquit Arden en embrassant sa future belle-mère sur la joue.

Francine tapota l'épaule d'Arden et se tourna ensuite vers son fils.

— C'est vrai, mais c'est parce que j'avais besoin de m'occuper. Je suis vraiment stressée quand l'un de mes bébés est blessé.

— Je vais bien.

Sa mère se contenta de le regarder.

— D'accord, tout *ira* bien pour moi. Je recommence à travailler la semaine prochaine, ce qui signifie que je devrai probablement m'habituer à marcher.

— Je sais. Je sais.

— Laisse-le tranquille, Francine. Fils, ton congélateur et ton frigo sont remplis de plats que tu n'auras qu'à réchauffer. Et je suis certain que Holland et Lincoln pourront t'aider avec ça. Je vais traîner tes frères, ta sœur et leurs moitiés loin d'ici pour que vous soyez tranquilles, tous les trois. Je suis presque sûr que vous n'avez pas eu un moment à vous depuis qu'on a quitté l'hôpital.

— Merci, Papa.

— Pas besoin de nous traîner, rétorqua Bristol en traînant littéralement Marcus dans la pièce.

Ce dernier leva les yeux au ciel. Cela ne le dérangeait manifestement pas d'être qualifié de *moitié*.

Non pas qu'Ethan tenterait d'évoquer ce sujet même avec les plus grandes pincettes du monde. Il était bien trop occupé à s'occuper de ses propres problèmes pour s'occuper de ceux de sa sœur.

— Merci d'être là.

Bristol eut les larmes aux yeux, puis l'embrassa sur la joue.

— Je t'aime, mon frère. Ne refais plus jamais ça.

— Je vais faire de mon mieux pour qu'un taré avec un pied-de-biche ne me donne plus de coups sur la tête.

Il tentait de faire de l'humour, mais remarqua la crispation de la mâchoire de Lincoln.

Seigneur, il était vraiment nul.

Il devait parler à son meilleur ami. Il devait arranger ça. Et il devait savoir ce qu'il se passait avec Holland.

— Ne recommence pas, c'est tout, murmura Bristol avant de l'embrasser et de laisser Marcus l'emmener loin d'ici.

Celui-ci fit un signe du menton à Ethan, qui se contenta de sourire.

— Merci d'être là.

— Toujours. Tu le sais bien.

Ils partirent tous les deux. Arden et Liam en firent de même après l'avoir fermement enlacé.

Enfin, aussi fermement que possible sans le blesser. C'est-à-dire sans aucune force.

Ses parents furent les suivants. Ils les embrassèrent tous les trois et tapotèrent les joues d'Ethan. Son père dut littéralement traîner sa femme hors de la pièce, mais ce n'était pas grave.

Quand ils partirent, il ne restait qu'Aaron et le trouple. Le frère d'Ethan s'éclaircit la gorge avant de les observer tour à tour.

— Je ne voulais pas être le dernier. Mais si vous avez besoin de moi, dites-le-moi. Ne faites rien de stupide, d'accord ?

Ethan ne savait pas franchement à qui Aaron s'adressait, mais celui-ci partit. Lincoln était toujours au coin de la pièce. Il n'avait pas bougé depuis ces dix dernières minutes. Holland posa enfin sa tablette et gigota sur le canapé, assez prudemment pour ne pas le blesser.

Il tendit la main et la posa sur son genou avant de le serrer.

— Salut, toi, dit-elle en souriant alors que les larmes lui montaient aux yeux.

— Ne pleure pas.

— Désolé. Ce sont les hormones.

— C'est peut-être toi qui devrais être assise au coin du canapé avec une bouillotte.

— Non, ça va. Mais j'ai volé quelques-uns de tes chocolats, tout à l'heure.

— Ce qui m'appartient t'appartient. Tu le sais.

— Oui, je le sais. J'imagine que je ne vais pas devoir tarder à rentrer. Je dois m'occuper de plusieurs choses à la boutique, de toute façon. Et je sais que tu veux sans doute passer un peu de temps seul.

Ethan eut envie de jurer, se demandant ce qui clochait chez eux.

— Non, je veux que tu sois là. Toi *et* Lincoln. Et pourquoi tu restes là-bas, d'ailleurs ? Viens. Discutons.

— D'accord. Il faut que je parle, de toute façon.

La peur s'implanta dans le ventre d'Ethan et Holland se figea avant de se tourner vers Lincoln.

— Qu'est-ce qui ne va pas ?

Lincoln les observa tour à tour et Ethan tendit la main pour attraper celle de Holland. Elle la dégagea avant qu'ils puissent entrer en contact et il eut l'impression qu'il était perdu. Qu'il se trouvait dans un abysse, avec un vaste océan tout autour de lui, et que personne n'était là pour le stabiliser.

Mais que se passait-il ?

— Ça ne marche pas.

Lincoln prononça ces mots, mais Ethan les entendait à peine par-dessus le bourdonnement dans sa tête.

— Quoi ?

Son meilleur ami et amant secoua la tête et mit les mains dans ses poches.

— Je n'aurais pas dû laisser cette histoire aller si loin. Ça ne fonctionne pas. Je dirais bien que ce n'est pas vous, que c'est moi, mais c'est cliché. Et je ne sais même pas ce que ça signifie. Mais ça ne fonctionne pas. Et je pense que ce serait mieux pour tout le monde si je partais.

Ethan tenta de se lever, mais grimaça à cause de la douleur dans son flanc. Holland se pencha ensuite vers lui pour appuyer sur son genou.

— Ne bouge pas, tu vas te faire mal.

— Eh bien, je vais peut-être devoir me faire du mal si personne ne me dit ce qu'il se passe. C'est quoi ce délire, Lincoln ?

— C'est juste que... ça ne va pas marcher. D'accord ? Je ne suis pas doué pour ça. Je dois y aller.

Holland ne prononça pas un mot et Ethan n'était même pas sûr de *pouvoir* parler alors que Lincoln s'en allait et le laissait planté là comme un idiot.

— Tu ne peux pas partir comme ça. On doit en discuter. J'ai été blessé, mais ça va. Je vais bien. Tu n'as pas le droit de t'en aller comme ça.

— Il n'y a pas que ça. J'y pense depuis un moment. Ce serait mieux si vous continuiez sans moi. Vous finirez par le comprendre.

— Non, je ne le comprendrai pas. Aide-moi à comprendre. Tout de suite.

Lincoln se figea. Holland n'intervenait toujours pas.

Lincoln était en train de rompre avec eux deux et elle ne disait rien. Pourquoi était-ce en train d'arriver ? C'était comme si on le frappait une nouvelle fois avec ce pied-de-biche.

— Parle-moi.

Lincoln secoua la tête.

— Je ne peux pas.

Il s'éloigna ensuite du mur contre lequel il s'était appuyé et partit. Il *partit*. La porte claqua derrière lui.

Ethan n'arrivait plus à respirer et ce n'était pas uniquement parce que ses côtes étaient douloureuses contre ses poumons. Non, c'était parce que rien n'allait. Oui, il avait été blessé, mais ce n'était pas si sérieux et ce n'était pas la faute de Lincoln. Mais pourquoi les quittait-il tous les deux ? Ce n'était pas ainsi que cela devait fonctionner.

Il se tourna vers Holland. Il vit les larmes couler sur son visage, mais elle ne disait rien.

— C'est quoi ce délire ?

HOLLAND SAVAIT QU'ELLE DEVRAIT PROBABLEMENT intervenir. Mais comment pouvait-elle parler alors qu'elle se brisait de l'intérieur ? Elle aurait dû savoir que c'était sur le point d'arriver. Elle aurait dû le savoir et elle aurait dû partir depuis longtemps.

À présent, elle allait devoir faire avec, quoi qu'il arrive. Car Lincoln était parti. Il était sorti et ne leur avait même pas donné une bonne excuse.

— Holland ? Parle-moi.

— Il... Il faut que j'y aille.

253

Ethan écarquilla les yeux et se pencha, son visage trahissant sa souffrance. Elle savait que c'était parce qu'il bougeait bien trop pour ses côtes blessées.

Il avait des points de suture sur le sourcil et elle voulait les embrasser pour qu'ils guérissent, mais ça n'aiderait pas. Il devrait probablement gérer les séquelles de ce traumatisme crânien pour le reste de sa vie et il avait de la chance que Damien ne lui ait pas démoli le crâne.

Les bleus sur son corps étaient désormais d'une teinte différente avec du vert, du jaune et quelques traces de violet. Elle ne pouvait même pas le toucher. Que se passerait-il si elle le touchait et lui faisait mal ? Elle ne pourrait jamais se le pardonner. Mais comment était-elle censée se pardonner pour ce qui venait tout juste d'arriver.

— Je n'ai jamais voulu m'immiscer entre vous deux.

— Quoi ? Tu te fous de moi ?

Ethan l'attrapa par les épaules et elle sut qu'il avait envie de la secouer, mais il n'en fit rien. Il ne lui fit pas de mal et elle ne réagit nullement. Mais elle devait y aller.

Lincoln était parti et Ethan souffrait. Si elle n'avait pas été là, peut-être qu'ils auraient eux-mêmes démêlé la situation. Mais c'était trop pour Damien, manifestement. Et pour Lincoln aussi, à présent. Après tout, Damien n'avait pas craqué avant qu'elle apparaisse. Et maintenant, Lincoln était parti aussi.

Si elle n'avait pas participé à tout ça, cela aurait été plus simple pour tout le monde.

— Je devrais y aller. Tu dois tout arranger avec Lincoln. C'est ton meilleur ami. Même si votre relation ne peut pas fonctionner comme avant, je sais que vous vous aimez. Je devrais y aller. Parce que tu ne peux pas le perdre.

— Je ne peux pas *te* perdre.

Les larmes coulèrent sur les joues de la jeune femme et elle les essuya, refusant de pleurer pour ça. Parce que c'était sa faute. Elle s'était dit longtemps auparavant qu'elle aurait dû partir. Elle n'aurait pas dû tenter sa chance.

— Je n'étais censée être qu'une distraction.

Elle se leva du canapé et Ethan tendit une nouvelle fois la main vers elle, mais il ne pouvait bouger pour le faire. Il ne pouvait se lever parce qu'il était blessé.

Parce qu'un monstre n'avait pas voulu de lui dans la vie de Lincoln.

— Règle tout ça avec lui, s'il te plaît. Vous êtes parfaits l'un pour l'autre.

— Pas sans toi, grogna Ethan.

— Je ne suis pas faite pour ça. Je ne veux pas être un nouvel obstacle sur votre chemin. Arrange ça. Je sais que tu le peux. Mais je dois y aller.

Et tout comme lors de sa relation précédente, elle s'enfuit. Elle franchit la porte et courut jusqu'à sa voiture. Elle ne laissa pas les larmes couler. Elle ne pouvait se le permettre. Elle avait réussi à ne pas pleurer, à l'exception de quelques larmes au début. Elle conduisit jusque chez elle, espérant qu'elle y arriverait à temps. Avant que le barrage explose. Parce qu'elle allait craquer et elle devait le faire en privé. Si elle regardait Ethan, si elle pensait à lui, elle ferait demi-tour et irait s'assurer qu'il allait bien. Elle l'avait pourtant laissé seul et souffrant et c'était uniquement sa faute.

Parce qu'elle avait peur. Si peur de le perdre, tout comme elle avait failli le perdre lorsqu'il avait été blessé. Elle s'enfuyait. Car si elle s'enfuyait en premier, alors ce ne serait pas aussi douloureux, plus tard — bien qu'elle n'en croie pas un mot. Néanmoins, elle savait une chose : Lincoln et Ethan étaient faits l'un pour l'autre. Et elle ne ferait qu'entraver leur chemin.

Elle s'en allait.

Elle était partie quand Ethan souffrait, mais Lincoln en avait fait de même. Elle avait essayé de comprendre ce qu'elle devrait faire une fois qu'Ethan serait remis et elle n'avait trouvé aucune solution. Car elle s'était immiscée entre eux. Elle savait, elle *savait* que Lincoln et Ethan auraient pu démêler tout ça sans elle. Et peut-être que si elle n'avait pas été aussi égoïste, Lincoln ne serait pas parti.

Elle détestait souffrir. Elle haïssait la rancœur ressentie à l'idée que Lincoln l'ait également quittée. Mais elle ne pouvait se focaliser là-dessus, elle ne pouvait se concentrer que sur Ethan. Parce qu'il était le seul à souffrir physiquement et il pouvait arranger tout ça avec Lincoln. Ils avaient une si longue histoire. Ils avaient traversé tant de choses, tous les deux. Elle était l'unique parasite.

Elle se gara dans son allée et il lui fallut un moment pour se rendre compte qu'une autre voiture se trouvait devant sa maison.

Elle l'observa et sa bouche s'assécha. Mais elle se dit... pourquoi pas ? Pourquoi ne serait-ce pas en train d'arriver ?

Elle sortit de son véhicule et ferma doucement la portière, surtout parce qu'elle avait envie de la claquer. Elle avait envie de crier au monde et de demander à l'univers pourquoi c'était en train d'arriver, mais c'était inutile.

— Holland, la salua sa sœur en sortant de la voiture.

Holland n'avait pas vu sa frangine depuis que celle-ci avait été à genoux, en train de sucer le fiancé de Holland le jour de leur mariage.

... Et pourquoi pas ?

Elle avait l'impression qu'une éternité s'était écoulée. Elle avait l'impression d'être différente.

Elle avait cru qu'elle allait se marier et être heureuse avec Dustin, jusqu'à la fin de sa vie. Mais, en réalité, elle avait stagné et avait fait ce dont elle avait cru avoir besoin. Dustin n'était pas pour elle. Elle ne pensait même plus à lui.

Oh, elle souffrait encore en songeant qu'il l'avait trompée avec sa sœur, mais ce ne serait pas sa raison d'être.

Et alors que Holland observait Dakota, avec ses yeux écarquillés et son innocence manifeste, elle ne put la détester non plus.

Car sans tout ce qu'il s'était passé, elle n'aurait pas rencontré Ethan et Lincoln.

Elle ne se serait pas retrouvée sur le banc, dans ce parc, à s'apitoyer sur son sort parce que son monde s'était effondré. Mais elle s'était trompée sur la sensation de la véritable souffrance. Voir sa sœur faire une fellation à Dustin n'avait été que la partie émergée de l'iceberg, en termes de souffrance. L'idée qu'Ethan aurait pu mourir lui faisait encore plus mal. L'idée que Lincoln était parti, les avait quittés sans véritable explication, lui faisait encore plus mal.

Et le fait qu'elle avait agi de la même façon avec Ethan parce qu'elle avait peur ? C'était la pire des souffrances.

Elle ne tourna pas le dos à Dakota et ne la fuit pas.

Parce qu'elle connaissait la véritable souffrance. Et ce que Dakota et Dustin lui avaient fait n'était qu'une pâle comparaison.

— Salut.

— Tu n'as jamais répondu à mes appels.

Sa petite sœur baissa les yeux vers ses mains et Holland tenta de se souvenir de la dernière fois qu'elle avait réellement parlé avec Dakota de quelque chose d'important. Au lycée, peut-être ? Au collège ? Elle n'en était pas sûre et c'était peut-être sa faute. Mais, après tout, sa famille ne l'avait jamais comprise. Ils ne s'étaient jamais rapprochés d'elle. Elle avait passé toute sa vie à rendre Dakota heureuse. Et une fois qu'elle avait tenté de trouver le bonheur, elle aussi, sa sœur avait essayé de le lui arracher. La famille de Holland n'était pas au courant pour Ethan et Lincoln. Ils ne savaient pas à quel point son travail était important pour elle. Mais ce n'était pas grave. Elle s'en sortait bien toute seule. Toutefois, elle avait ensuite réessayé de trouver le bonheur et s'était rendu compte trop tard que ce n'était pas pour elle.

— Je ne savais pas vraiment si nous avions quoi que ce soit à nous dire, répondit honnêtement Holland.

— Je voulais m'excuser.

La réplique cinglante qui aurait auparavant surgi sur le bout de sa langue ne se manifesta pas. Car Holland ne ressentait rien.

— D'accord. Je te crois. Autre chose ?

— Oh.

Dakota écarquilla encore davantage les yeux. Elle ressemblait à une biche de dessin animé surprise par les feux d'une voiture. Mais Holland s'en moquait.

Elle était mieux toute seule. Elle l'avait appris depuis longtemps.

Elle n'aurait pas dû essayer de changer cela.

— Vous allez probablement mieux ensemble, Dakota.

Les yeux de sa petite sœur s'élargirent un peu plus face à son honnêteté, mais elle haussa les épaules.

— Sérieusement. J'aurais simplement préféré que vous veniez me le dire. J'aurais sincèrement aimé qu'il rompe avec moi afin que vous vous mettiez ensemble. Je déteste l'idée qu'il a fallu que je le découvre ainsi, mais c'est terminé. Et honnêtement, je ne m'en préoccupe plus du tout.

— Je suis vraiment désolée. Je savais que je devais trouver un autre moyen, mais je ne savais pas comment te le dire.

Holland n'était même pas surprise que Dakota l'ait fait intentionnellement. Oh, oui, elle avait voulu que sa sœur les trouve exactement dans cette position. Pourquoi discuter quand vous pouviez plutôt faire une énorme révélation dramatique ?

Étant donné qu'elle avait fui son mariage comme dans un film, et qu'elle venait d'en faire de même avec Ethan, c'était apparemment une tradition familiale.

— Je ne te ferai plus jamais confiance, déclara sincèrement Holland.

Sa sœur acquiesça.

— Et je n'irai pas au mariage. Je ne sais même pas si je veux encore faire partie de la famille, comme avant. Mais c'est surtout à cause de maman.

— Eh bien, papa n'est pas beaucoup mieux.

Holland hocha la tête.

— Non, c'est vrai. Mais sois heureuse. Sois heureuse parce qu'une fois que tu trouves le bonheur, il est difficile de s'y accrocher.

— Tu parles de Dustin, c'est ça ?

Holland se contenta de hausser les épaules. Elle ne voulait pas parler d'Ethan ou Lincoln à sa sœur. Elle ne voulait parler d'eux avec personne.

Et tandis que Holland restait plantée là à ne rien dire, sa cadette hocha légèrement la tête et remonta dans sa voiture. Elle la démarra et s'en alla.

Dakota avait obtenu le pardon qu'elle était venue chercher, et c'était nécessaire. Elle pourrait aller de l'avant et une fois encore, Holland resterait seule.

Elle n'aurait pas de famille et pas d'amis non plus. Car les amitiés qu'elle avait entamées avec Bristol, Arden et Madison ne pouvaient durer. Toutes les trois, elles choisiraient le camp des hommes. Légitimement.

Et Holland serait seule. Encore une fois. Mais c'était ce qu'elle méritait. Elle ne comprenait pas ce qu'elle voulait. Elle avait du mal à se sentir suffisamment en sécurité pour être aimée. Mais elle devait être heureuse quand elle était seule.

Et c'était une bonne chose. Elle avait son travail et elle pouvait qualifier Steven d'ami. Elle avait ça, au moins. Et le mari de Steven était également adorable. Elle finirait par se faire de nouveaux amis, des amis qu'elle ne s'était pas faits grâce aux personnes qu'elle fréquentait.

Tout irait bien pour elle.

Elle rentra chez elle, ferma la porte derrière elle et s'assit sur le banc près de sa porte d'entrée. Elle se prit le visage entre les mains et laissa enfin les larmes couler.

Elle les avait quittés avant qu'ils puissent le faire. Elle le comprenait. Ou du moins, elle l'avait fait avec Ethan. Parce que Lincoln l'avait quittée, *elle*. Il l'avait quittée avant qu'elle puisse le faire et c'était douloureux. De nouvelles larmes lui picotèrent les yeux. Elle avait l'impression qu'elle allait vomir. Son pouls était précipité et son corps tremblait.

Pourquoi n'était-elle pas assez bien ? Pourquoi personne ne pensait qu'elle était assez bien ?

Et alors qu'elle pleurait et se disait qu'elle aimerait retourner en arrière, qu'elle aimerait retrouver Ethan pour lui dire qu'ils pouvaient s'en sortir et ramener Lincoln, elle sut qu'elle devait d'abord travailler sur elle-même.

Parce qu'elle ne s'y prenait pas bien. Elle ne s'y prenait jamais bien.

Elle avait été une distraction. Une distraction pour elle-même. Et elle ne pouvait recommencer.

Elle n'en ferait rien.

Chapitre Dix-Huit

Chapitre 18

Lincoln se plongea dans le travail. Il en avait assez de regarder des toiles blanches. Il était las de voir des œuvres qu'il avait failli détruire.

Il but une nouvelle gorgée de la bouteille de whisky et se contenta de peindre.

Il n'était pas ivre, mais il était bien au-delà de l'effervescence. S'il ne cessait de boire, il serait clairement en état d'ébriété. Et il ne souhaitait pas être ce genre d'artiste. Il n'avait pas envie de se reposer sur l'alcool. Mais aujourd'hui, il ferait semblant.

Car cela faisait quatre satanés jours qu'il ne les avait pas vus. Quatre jours qu'il était parti en faisant comme si ce n'était pas grave.

Mais il était dans un sale état. Si Damien n'était pas entré dans la vie de Lincoln, Ethan irait bien. Holland n'aurait pas été menacée. Mais elle l'avait été, peut-être pas directement, mais elle l'avait été, et Ethan avait fini à l'hôpital.

Lincoln allait s'en vouloir. Damien était derrière les barreaux et risquait Dieu seul savait quelle peine à cause de son obsession envers lui. Et Lincoln se retrouvait au milieu de tout ça. S'il s'extirpait de cette situation, alors tout s'arrangerait. Mais il devait travailler. Il devait se focaliser sur son art.

Car, par le passé, il avait pu mettre son incapacité à créer sur le dos de son amour pour Ethan et son manque d'action à ce sujet. À présent ? Eh bien, il avait agi. Et ça n'avait pas été suffisant. Il avait essayé — réellement essayé — et ça n'avait pas suffi.

Parce que Damien avait tout gâché.

Et Lincoln avait été le déclencheur pour que Damien tombe en disgrâce.

Il avait simplement besoin de travailler. Il avait besoin de se concentrer sur son art puisque, apparemment, avoir Ethan dans sa vie comme il en avait toujours rêvé n'avait pas été suffisant pour passer outre son syndrome de la toile blanche. Avoir Holland, quelqu'un qui le comblait comme il ne l'aurait jamais cru possible, n'avait pas été suffisant non plus.

Non, c'était lui. C'était lui qui bloquait son art. C'était lui qui l'entravait. Il devait donc régler le problème. Il devait se rappeler pourquoi il faisait ça, et ce n'était pas pour Damien. Ce n'était pas pour vendre son art. Ce n'était pas pour le vendre dans la boutique de Holland comme il lui avait promis. Parce qu'il ne pourrait plus le faire, maintenant, n'est-ce pas ?

Il n'allait pas travailler sur cette œuvre pour Francine comme il le voulait pour son anniversaire. Il ne ferait rien de tout ça. Mais il devait se concentrer sur la raison pour laquelle il avait envie de peindre, pour laquelle il aimait dessiner et être un artiste. Parce que, en fin de compte, il ne lui resterait que ça.

S'il ne pouvait avoir ceux qu'ils aimaient, il devait au moins avoir quelque chose.

Bien qu'il ne le mérite probablement pas.

Il ajouta davantage de peinture sur les toiles, remplit les courbes et les lignes. Il continua d'en ajouter jusqu'à ce qu'une silhouette apparaisse. Il vit alors ses yeux.

C'était Holland, de profil, allongée sur un lit. Néanmoins, il ne s'agissait pas d'un portrait réaliste. Il était plus abstrait. On voyait qu'il s'agissait d'une femme, mais il serait le seul à savoir qu'il s'agissait de Holland. Son client ne le saurait pas.

Il ne saurait pas que ce regard était pour Ethan et lui. Il ne saurait pas qu'il signifiait le monde entier pour Lincoln.

Il ne saurait pas que Lincoln s'était éloigné de ce regard parce qu'il s'était dégonflé face à tout ce qu'il se passait.

Mais il ne pouvait revenir en arrière. Il le savait.

On frappa à la porte et il se figea avant de déglutir difficilement.

Il avait changé les serrures le lendemain de la venue de Damien. Cependant, il avait toujours l'impression de devoir recommencer, même si ça n'avait rien de réaliste.

Il entendit un cliquetis dans la serrure, puis une clé qu'on tournait. Il sut donc qui était là. La seule personne qui avait accès à son appartement. Et ce n'était pas Ethan. Plus maintenant. Car Lincoln avait gâché leur amitié, comme il avait gâché tout le reste.

Non, il savait de qui il s'agissait. Et il savait bien que c'était l'unique personne qui lui restait.

Car il s'était éloigné de tout le reste.

— Je n'avais pas envie d'utiliser la clé, mais je ne pensais pas que tu allais me laisser entrer.

Lincoln se retourna pour faire face à Madison et elle entra, en refermant et verrouillant la porte derrière elle.

— Je veux juste prendre de tes nouvelles.

— Je vais bien.

Il savait qu'il parlait d'une voix bourrue, qu'il se comportait comme un salaud, mais il s'en moquait. Il devait travailler.

— Et je déteste t'interrompre quand tu travailles, mais je m'inquiète tellement pour toi, Lincoln. Tu es comme mon frère et je n'aime pas te voir souffrir. Comment puis-je t'aider ?

— Tu peux t'en aller.

— Et tu peux arrêter de te comporter comme un salaud et parler à quelqu'un.

— Je peins enfin, Madison.

Il jeta son pinceau dans le bocal d'eau, sachant qu'il devait d'abord le laisser tremper avant de s'occuper de la prochaine étape. Il pouvait marquer une pause et c'était une bonne chose. Il se tourna donc vers sa cousine et lui lança un regard noir.

— Quoi ? Qu'est-ce que tu attends de moi ?

Elle se contenta de l'observer et de relever le menton. Elle avança ensuite.

— Je veux que tu me parles. Ou que tu parles à n'importe qui. Damien est entré chez toi et t'a fait du mal. Tout comme il a fait du mal à Ethan. Mais tu n'en parles à personne. Personne n'en discute. Personne ne parle de ton œil au beurre noir, des ecchymoses sur ton visage et de ta lèvre fendue. Personne n'évoque le fait qu'il t'a blessé de bien des façons et qu'on n'arrive pas à te réconforter. Tu ne laisses même pas tes parents venir. Je sais qu'ils ont dit qu'ils allaient passer te voir, mais tu leur as hurlé dessus en affirmant que tu n'avais pas besoin d'eux.

— C'est vrai.

— Tu mens. Tu te mens à toi-même et tu mens à tout le monde. Parle à Ethan. Il s'est remis de ses blessures.

— Tu l'as vu ?

— Son frère, Aaron, m'a appelé. Apparemment, Ethan s'assure que tout le monde ait le numéro de tout le monde, en cas d'urgence.

— Tu connais Aaron. Tu l'as rencontré à plusieurs reprises.

— Oui, mais on n'était pas amis avant ça. On le devient. Parce que notre famille souffre et qu'on ne peut rien faire pour arranger ça. Aide-nous à arranger ça. Parle à Ethan. Ce n'était pas ta faute. Ce n'était pas la sienne non plus. C'était celle de Damien. Holland et vous deux, vous alliez si bien ensemble et j'ignore pourquoi ce n'est plus le cas. Ça n'a aucun sens pour moi.

— Inutile que ça ait du sens pour toi. Tu ne fais pas partie de cette histoire.

— Je le sais. Mais tu es de ma famille. J'ai donc le droit de te dire de te lever et d'aller parler à l'homme que tu aimes. D'aller parler à la femme que tu aimes. Tu as également quitté Holland.

Tu as jeté cette femme dans une relation qui ne ressemblait en rien à ce qu'elle avait vécu par le passé, et puis tu l'as laissé tomber. Tu as laissé ces flics et ces infirmières la regarder avec dédain et jugement, et tu ne l'as pas aidée. Tu n'étais pas là pour elle.

— Tu crois que je ne le sais pas ? C'est pour ça que je suis parti. Ils peuvent être ensemble et démêler tout ça. Et peut-être qu'un jour, ils me pardonneront suffisamment pour redevenir mes amis. Je ne veux plus revoir ce regard dans les yeux d'Ethan, celui qui montre à quel point il est effrayé et agacé. Et je ne veux plus revoir cette expression sur le visage de Holland, quand quelqu'un la juge pour les personnes qu'elle fréquente et pour ce qu'elle est.

— Primo, tu savais tout ça avant de te lancer. Et le reste ne concerne que les autres. Qu'ils aillent se faire foutre avec leurs opinions.

— C'est facile à dire quand tu n'en fais pas partie.

— Oui, j'imagine. Mais tu n'as jamais été seul dans cette histoire. Nous t'avons tous soutenu. Oui, les relations non conventionnelles sont difficiles, mais il faut simplement que tu communiques. Et tu ne le fais pas. Deuzio ? Pourquoi crois-tu que Holland et Ethan sont encore ensemble ?

— Qu'est-ce que tu veux dire ?

— Holland est partie juste après toi et Ethan n'a pas pu lui courir après parce qu'il était encore sur ce foutu canapé. C'est ce qu'Aaron a dit, en tout cas.

Lincoln déglutit difficilement.

— Elle est partie ?

— Oui, elle s'en veut, elle s'est dit qu'elle s'immisçait entre vous et qu'elle gâchait tout. Tu dois arranger ça, Lincoln. Parce que Holland est une personne merveilleuse et qu'elle est seule, maintenant. Et tu repousses tout le monde pour être seul, toi aussi.

— Je dois simplement me concentrer.

— Te concentrer sur ton art, bien sûr, je le comprends. C'est ton domaine, ta passion, ton travail. Mais ne perds pas tout le reste à cause de ça. Ne te perds pas. Ne perds pas ton bonheur. Ce que tu avais avec ces deux-là n'arrive qu'une fois dans une vie. Et parfois, ça n'arrive jamais. Ne le perds pas.

— J'ignore s'ils ont vraiment été à moi, un jour.

— Alors tu es bien plus idiot que je ne veux bien le reconnaître.

— Sympa, aboya-t-il.

— Je t'aime, Lincoln. Tu es la personne que je préfère dans cette famille et tu le sais. Mais pour l'instant, je ne t'aime pas beaucoup.

— Moi non plus, je ne m'aime pas beaucoup.

— Alors, arrange ça. Tu peux arranger ça.

— Non.

— Pourquoi pas ?

— Parce que chaque fois que je ferme les yeux, je vois Ethan mourir. J'imagine Damien s'en prendre à Holland, comme il a promis de le faire. Tout ça pour les mettre hors course. Pour m'atteindre. Que suis-je ? Un vaurien, voilà ce que je suis.

— Lincoln.

— Non. Je ne veux plus en parler. Je veux simplement que ça se termine. Ils vont démêler tout ça. Je sais qu'ils le feront. Holland voudra toujours s'enfuir. Mais maintenant, elle ne doit plus fuir que l'un d'entre nous.

— Lincoln, tu sais que ce n'est pas le cas.

— Va-t'en. Je ne peux pas. Il ne me reste plus rien. Je n'ai plus rien pour eux. Je suis la raison pour laquelle ils ont été blessés. Ils peuvent régler ça tous les deux. Je ne mérite pas ce que j'avais.

Alors que Madison le fixait, Lincoln n'était pas certain qu'il reste quoi que ce soit à dire. Sa cousine déglutit, attrapa son sac, puis s'en alla.

Honnêtement, il ignorait si elle reviendrait. Il était apparemment doué pour repousser tout le monde.

Et il ne savait pas comment arranger ça. Il ne savait pas s'il le devait.

Il se remit à travailler. Les heures se succédèrent et il commença à boire de l'eau, se disant que s'enivrer n'arrangerait rien. En revanche, il avait peut-être, *peut-être*, trouvé une solution pour son art.

Il travaillait toujours sur sa commande, mais c'était inutile.

Car il n'avait même pas les coordonnées du client.

Damien avait tout organisé et maintenant, il devait se débrouiller seul.

Une exposition avait été planifiée pour lui, mais c'était probablement fichu aussi. Tout ça parce qu'il avait laissé Damien gérer sa carrière. À présent, il était foutu.

Mais il le méritait sans doute. Et même plus.

Son portable vibra sur la table. Il faillit l'ignorer, sauf qu'il ne reconnaissait pas le numéro. Il ne connaissait pas l'appelant.

Il tapota son pinceau contre sa cuisse et observa son œuvre avant de décrocher.

— Lincoln McClard ?

Il fronça les sourcils.

— Oui ? Puis-je savoir à qui je m'adresse ?

— Oh, très bien, je suis ravi que ce soit votre numéro. Je suis Frank Statham des Projets Statham.

Seigneur, le client.

Lincoln s'assit sur son tabouret branlant et s'humidifia les lèvres.

— Oh, je me souviens de vous. Merde. Euh, désolé d'avoir juré. La journée a été longue.

— J'imagine.

L'homme marqua une pause.

— J'ai entendu parler de ce qui est arrivé avec Damien. Je suis vraiment désolé que vos partenaires et vous ayez été blessés. Enfin, qu'Ethan ait été blessé et que Holland ait failli l'être.

Partenaires. C'était une jolie façon de le formuler. Ce gars n'avait pas l'air dégoûté le moins du monde. C'était une bonne chose.

— Moi aussi. Bon sang. Il nous a tous pris de court. Je n'avais aucune de vos coordonnées et les flics ont gardé les ordinateurs de Damien. Je ne pouvais donc pas vous joindre.

— Eh bien, je n'avais pas vos coordonnées non plus, puisque l'agent protège toujours l'artiste.

Il y eut alors une pause gênée.

— Désolé.

— Non, c'est *moi* qui suis désolé. Je suis en retard pour mon projet avec vous.

— Je n'avais pas imposé de délai. Si j'achète quelque chose pour une transaction commerciale, je suis très regardant sur la date de rendu, mais là, il s'agissait d'une œuvre d'art de la part d'un artiste que j'admire. Cela étant dit, si vous ne pouvez pas me la faire avant une décennie, honnêtement, ça ne me dérange pas. Mais je la veux quand même.

Lincoln marqua une pause et déglutit péniblement en observant le tableau qui prenait enfin forme après de nombreux mois.

— En réalité, je suis en train de travailler dessus, actuellement, mais je n'ai plus d'agent.

— Ce n'est pas grave. Je suis sûr que vous en trouverez un. Le monde veut votre art, Lincoln. Certaines de mes connaissances évoquent l'envie de posséder d'autres œuvres et ils craignaient que vous arrêtiez après toute cette histoire. Vous n'allez pas arrêter, n'est-ce pas ?

Lincoln demeura silencieux un long moment. Ce fut au tour de Frank de jurer.

— S'il vous plaît, n'arrêtez pas.

— Je ne vais pas arrêter. J'essaie simplement de découvrir ce que je veux.

— Eh bien, si vous souhaitez continuer de travailler sur cette œuvre d'art, nous pouvons en discuter. Je peux vous offrir le même contrat qu'auparavant, mais cette fois-ci, sans votre agent. Je déclarerai le précédent accord nul et non avenu.

— Je ne sais pas. Il faut que j'y réfléchisse.

— Alors, réfléchissez-y. Et quand vous serez prêt, nous serons là. Vous avez mes coordonnées, à présent. Lincoln ? Je vous en prie, n'arrêtez pas. J'ai arrêté de faire ce que j'aimais dans la vie à cause d'une épreuve dont vous n'avez pas à connaître les détails. Mais j'ai perdu plusieurs choses qui m'étaient très importantes. Faites en sorte que ça ne vous arrive pas.

Lincoln prononça quelques mots, mais il ne savait pas vraiment ce qu'ils signifiaient, puis il raccrocha, se souvenant de sauvegarder les coordonnées de l'homme.

Il ne comprenait pas ce qui venait de se produire, mais il avait manifestement signé un contrat. Il baissa les yeux vers son portable, puis observa la toile. Il ne savait pas quoi faire. Il avait l'impression qu'il avait encore un train de retard et qu'il tentait de le rattraper. Et ce n'était peut-être pas grave. Il en avait sans doute besoin. Mais, pour la première fois depuis longtemps, il avait une idée, il avait l'art, il avait un but. Simplement, il ignorait comment arranger tout ce qu'il avait gâché.

Il reposa son portable. Une fois encore, quelqu'un frappait à la porte. Il regarda dans cette direction, mais personne ne mit de clé dans la serrure. Ce n'était donc pas Madison. La peur remonta dans sa colonne vertébrale, mais il se souvint que ça n'était pas Damien non plus. C'était impossible.

Une autre émotion le submergea alors. Il craignait vraiment que ce soit quelqu'un qu'il n'avait pas envie de voir. Quelqu'un dont il s'était éloigné et qu'il avait blessé.

Néanmoins, il se dirigea tout de même vers la porte. Quand il l'ouvrit après avoir regardé par le judas, il déglutit difficilement et affronta la personne qu'il avait toujours aimée. Cette personne qui avait été un tiers de tout, pour lui.

Il se figea alors.

ETHAN SE TENAIT LÀ, LES MAINS SUR SES HANCHES. IL essayait de faire comme s'il ne tremblait pas à l'intérieur. Il avait dû attendre de pouvoir se lever pour aller frapper chez Lincoln et lui hurler dessus parce qu'il était parti. Car Lincoln n'avait pas le droit de faire ça.

Mais maintenant qu'il était là, putain, il voyait que cet homme était si beau. Il était épuisé, mais beau. Il avait de la peinture dans les cheveux, sur la joue et sur ses vêtements. Il était si sexy, mais semblait crevé.

Tant mieux. Il méritait d'être en aussi mauvais état qu'Ethan.

— Ethan, souffla Lincoln.

Un simple mot, son nom sur les lèvres de l'homme lui donnait envie de s'agenouiller et de le supplier.

Mais il ne le ferait pas. Lincoln allait devoir ramper. Il méritait au moins cela.

— Lincoln. Je peux entrer ?

Celui-ci donnait l'impression de vouloir répondre *non* et Ethan ignora la douleur qu'il ressentit après cela. Car, putain, il allait rentrer.

Il entrerait et contemplerait l'endroit où Lincoln avait été blessé. Où Damien avait apparemment fini par terre, attaché.

Il voulait le voir.

— Alors... dit Lincoln.

Sa voix se brisa quand il referma la porte derrière eux.

Ethan regarda autour de lui et releva l'odeur de peinture alors même que la ventilation était enclenchée. Il se tourna vers Lincoln.

Il aimait cet homme. Il l'avait toujours aimé.

Et il manquait à Ethan. Mais le pire était que Holland lui manquait aussi. Son sourire et sa façon de rire avec lui lui manquaient.

Il n'était pas entier, sans elle, et il ne l'était certainement pas non plus sans Lincoln. Il avait besoin d'eux deux. On pouvait le qualifier d'égoïste, il s'en moquait. Les gens pouvaient aimer de bien des façons. Car trouver cette émotion, cet amour fragile auquel on pouvait s'attacher, qu'on voulait et désirait pour le reste de sa vie, n'arrivait pas souvent.

Il l'avait cherché toute sa vie et il se trouvait juste devant lui. Il ne l'avait compris que lorsqu'il avait vu Holland, et il avait su pourquoi il avait attendu Lincoln si longtemps. Parce qu'il l'avait attendue, *elle*.

Lincoln et lui n'avaient pas été prêts à sortir ensemble sans elle. Elle les complétait. Mais avant de pouvoir aller la voir, Ethan devait arranger ça. Il devait être sur la même longueur d'onde que Lincoln. Et cela signifiait qu'il devait comprendre ce qu'il se passait dans la tête de son meilleur ami.

— Je vois que tu as recommencé à peindre.

— Oui.

— C'est bien. Je suis ravi que Damien ne t'ait pas enlevé ça.

Lincoln tressaillit et Ethan releva le menton.

— Damien, Damien, Damien, Damien, Damien. Oui, le même nom que le fils dans ce film sur l'Antéchrist, et ça ne m'intéresse pas.

— Je croyais que c'était dans *La Malédiction*.

— Je croyais que *La Malédiction* parlait de l'Antéchrist.

— À mon avis, on n'a pas vu le même film.

— Quelle importance, bordel ? Il a disparu de nos vies pour de bon. Oui, il m'a fait du mal. Je le sais. Et tu peux trembler, le détester et haïr ce qu'il a fait. Mais tu n'as pas le droit de *me* détester pour ça.

Ethan hurlait à présent. Il se rapprochait tant de Lincoln qu'il pouvait le sentir, qu'il percevait la chaleur émanant de lui. Lincoln ne recula pas, mais il tressaillit.

Ethan abhorrait ce moment.

— Je ne te déteste pas, chuchota Lincoln.

Ethan avait pourtant l'impression qu'il était en train de hurler.

— Moi non plus, je ne te déteste pas. Je ne pourrais jamais le faire. Mais, honnêtement, je t'ai légèrement haï. Quand tu es parti. Quand tu nous as abandonnés sans nous donner aucune chance.

— Je nous ai donné une chance. Et je l'ai gâchée. Damien t'a attaqué à cause de moi.

— Il m'a attaqué parce qu'il a perdu quelque chose. Il a

craqué. Il est taré. Peu importe l'étiquette que tu veux lui coller, il la mérite probablement, c'est ce qu'il est. Mais... Il n'a rien à voir avec nous.

— Il a *tout* à voir avec nous.

— Non, c'est faux.

— Il a menacé Holland. Et si je ne l'avais pas arrêté, il lui aurait fait du mal. Voire pire.

Le sang se glaça dans les veines d'Ethan.

— Il a fait ça ?

— Oui. Je l'ai quittée. Je vous ai tous les deux quittés pour que vous démêliez la situation ensemble. Pour que je n'en fasse pas partie. Parce qu'elle a été menacée et toi, blessé. À cause de moi.

Ethan leva les mains et grogna.

— Non, ce n'était pas toi. Ce n'était que la faute de Damien. Tu dois te mettre ça dans le crâne.

— Mais si je n'avais pas ramené Damien dans cette relation, par association, ça ne serait pas arrivé.

— Si Damien n'était pas devenu obsessionnel, ça ne serait pas arrivé. Beaucoup de choses peuvent nous faire mal à n'importe quel moment, Lincoln. Tout n'est pas ta faute. Tu es parti. C'est *ça* qui nous a blessés. Plus que Damien.

— Et je ne peux pas arranger ça.

— Conneries. Tu sais quoi ? Je travaille trop. On le sait. Je vous ai fait du mal chaque fois que j'ai loupé un rencard et j'essayais d'arranger ça. Quand je reprendrai le travail — parce que je vais le faire —, je vais continuer d'arranger ça. Je ne bosserai plus autant qu'avant. Mon patron le sait déjà. Tout le monde le sait, là-bas. Nous allons tous faire en sorte de passer du temps avec nos êtres chers. Parce que je t'aime, bordel, Lincoln.

Celui-ci écarquilla les yeux.

— N'aie pas l'air aussi surpris. Je t'aimais avant de t'embrasser. Mais il a fallu que Holland entre dans nos vies de manière si grandiose pour que je me rende compte que je devais te le dire. J'ai besoin d'être avec toi. Mais j'ai aussi besoin d'elle. Et je sais que ça n'a aucun sens pour les gens de l'extérieur, mais c'est ainsi que ça se passe entre nous trois.

— Je t'aime aussi, murmura Lincoln.

— Et tu es un salaud. Tu n'as pas le droit de me rejeter. Tu n'as pas le droit de repousser Holland non plus. Elle m'a abandonné parce qu'elle croyait être une distraction. Pour nous. Elle croyait s'immiscer entre nous. Et je ne nous pardonnerai jamais de l'avoir laissé croire ça. Mais on peut aller au-delà. On doit arranger ça, en trouple, et pour se faire, on doit être ensemble. Non, tu n'as pas le droit de me quitter. Parce que tu es mon meilleur ami. Pour toujours. On a gravé nos noms sur cet arbre, quand on était gamins, en jurant que nous serions amis pour toujours. On ne revient pas là-dessus.

Ethan savait qu'il divaguait et radotait, mais il ne pouvait s'en empêcher.

Les lèvres de Lincoln frémirent et Ethan lui fit un doigt d'honneur.

— Tu me parles de l'arbre ?

— Oh que oui, je te parle de l'arbre. J'en parlerai chaque fois que j'en aurai besoin. Parce que je t'aime, bordel. Et je veux passer le reste de ma vie avec toi, pas seulement en tant que meilleur ami, mais en tant qu'amant, mari ou ce qui nous tombera dessus. On pourra s'occuper des détails techniques quand Holland sera revenue dans nos vies, parce qu'on a vraiment besoin d'elle.

Lincoln fit un pas en avant. Il se rapprocha tellement qu'Ethan voulait l'attraper, l'embrasser et ne jamais le relâcher. Mais il n'en fit rien. Il se retint.

— Je suis un idiot.

— Oui. Oui, tu en es un.

— J'avais si peur. Il y avait des ecchymoses et du sang. Je ne pouvais rien faire.

— Excuse-moi, mais je t'ai vu avec une lèvre fendue, aussi.

— Tu étais bien plus blessé que moi.

— Il m'a frappé par-derrière, je n'ai pas eu l'occasion de riposter.

Lincoln frissonna.

— Tout ce que je veux dire, c'est que tu étais plus blessé que moi et j'avais donc envie de tuer Damien. J'étais encore plus enragé.

— Moi aussi, je suis enragé contre lui. Mais ce n'est pas grave. On ne reparlera plus jamais de lui. Je ne veux rien avoir à faire avec cet homme. En revanche, ce que je veux, c'est que tu dises que tu ne recommenceras pas. Que tu n'auras plus peur et que tu ne t'enfuiras plus. Parce que c'est toi, la personne stable. C'est moi qui suis censé paniquer.

— Ce n'est pas le cas. C'est toi, le mec solide de ta famille.

— Parce que je peux m'appuyer sur toi. Je peux être solide pour tout le monde, parce que je t'ai toujours eu. Mais je vais encore avoir besoin de toi. Parce qu'on doit aller voir Holland.

— Je n'arrive pas à croire qu'elle soit partie, dit Lincoln avant de marquer une pause. Non, en fait, je le crois. J'ai toujours eu l'impression qu'elle gardait un pied à l'extérieur, et je m'en veux, pour ça.

— Ne me vole pas toute la culpabilité, j'en ai aussi. On a passé tellement de temps à découvrir ce qu'on était l'un pour l'autre et à s'amuser que je n'ai pas consacré assez d'énergie à comprendre ce que je ressentais pour elle. Elle ne savait pas ce que je ressentais pour elle parce que je n'arrivais pas à le formuler.

— Je l'aime, chuchota Lincoln.

— Moi aussi, je l'aime. Bon, avant qu'on aille récupérer notre copine, parce qu'il faut qu'on soit tous les deux, j'ai besoin de savoir : est-ce que tu vas fuir à nouveau quand la situation rede-viendra compliquée ?

Lincoln secoua la tête.

— Je me suis mis en tête que vous étiez bien mieux sans moi. Que je ne valais pas la peine. Que j'allais merder.

— Et c'est stupide. La prochaine fois que tu as une idée, viens me voir et je t'embrasserai pour que tu l'oublies. Ou va voir Holland. Parce qu'on va la récupérer.

— Et tu es venu me voir en premier parce que tu penses que je suis moins compliqué, étant donné que je suis un homme ? s'enquit Lincoln.

Ethan lui poussa légèrement l'épaule.

— Oh que non. Simplement, je te connais depuis plus longtemps.

Il déglutit difficilement et tenta de sourire, comme s'il ne se souciait de rien. Mais, putain, il avait eu si peur de perdre Lincoln. De perdre Holland. De les perdre tous les deux.

— Et je crois que je pourrais t'attacher et te traîner jusqu'à elle si je le devais.

Lincoln se contenta de secouer la tête. Ethan fit un pas en avant et l'embrassa tendrement sur la bouche. Lincoln se figea un instant et son amant craignit qu'il se défile, mais il gémit ensuite et approfondit le baiser.

Il avait un goût d'alcool et de café, mais Ethan s'en moquait. Cela lui avait manqué. Cet homme lui avait manqué.

Les jours qu'il avait passés sans Lincoln étaient les pires de toute son existence. Il ne voulait plus jamais que ça se reproduise.

Mais, à présent, ils devaient faire le plus dur.

— On doit trouver un moyen pour que Holland comprenne exactement ce qu'elle représente pour nous.

— J'espère qu'on le trouvera en chemin.

— Moi aussi. Parce que je ne veux pas qu'elle s'imagine qu'elle est la moins importante, parmi nous trois.

— Elle ne peut pas l'être. C'est grâce à elle que notre relation fonctionne. C'est elle qui me rend moins sérieux et toi, plus.

— C'est vrai et c'est elle qui nous pousse à être meilleurs. On ferait mieux de s'assurer qu'elle comprend ce qu'elle signifie pour nous.

— Je t'aime, Ethan.

— Tu dois souvent le répéter. Parce que, à un moment, je vais m'attendre à ce que tu rampes. J'ai failli t'obliger à te mettre à genoux.

Lincoln secoua la tête, un sourire se dessinant sur son visage.

— Assurons-nous déjà de ramper pour Holland. Ensuite, je me mettrai à genoux pour toi. Quand tu voudras.

Ethan l'embrassa à nouveau, puis se retourna pour observer son art.

— Tu es tellement talentueux.

— Rappelle-le-moi, aussi.

— Toujours. Je serai toujours là pour toi. Je l'ai toujours été et je le serai toujours. Allons récupérer notre chérie, maintenant.

— Et espérons qu'elle ne nous lâche pas.

— Marché conclu.

Chapitre Dix-Neuf

Chapitre 19

La prochaine fois que Holland devrait se regarder dans un miroir et se répéter qu'elle allait bien, elle se ferait tatouer cette fichue phrase sur le front.

De grosses lettres capitales proclamant *Je vais bien*. Parce qu'elle allait bien. Bien. Elle ne s'apitoyait pas. Elle ne sanglotait pas. Non, elle se concentrait simplement sur le nettoyage de sa maison. Car aujourd'hui était son jour de repos, même si elle aurait préféré être à la boutique. Cependant, Steven et Fiona l'en avaient chassée.

Ils avaient décrété qu'elle avait sans doute été trop stressée dernièrement, un peu trop tendue. Mais c'était sa boutique. Non ? N'avait-elle pas le droit d'être ainsi ?

D'accord, elle n'avait peut-être pas besoin de réorganiser toute la boutique en une nuit, lorsqu'elle s'était retrouvée toute seule et qu'elle aurait dû dormir. Elle n'avait peut-être pas besoin de recommencer l'inventaire encore et encore pour s'assurer qu'elle faisait ce qu'il fallait. Et elle n'avait peut-être pas besoin de faire en sorte que toute œuvre d'art soit placée exactement au bon endroit afin que la lumière brille exactement dessus et que quelqu'un ait donc envie de l'acheter. D'accord, ça, elle devrait probablement le faire. Et si elle pensait avoir déjà tout fait correctement, elle réorganisait tout de même l'ensemble.

Elle se concentrait ainsi sur le travail afin de ne pas avoir à réfléchir à ce qu'il se passait dans sa vie privée. Et elle allait bien.

Vous voyez ? Bien. Avec les lettres en majuscule.

L'augmentation de ses ventes d'œuvres d'art lui indiquait qu'elle avait pris les bonnes décisions. Et ça ne la dérangeait pas de se dire que cette idée lui trottait déjà dans la tête lors de l'année qui s'était écoulée et qu'elle avait donc enfin fait ce qu'il fallait. Oui, elle avait effectivement prévu que Steven ou Fiona l'aide à faire l'inventaire. Et, pour être honnête, quand elle y avait songé la première fois, elle avait également voulu que Dustin participe. Il n'aurait pourtant pas voulu. Il n'avait jamais aimé sa boutique. Il avait toujours été très concentré sur son travail et n'avait donc pas eu de temps pour *ses petits rêves*.

— Mon Dieu, grommela-t-elle dans sa barbe.

Il y avait bien une raison si elle n'avait pas épousé Dustin. Et ce n'était pas simplement parce que sa sœur s'apprêtait maintenant à devenir sa femme. Non, ils n'allaient pas ensemble. Elle avait eu de la chance dans son malheur et elle le savait.

Mais elle l'avait oublié. Et elle se retrouvait.

Tandis qu'elle baissait les yeux vers son vieux T-shirt et son short en jean, avec les poches dépassant sous l'ourlet et les fils, elle se dit que... d'accord, c'était sa vie, à présent. Elle récurait sa maison du sol au plafond. Les odeurs de citron, de Javel et de nettoyant multisurfaces s'élevaient dans l'air. Elle portait des gants en caoutchouc jaune brillant qui remontaient presque jusqu'à ses coudes et ses cheveux étaient attachés en chignon sur sa tête. Elle n'avait même pas mis ses lentilles ce matin et elle portait donc ses grandes lunettes, et ce n'était même pas sa dernière paire puisqu'elle ne la trouvait pas. Elle les avait posées quelque part quand elle avait fait du rangement la veille et n'arrivait pas à les retrouver.

C'était parfaitement logique, bien sûr. Puisqu'elle n'avait aucune idée de l'endroit où elle les avait mises, elle portait à présent d'immenses lunettes trop grandes pour son visage et qui lui donnaient une allure de mouche.

Mais elle allait bien. Vous voyez ? Elle allait bien.

Elle posa son chiffon et soupira. Elle avait vraiment l'air d'une souillon. Les seuls bijoux qu'elle portait étaient ses deux anneaux aux orteils, parce qu'elle ne les retirait jamais.

Elle devait vraiment sortir de chez elle, se faire de nouveaux amis et être la Holland qu'elle devait être.

Toutefois, elle regarda ensuite le haut qu'elle avait plié après l'avoir prudemment lavé et les larmes lui montèrent aux yeux.

Lincoln l'avait laissé chez elle, probablement parce qu'il savait qu'il en aurait besoin le lendemain. Mais il n'était jamais passé le récupérer.

Ethan avait également laissé un short. Il y avait aussi deux brosses à dents supplémentaires, chez elle, dans leur emballage. Elle les avait sorties pour eux, afin qu'ils n'aient pas à s'encombrer. Afin qu'ils aient toujours des affaires chez elle. Elle n'avait même pas envie de songer à ce qu'elle avait laissé chez eux. Avait-elle laissé quoi que ce soit, d'ailleurs ?

La voilà encore, la chance dans son malheur.

Tout était sa faute.

Elle n'aurait pas dû fuir, mais c'était plus sûr que d'être abandonnée. C'était déjà arrivé deux fois, une fois physiquement et une fois émotionnellement. Elle ne voulait pas retraverser la même chose.

Elle s'essuya les yeux avec les infimes parties de sa peau qui n'était pas couverte de produit ménager, puis elle recommença à frotter les plinthes. Ses genoux étaient douloureux et elle savait qu'elle devrait probablement mettre des genouillères ou quelque chose de ce genre, mais cela aurait été le pompon pour son allure.

Quand la sonnette retentit, elle souffla pour chasser les cheveux devant ses yeux. Elle regarda par ses lunettes embuées et tenta de deviner qui lui rendait visite.

Personne. Voilà qui lui rendait visite.

Parce que... pour s'apitoyer, pas besoin d'être plusieurs.

Elle remit le chiffon dans le seau et se leva, tentant de ne pas glisser sur les flaques qu'elle avait créées. Elle prit ensuite le torchon sec, essuya et partit *finalement* vers l'avant de la maison tandis que quelqu'un sonnait une nouvelle fois. Soupirant, elle ouvrit sans regarder par le judas. Elle se figea.

Ils étaient là. Les hommes de ses rêves et de ses cauchemars éveillés. Ceux de son passé. Parce qu'ils devaient clairement rester dans son passé.

Elle ne pouvait les avoir.

Sincèrement, elle ne le pouvait pas.

Mais ils étaient là. Lincoln paraissait fatigué. Ethan n'était pas mieux. Mais ils étaient là. Honnêtement, elle n'avait qu'une envie : fermer la porte et ne jamais les revoir.

Qu'était-elle censée faire ? Dire ?

— Oh.

Bien. C'était bien. Quel bon début. Pourquoi ne disait-elle pas quelque chose d'autre comme : *Salut,' comment allez-vous, les gars ? Vous vous êtes remis ensemble ? Oh, génial. Je suis tellement contente pour vous. Au revoir.*

Mais... non, elle ne put rien dire de tout cela.

— Ce n'est pas le bon moment pour toi ? s'enquit Ethan en se balançant sur ses talons.

Elle secoua la tête, puis se rappela ce qu'elle portait et se dit... pourquoi pas ?

— Eh bien, je nettoyais simplement la maison et je sais que j'ai l'air ridicule. Bref, que puis-je pour vous ?

Elle savait qu'elle donnait l'impression de perdre la tête, mais ce n'était pas grave. Parce qu'elle allait bien.

— On peut entrer ? demanda Lincoln.

Elle resta plantée là, sa main gantée accrochée à la porte.

— Pourquoi ?

— Il faut qu'on parle, chérie, dit Ethan.

Elle le regarda et fronça les sourcils.

— Non, c'est faux. Il semblerait que vous vous soyez remis ensemble, tous les deux, et c'est génial. Je devrais y aller.

Elle tenta de fermer la porte, mais Lincoln la bloqua avec sa main. Il était si grand, si fort qu'elle savait qu'elle ne pourrait refermer s'il l'en empêchait. Mais elle savait également que si elle le lui demandait, il *partirait*. Il ferait ce qu'elle voulait parce qu'il n'était pas le genre d'homme à forcer les choses.

Ethan non plus.

Si elle le demandait, ils partiraient, et elle ne les verrait plus jamais. Pourquoi était-ce encore plus douloureux que lorsqu'elle était partie la première fois ? Elle n'en savait rien. Mais elle ne pleurait pas. Elle en avait assez. Ses genoux continuaient néanmoins de trembler.

— S'il te plaît, murmura Lincoln. Ne serait-ce que pour que je m'excuse d'avoir été un sale con. S'il te plaît, laisse-nous entrer et te parler.

La voix de Lincoln lui restait en tête et ce n'était pas pour les raisons habituelles. Car il avait vraiment l'air de s'excuser. Elle fit quelques pas en arrière et leur adressa un signe avec sa main gantée.

Les deux hommes passèrent à côté d'elle, leurs épaules légèrement avachies. Elle ignorait ce qu'ils s'apprêtaient à dire. Peut-être étaient-ils venus pour lui dire au revoir et la remercier pour le sexe.

Mon Dieu, elle voulait vraiment que ce soit terminé. Ainsi, elle pourrait pleurer une nouvelle fois. Même si elle en avait assez de le faire.

Elle détestait l'idée de vouloir pleurer. Elle n'était pas comme ça. Elle était plus forte. Mais il était clair qu'elle n'en avait pas l'impression, à cet instant.

— Je dois m'excuser, dit Lincoln avec les mains dans les poches.

— D'accord.

Vous voyez, elle allait bien. Mais elle avait fait souffrir Ethan avec ce qu'elle avait pu dire, elle en avait conscience. Elle devait arranger les choses, d'une manière ou d'une autre, mais elle ne savait pas quoi dire.

Lincoln inspira.

— Je n'aurais pas dû partir comme ça. Je m'en voulais pour ce qui est arrivé à Ethan et je suis parti parce que, selon moi, tu allais souffrir.

— Comment ? Ce n'était pas ta faute. C'était uniquement celle de Damien.

— Tu as raison. C'est vrai. Et j'essaie encore de me mettre ça dans le crâne. Ça prendra probablement un peu de temps et vous devrez sacrément être présents — je l'espère — pour que je le comprenne.

Vous. Non, ça ne pouvait être vrai. Car leur relation à trois était terminée. Elle devait l'être.

— Je dois m'excuser pour ce qui est arrivé. Avec Damien. Avec toi. Avec tout. Je n'aurais pas dû partir comme je l'ai fait, mais j'avais tellement peur, je me sentais coupable à cause de ce qu'il s'est passé avec lui, et j'ai simplement réagi. Je ne me le pardonnerai jamais.

— Ce que Damien a fait n'est pas ta faute.

— J'en ai l'impression. Je vous l'ai présenté. Tu sais qu'il t'a menacée, n'est-ce pas ?

Elle se figea et secoua la tête. Elle n'avait pas appris tout ce qu'il s'était passé quand Damien avait confronté Lincoln. Ils l'avaient manifestement protégée d'un commun accord.

— Il t'a menacée et il allait te faire pire qu'à Ethan. Il était déterminé à te tuer. Je le voyais dans ses yeux. Et je ne pouvais pas le laisser faire.

La peur la saisit, mais elle la chassa. Damien était derrière les barreaux. Elle était en sécurité.

— Ce n'est quand même pas ta faute.

— Je te l'ai présenté à l'exposition. C'est certainement ma faute s'il était dans nos vies.

— Arrête tes conneries, dit Ethan.

Elle le regarda et acquiesça.

— Exactement. Arrête tes conneries.

Lincoln se contenta de secouer la tête.

— Je vais travailler là-dessus, je le jure. Ethan fera en sorte que je comprenne.

— C'est bien vrai.

Elle le regarda et lui sourit. Lorsqu'il lui sourit en retour d'un air chaleureux, elle se retourna. Elle craignait d'en vouloir plus. Parce qu'elle ne pouvait se le permettre.

Pas quand elle savait qu'ils étaient faits l'un pour l'autre et qu'ils n'étaient pas pour elle. Elle n'était là que pour les aimer de loin.

Elle n'aurait pu imaginer plus.

— Et je ne pourrai jamais me pardonner pour la manière dont je vous ai blessés. En partant comme je l'ai fait.

— Lincoln, grogna Ethan.

— Non, laisse-moi parler. Je suis parti parce que je pensais faire ce qu'il fallait. Je me trompais. Je me trompais terriblement. Et je vais essayer de me rattraper.

Il souffla.

— Parce que j'aime l'homme à tes côtés.

Elle écarquilla les yeux et hocha la tête, bien qu'elle soit en train de se briser de l'intérieur. Bien sûr qu'il aimait Ethan. Elle le savait depuis le début. Ils seraient toujours tous les deux. Et ce n'était pas grave. Tout comme elle l'avait dit avant. Tout irait bien pour elle. Elle n'était pas en train de s'effondrer.

— Il est mon meilleur ami depuis aussi longtemps que je m'en souvienne. Et je crois que je l'aime depuis tout ce temps.

Ethan se rapprocha d'elle et lui retira lentement son gant afin de pouvoir lui attraper la main. Et comme elle était paralysée, elle le laissa faire.

— Écoute, le truc c'est que je sais qui je suis. Je sais que j'ai le pouvoir d'aimer plus d'une personne. Et, putain, chérie, je t'aime aussi. Il n'y a pas qu'Ethan. Il y a toi, aussi, Holland. Tu fais partie de ce tout. Tu es peut-être la partie la plus importante. J'espère que tu le sais.

Elle secoua la tête. Elle voulait que ce soit vrai, mais elle avait trop peur d'espérer.

— Tu es ce qui nous unit. Tu es la colle. Tu nous as permis de nous ouvrir pour qu'on découvre ce qu'il y avait sous la surface. Je n'aurais jamais eu le courage de dire quoi que ce soit à Ethan. Je ne me serais jamais ouvert à lui. Et c'est grâce à toi. Tu fais de moi une meilleure personne, Holland. Et je vais faire tout ce qui est en mon pouvoir pour m'assurer que tu le comprends.

— Mais vous êtes tous les deux. Ça n'a toujours été que vous deux.

Sa voix était stable, même si elle avait envie de pleurer.

Ethan retira son autre gant avant de prendre son visage dans ses mains et de l'obliger à se tourner vers lui.

— En réalité, c'est peut-être comme ça que ça a commencé, mais on n'aurait jamais vécu ça sans toi.

— Ne pensez pas à moi, alors. Du moins, pas à l'avenir. Je peux être la personne qui vous a unis, mais je serai toujours en retrait.

Voilà qu'elle pleurait et elle détestait ça.

Ethan glissa les pouces sur ses joues et essuya ses larmes.

— Et ça fait de moi un foutu salaud parce que tu ressens ça à cause de moi. Mais il n'y a pas que Lincoln et moi. Ça n'a jamais été comme ça. Tu nous fais sourire. Tu nous permets d'explorer des parts de nous auxquelles nous n'aurions jamais pensé. Grâce à toi, on prend le temps de regarder autour de nous et de nous rendre compte de la façon dont on vit, de ce qu'on doit être. Tu es notre avenir. Et je vais passer le reste de ma vie à m'assurer que tu le sais.

— Et je serai à ses côtés, à m'assurer que tu le sais, moi aussi.

Elle regarda Lincoln et il glissa une main dans son dos.

— Tu es notre avenir, Holland. Et si tu nous l'autorises, nous passerons le reste de nos vies à faire en sorte que tu le comprennes. Nous voulons que tu saches que tu es chérie, qu'on prendra soin de toi et qu'on fera attention à toi.

Elle déglutit difficilement.

— Mais je me suis enfuie, chuchota-t-elle. Je me suis enfuie.

— On le sait. Mais enfuis-toi avec nous, maintenant, dit Ethan. Parce que je t'aime terriblement, Holland.

— Et moi aussi, je t'aime. J'espère franchement que tu trouveras de la place pour nous deux. Parce que si Ethan et moi avancions tous les deux, nous ne pourrions être ce que nous devrions sans toi. Je veux passer le reste de ma vie à me réveiller dans vos bras à tous les deux et à me rendre compte que je peux être une meilleure personne grâce à toi. Et grâce à lui. Mais ça ne fonctionnera pas sans toi. Ça ne fonctionnera jamais sans toi.

Ses mains tremblèrent tandis qu'elle les serrait devant elle, puis elle recula. Les deux hommes eurent l'air découragés, mais elle avait besoin de réfléchir.

— Je ne m'attendais pas à ça. Je comptais juste faire le ménage.

— La première chose que nous devons entendre, c'est ce que tu ressens pour nous, dit Lincoln d'une voix douce. Tu n'as pas à dire quoi que ce soit. Hoche simplement la tête pour nous dire que tu n'es pas fermée à l'idée. Nous allons tous un peu vite, même si on n'est pas assez rapides, dans certains cas.

— Mais sache une chose, poursuivit Lincoln. Je vais me battre pour toi. Je ne m'enfuirai plus. Et j'espère que tu nous fais suffisamment confiance pour le croire.

Les mains de Holland tremblèrent à nouveau et elle se retourna en essayant de reprendre ses esprits. Elle inspira profondément et gonfla ses poumons. Elle faillit tousser à cause de la senteur citronnée. Sa maison sentait le propre et sa boutique était immaculée, organisée. Tout était merveilleux dans sa vie. À part ça.

Cette partie-là, celle qu'elle avait fuie, était un vrai bazar.

— Holland ? l'appela Ethan d'une voix légèrement effrayée.

Elle avait fait ça. Elle avait provoqué ça. Et elle continuait sur sa lancée. Elle ne cessait de leur faire du mal. Elle ne savait pas quoi faire. Elle se retourna.

— J'ai tellement de bagages, dit-elle en riant.

Lincoln haussa les sourcils.

— Euh, allô ?

— Nous avons tous plus ou moins de bagages. C'est comme ça. Mais peu importe. C'est notre passé, dit Ethan.

— Nous sommes tous les trois, nous ne sommes pas que deux. Voilà comment ça fonctionne. On va se battre, on va se taper sur les nerfs et on va en discuter. Vous vous souvenez de ce qu'on a dit quand on a commencé cette histoire ? s'enquit Ethan.

Elle hocha la tête.

— On a dit qu'on allait communiquer. Et ce n'est pas ce qu'on fait. Nous allons devoir faire mieux que ça. Parce que j'ai beau aimer t'embrasser, et le sexe est peut-être la meilleure chose qui me soit arrivée, ce n'est pas le plus important.

Elle fronça les sourcils.

— Tu es en train de dire que le sexe n'est pas génial ? s'enquit Lincoln.

Ethan lui fit un doigt d'honneur.

— Ferme-la. Je ne suis pas doué avec les mots.

— Tu t'en sors très bien, chuchota-t-elle.

Ethan soupira.

— Oh, eh bien, ce que je voulais dire, c'est qu'être avec vous deux, savoir que je peux vous voir presque tous les jours, et travailler sur ce que nous avons, c'est *ça* la meilleure partie. Je veux que ça fonctionne. Je veux trouver une solution. Je veux vous aimer jusqu'à la fin de ma vie. Un jour à la fois. Plus personne ne fuit. Plus maintenant.

— Vous m'avez rencontrée quand je m'enfuyais, leur rappela-t-elle.

— Et tu nous as trouvés, dit Lincoln. Ou peut-être qu'*on* t'a trouvée. Peu importe. On s'est mutuellement trouvés, c'est ce qui compte. Dis-nous que tu en as envie. Dis-nous que tu veux un avenir. Tu n'es pas obligée de nous aimer, pour l'instant. Mais je vais passer le reste de ma vie à m'assurer que c'est le cas.

Alors que les larmes coulaient, elle fit un pas en avant, puis un autre et posa une main sur leurs torses, sentant leurs cœurs battre sous ses paumes.

— J'ai peur, murmura-t-elle avant de serrer les poings.

— Et nous serons là pour dissiper cette peur, dit Lincoln en saisissant son poignet et en le serrant délicatement.

Ethan tendit la main et lui caressa le visage. Elle s'appuya contre lui.

— Fais-nous confiance. S'il te plaît.

— Je t'en prie, laisse-nous te montrer que nous le méritons. Et peut-être qu'un jour, tu pourras nous aimer aussi.

Elle secoua la tête et le visage des deux hommes se décomposa.

— Vous n'avez pas besoin d'attendre. Même si je me suis dit que je devais m'enfuir, que je devais trouver une porte de sortie parce que vous êtes parfaits l'un pour l'autre, je suis tombée amoureuse de vous deux. Je vous aime, tous les deux, et je sais que je me suis dit que je ne le devrais pas. Mais c'est le cas. Même si j'ignore ce que je dois faire ensuite. Je sais simplement que je veux me lancer avec vous. Vous deux.

Les hommes écarquillèrent les yeux et ils sourirent avant de se pencher vers elle. Lincoln saisit ses lèvres en premier, puis Ethan l'embrassa. Elle était chez elle. C'était la phase suivante dans ce qu'elle était censée devenir.

Elle ignorait ce qu'il se passerait ensuite. Elle ne savait pas si elle serait capable de tout arranger dans sa vie. Mais elle savait qu'elle ne serait pas seule pour le faire.

Car, pendant tout ce temps, ils avaient été là. C'était elle qui y était allée à reculons.

Elle ne voulait plus le faire. Alors qu'elle s'enfonçait dans les bras de Lincoln, Ethan la soutint par-derrière et elle inspira leurs parfums. Elle était à sa place. Elle pouvait y arriver. Elle allait vraiment *bien*. Même plus que ça.

Elle était tombée amoureuse d'un Montgomery et de son meilleur ami et elle ne voulait pas abandonner. Alors qu'elles s'agrippaient à eux, elle sut qu'elle n'aurait pas à le faire.

Enfin.

ÉPILOGUE

Lincoln glissa les mains sur sa chemise, s'assurant qu'elle soit suffisamment lisse, tandis que Holland en faisait de même avec sa robe. Ethan portait une montagne de cadeaux et un sac en toile fabriqué pour l'occasion contenant trois bouteilles de vin. Il leva les yeux en les regardant tous les deux.

— Vous les avez déjà rencontrés avant, non ? Enfin, c'est ma famille, on est devant la maison, là. Lincoln a pratiquement vécu ici. Et Holland, tu les connais.

Elle observa Lincoln, qui se contenta de ricaner et de secouer la tête.

— On est nerveux, déclara-t-il.

Holland hocha la tête avant de glisser la main dans la sienne.

Elle leva les yeux vers la maison et s'appuya ensuite légèrement contre Lincoln.

— C'est un peu la rencontre officielle avec les parents.

— Vous les connaissez. Et le reste de la famille.

— Oui, mais c'est notre premier anniversaire en tant que trouple.

— Je déteste vraiment ce mot, dit Holland.

Lincoln hocha la tête.

— Moi aussi. Je ne sais même pas pourquoi je l'ai dit. Et je n'aime pas le mot *ménage à trois* parce que ça ne me fait penser qu'au côté sexuel et je bande ensuite devant les autres, et c'est bizarre.

Lincoln baissa les yeux vers son entrejambe et grimaça.

— Pense au baseball.

— Penser au baseball me pousse à imaginer ces hommes avec leurs pantalons et leurs beaux petits culs, répondit Lincoln en regardant Holland qui se contenta de glousser.

— D'accord, pense à la personne que tu détestes le plus en train de jouer au baseball. Ou... à du poisson pourri. Ou à des bonbons coincés dans tes dents et que tu n'arrives pas à enlever. Ensuite, tu dois faire soigner ta carie et le dentiste doit te faire un...

— D'accord, d'accord, d'accord.

Lincoln frissonna.

— Je déteste les dents. Tu *sais* que je déteste les dents.

— Et ? Je t'ai aidé ? s'enquit Holland en souriant.

— Oui. Je te déteste un peu, maintenant. Mais merci. Et je t'aime.

Il se pencha et l'embrassa sur les lèvres. Elle lui sourit.

— Tu es si mignon.

— Vous avez fini, tous les deux ? Parce que ça devient vraiment lourd.

Lincoln grimaça et prit les plus gros paquets des bras d'Ethan, tandis que Holland récupérait le sac de vins. Il ne restait plus que trois cadeaux dans les mains d'Ethan.

— Je ne sais pas pourquoi on a acheté autant de trucs pour ma mère, grommela Ethan.

Il se figea ensuite et regarda par-dessus son épaule.

— N'allez pas lui balancer ce que j'ai dit.

— Tout va bien. Personne ne nous espionne, dit Holland. Et nous avons acheté autant de trucs à ta mère parce qu'elle est géniale. Et la dernière fois qu'elle est venue dans ma boutique, elle a regardé certains de ces objets et ils l'ont fait sourire. Elle ne les a pas achetés parce que, comme tu le dis, elle ne s'offre jamais rien.

— Ma mère est franchement géniale.

— Oui, c'est vrai, répondit Holland en souriant.

Lincoln baissa les yeux vers eux deux et se retint de soupirer. Les Montgomery étaient sa famille depuis si longtemps que ce n'était pas bizarre de les percevoir ainsi. Holland commençait tout juste à s'y habituer. Il n'avait jamais rencontré ses parents ni sa sœur, et il ne pensait pas le faire un jour. Il n'était pas certain de le vouloir. Et bien qu'elle ne les déteste plus, elle ne parlait jamais d'eux et ne voulait pas qu'ils fassent partie de sa vie. Et ça ne la dérangeait pas. Chasser les personnes toxiques de sa vie, c'était une bonne chose. Peut-être que s'il l'avait fait avec Damien bien avant que tout change, cet homme ne serait pas enfermé en cellule et ne risquerait pas des années de prison pour tentative de meurtre.

Les parents de Lincoln venaient en ville dans quelques semaines et il en était étonné. Ça ne le dérangeait pas d'aller leur rendre visite, mais son père envisageait en fait de prendre sa retraite. Il voulait donc voir son fils et les deux personnes qui partageaient sa vie. Ses parents ne l'avaient pas jugé et il n'avait perçu que de la joie pure dans la voix de sa mère quand elle avait imaginé qu'il se posait enfin. Non seulement avec Ethan, un garçon qu'ils appréciaient tous les deux, mais aussi avec Holland — la femme qui, selon les mots de sa mère, lui donnait le sourire et faisait pétiller son regard.

Apparemment, ses parents étaient partants.

Cependant, aujourd'hui, il n'allait pas penser à sa famille ou à celle de Holland. Cette journée ne tournait qu'autour des Montgomery.

C'était l'anniversaire de Francine.

— Pourquoi vous restez plantés là ? s'enquit Bristol en sortant pour les aider.

Elle prit un paquet des mains d'Ethan.

— En plus, avec tous ces trucs, on aura l'air minable à côté de vous, remarqua-t-elle en riant.

— On ne peut pas s'en empêcher. C'est comme si on faisait de notre mieux pour surpasser tout le monde, répondit Holland.

— Eh bien, c'est super facile puisque vous avez déjà une

personne de plus que tous les couples présents. Je ne sais pas comment tu as pu finir avec deux hommes alors que moi, je n'en ai aucun.

Holland emboîta le pas de Bristol et elles continuèrent de discuter de la personne que devrait fréquenter la jeune Montgomery et du fait que sa vie amoureuse était parfaitement barbante.

— Est-ce que Holland va commencer à arranger des coups à Bristol ? s'enquit Lincoln auprès d'Ethan alors qu'ils entraient dans la maison.

— Je ne sais pas. J'ai toujours cru qu'elle tomberait amoureuse de son meilleur ami, comme je l'ai fait.

Lincoln se pencha et embrassa Ethan sur les lèvres avant de lever les yeux et de remarquer Marcus en train de froncer les sourcils tandis qu'il observait Bristol.

Elle se renfrogna également et lui écrasa le pied en passant. Lincoln haussa les sourcils.

D'accord, c'était intéressant.

— Joyeux anniversaire, Maman, dit Ethan en se penchant pour embrasser sa mère sur la joue.

— Joyeux anniversaire, Francine.

— Tu dois commencer à m'appeler *Maman*. Tout comme Holland. J'aime bien qu'on m'appelle Maman.

— Mais je te parie que tu as encore plus envie d'être appelée Mamie, dit Aaron en soulevant sa mère par-derrière et en la faisant tourbillonner dans toute la pièce.

— Aaron Montgomery, pose-moi immédiatement, déclara-t-elle en riant.

Aaron embrassa sa mère, puis partit avant que son père ne le pourchasse avec le journal.

— Je vais bien, je vais bien, dit Francine en lissant sa robe. Mais ce garçon, putain.

— Il t'aime. Comme nous tous. Et vous avez toujours été madame Montgomery pour moi. Il m'a fallu quoi ? Deux ans, pour que je commence à vous appeler Francine sans grimacer ?

— Tu vas t'habituer à Maman.

Elle marqua une pause.

— Et si vous êtes prêts, tu peux m'appeler Mamie. J'adorerais qu'on m'appelle Mamie.

Ses yeux pétillèrent et tout le monde s'esclaffa.

— Je ne peux pas m'en empêcher. Bien sûr, je dis déjà que je suis la grand-mère de Jasper, le chien le plus mignon du monde.

Elle se pencha et embrassa le husky sibérien.

— C'est qui mon petit-chiot préféré ? C'est qui mon petit-chiot préféré ? chantonna-t-elle.

Lincoln ricana.

— On devrait peut-être prendre un chat, dit-il à Ethan.

— Il y a bientôt une vente dans un refuge. Celui où toutes les familles d'accueil apportent leurs chats et tentent de les faire adopter. On pourrait aller faire un tour.

— Qu'est-ce qu'on va faire ? s'enquit Lincoln en arrivant vers eux pour prendre le dernier paquet des mains de Holland.

Aaron se mit à courir en passant près d'elle et lui prit le cadeau avant de fuir. Ils levèrent les yeux au ciel.

Aaron était fou, mais ils l'aimaient.

— On envisageait de prendre un chat, expliqua Ethan.

— Eh bien, dans quelle maison il ou elle resterait ? s'enquit Holland en haussant les sourcils. Ça fait beaucoup de poils. Et même si j'ai vraiment, *vraiment* envie d'en avoir un, ce ne serait pas juste pour lui ou pour elle de changer constamment de maison.

Tout le monde devint particulièrement silencieux et Lincoln s'éclaircit la gorge.

— D'accord, on en rediscutera quand on rentrera, dit-il avant de marquer une pause. Laissez-moi déjà découvrir ma maison.

Francine commença à applaudir et Holland rougit, tandis qu'Ethan toussait dans son poing. Pour dissiper toute gêne du moment, parce qu'il était presque certain qu'ils s'apprêtaient à emménager ensemble, il se tourna vers sa mère et lui tendit le très grand paquet rectangulaire.

— C'est pour toi.

Elle écarquilla les yeux en l'observant.

— Qu'est-ce que c'est ?

— Je sais que ce n'est pas l'heure des cadeaux, mais tu devrais l'ouvrir, dit Ethan.

Holland hocha la tête.

— S'il vous plaît, madame Montgomery.

— Je suis Francine, Franny ou Maman. À toi de décider.

Elle prononça ces mots, mais elle secoua tout de même la tête en regardant le paquet.

— Si c'est ce que je pense, jeune homme, ça va faire mal.

— Ne me fais pas de mal, contente-toi de l'ouvrir.

Timothy arriva et lui prit le paquet des mains. Ils l'ouvrirent ensemble. Lincoln inspira profondément quand Francine commença à pleurer.

Il s'agissait de leur maison. Cet endroit rempli d'amour, de cœur et de tous les Montgomery. Il l'avait peinte au fil du temps, et la fin lui était venue d'un coup, avec les ombres des arbres sous lesquels ils avaient joué et une longue silhouette effilée pour chaque membre du clan Montgomery.

Il y avait des jouets sur la pelouse, des répliques exactes de ce qu'ils avaient étant enfants.

C'était ce qu'Ethan et, plus tard, Lincoln avaient qualifié de foyer.

La Maison des Montgomery.

— C'est merveilleux. Tu as fait ça pour moi ? demanda-t-elle dans un chuchotement en regardant par-dessus son épaule.

— Bien sûr. Je voulais que vous ayez un bout de votre maison.

— Et c'est un original Lincoln McClard, dit Aaron.

— Ça vaut son pesant d'or, commenta Bristol. Belle façon de nous humilier.

Francine leur fit un signe de la main pour les faire taire, puis se tourna afin de lui tapoter la joue.

— Je t'aime, mon fils.

— Moi aussi, je t'aime, Maman.

Elle commença à pleurer et il la serra dans ses bras tandis qu'Ethan enroulait un bras autour de Holland. Quand Timothy emmena sa femme, Lincoln se dirigea vers Holland et s'agrippa à sa main tandis qu'elle se penchait contre Ethan.

Il observa ceux qui faisaient partie de sa famille et sourit. Il devrait bientôt inviter Madison. Il savait qu'elle avait aussi besoin de ça. Elle travaillait, aujourd'hui, et n'avait donc pas pu venir, mais il l'obligerait, la prochaine fois.

Grâce aux Montgomery, Lincoln avait trouvé son foyer et l'amour de sa vie.

Les amours de sa vie.

Ethan avait toujours été son roc, sa boussole, mais Holland... elle était leur phare, celle qui illuminait le chemin qu'ils devaient emprunter. Et il savait que peu importait ce qu'il se passerait, il resterait entre eux et profiterait de chaque instant.

FIN

À suivre dans la saga Montgomery Ink:Boulder...

N'oubliez pas de vous inscrire à ma LISTE DE DIFFUSION pour savoir quand les prochaines publications seront disponibles, participer à des concours et obtenir des *lectures gratuites*.

Cliquez ici pour un épilogue bonus avec Ethan, Holland, et Lincoln.

Note de Carrie Ann

Je vous remercie d'avoir lu De flammes et d'encre! Si vous avez aimé cette histoire, j'espère que vous envisagerez de laisser un avis ! Les avis sont utiles pour les auteurs *et* les lecteurs.

Montgomery Ink: Boulder
Tome 1: Sang d'encre
Tome 2: De flammes et d'encre

Cliquez ici pour un épilogue bonus avec Ethan, Holland, et Lincoln.

Et d'autres encore !

Pour vous assurer d'être informé de toutes mes nouvelles parutions, inscrivez-vous à ma newsletter sur www.CarrieAnn Ryan.com ; suivez-moi sur Twitter @CarrieAnnRyan, ou sur ma page Facebook. J'ai également un Fan Club Facebook où nous discutons de sujets divers, avec annonces et autres goodies. C'est grâce à vous que je fais ce que je fais, et je vous en remercie.

N'oubliez pas de vous inscrire à ma LISTE DE DIFFUSION pour savoir quand les prochaines publications seront disponibles, participer à des concours et obtenir des *lectures gratuites*.

Bonne lecture !

DE LA MÊME AUTRICE

Montgomery Ink: Boulder
    Tome 1 : Sang d'encre
    Tome 2 : De flammes et d'encre

Promesses éternelles :
    Tome 1 : Ne jamais dire jamais

Montgomery Ink: Colorado Springs
    Tome 1 : Point à la ligne
    Tome 2 : À grands traits
    Tome 3 : En pleins et déliés

Montgomery Ink:
    Tome 0.5 : À l'encre de ton cœur
    Tome 0.6 : À l'encre du destin
    Tome 1 : À l'encre déliée
    Tome 1.5 : À l'encre de ton âme
    Tome 2 : À dessein prémédité
    Tome 3 : D'encre et de chair
    Tome 4 : Attrait pour trait
    Tome 4.5 : À l'encre des secrets

Tome 5: Entre les lignes
Tome 6: En pointillé
Tome 6.5: À l'encre de nos rêves
Tome 6.7: À l'encre de tes yeux
Tome 7: Nos desseins ravivés
Tome 7.3 À l'encre de nos vies
Tome 7.5: À l'encre de nos choix
Tome 8: Motifs troubles
Tome 8.5: À l'encre de ton corps
Tome 8.7: À l'encre de l'espoir

L'un pour l'autre:
Tome 1: Elle et aucune autre
Tome 2: Nul autre que toi
Tome 3: Rien d'autre que nous

Whiskey Town:
Tome 1: Comme un avant-goût
Tome 2: Un goût d'inachevé
Tome 3: Le goût des secrets

Les Frères Gallagher:
Tome 1: Un amour nouveau
Tome 2: Une passion nouvelle
Tome 3: Un nouvel espoir

Sorcellerie à Ravenwood
Tome 1 : Mystères de l'aube
Tome 2 : Révélations au crépuscule
Tome 3 : Clarté nocturne

Redwood:
1. Jasper
2. Reed
3. Adam

4. Maddox
5. North
6. Logan
7. Quinn

Griffes
1. Gideon
2. Finn
3. Ryder
4. Bram
5. Parker
6. Mitchell
7. Walker

Pour plus d'informations, abonnez-vous à la LISTE DE DIFFUSION de Carrie Ann Ryan.

À PROPOS DE L'AUTEUR

Carrie Ann Ryan n'avait jamais pensé devenir écrivaine. C'est seulement quand elle est tombée sur un roman sentimental alors qu'elle était adolescente qu'elle s'est intéressée à cette activité. Lorsqu'un autre romancier lui a suggéré d'utiliser la petite voix dans sa tête à bon escient, la saga *Redwood* ainsi que ses autres histoires ont vu le jour. Carrie Ann a publié plus d'une vingtaine de romans et son esprit foisonne d'idées, alors elle n'a guère l'intention de renoncer à son rêve de sitôt.